RAYMOND PLANTE

Le nomade

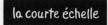

la courte échelle

Les éditions de la courte échelle inc.
5243, boul. Saint-Laurent
Montréal (Québec) H2T 1S4
www.courteechelle.com

Directrice de collection:
Annie Langlois

Révision:
Andrée Laprise

Conception graphique de la couverture:
Elastik

Dépôt légal, 3e trimestre 2006
Bibliothèque nationale du Québec

La courte échelle reconnaît l'aide financière du gouvernement du Canada
par l'entremise du Programme d'aide au développement de l'industrie de
l'édition pour ses activités d'édition. La courte échelle est aussi inscrite au
programme de subvention globale du Conseil des Arts du Canada et reçoit
l'appui du gouvernement du Québec par l'intermédiaire de la SODEC.

La courte échelle bénéficie également du Programme de crédit d'impôt pour
l'édition de livres — Gestion SODEC — du Gouvernement du Québec.

Catalogage avant publication de Bibliothèque et Archives Canada

Plante, Raymond, 1947-2006

    Le nomade

    2e éd.

    (Livre de poche; 6)
    Publ. à l'origine dans la coll.: Roman 16/96. c1999.

    ISBN 2-89021-874-0

    I. Titre.

PS8581.L33N65 2006   C843'.54   C2006-940451-8
PS9581.L33N65 2006

Imprimé au Canada

À Emmanuelle, à Renaud,
qu'ils connaissent
les traces du nomade.

Regarde. Ils se ressemblent. Les trois frères, je veux dire. La photo date de 1945. Certainement du 13 août, le jour du mariage double. Andréane et Gilberte. Deux sœurs, deux couples, une cérémonie commune. Depuis quelques années, la famille s'est éparpillée. Il fallait une occasion importante pour les rassembler, tous les dix. Ils sont habillés exactement comme sur la large photo officielle, celle où ils se sont mêlés aux invités, sur les marches de l'église. Les femmes portent leurs robes fleuries. Mais elles ont abandonné leurs chapeaux. Les hommes ont encore le cou serré par le col empesé de la chemise blanche, la cravate nouée, l'habit boutonné. Après la cérémonie, ils ont dû revenir à la maison pour poser ensemble, sans les conjoints, sans les invités.

Les frères sont côte à côte, sur la marche la plus haute du balcon. Des Lafontaine, des vrais. Même sang, même allure. Un œil averti saurait à peine les distinguer ; de loin, il n'y parviendrait peut-être pas. Ça s'appelle un air de famille. Chez les sept filles, c'est moins évident. Elles forment deux camps : les petites, juste un peu rondes comme la mère ; les plus élancées, qui ont emprunté au père. Mais les gars ont du Lafontaine dans le nez. Aucun d'eux ne pourrait renier ses frères. Un mélange de la mère, plutôt trapue, et du père, grand, osseux, la charpente solide. Ils sont forts : le cou large, les épaules ramassées, les pieds enracinés, les cheveux drus, du crin frisé. Ni grands ni gros, taillés tout d'une pièce. On pourrait les confondre. Sur d'autres photos, les différences apparaissent clairement.

Louis, le plus jeune, le seul moustachu, est le plus grand des trois. Clément, celui qui dégage le plus d'assurance, s'apprête à parler. On l'entend presque. Lambert est plus maigre, plus délicat, celui qui, dans une foule, se faufile avec le plus de facilité. Il tient davantage du père, pommettes saillantes, nez droit, mince.

Sur une des rares photos de leur jeunesse, ils sont ces adolescents des années 1930, en rang d'oignons, devant leur père qui les domine. Louis, comme s'il s'attendait à subir un mauvais sort, incline la tête. En fait, c'est à cause de son œil gauche. De ce côté-là, il ne percevait que l'ombre des choses. Sur tous les clichés où il ne porte pas encore de lunettes, sa tête offre son meilleur œil pour lui éviter de loucher. Clément et Lambert ont les yeux du père, le regard noir, sévère. Ils n'auront jamais besoin de lunettes. Sans gêne, ils fixent la vie, savent ce qu'ils en feront. Pas Louis.

La voix forte, celle qui peut enfler, s'amplifier sans l'aide d'un micro, rebondir contre les murs alourdis d'images de saints, des stations du Chemin de croix, rejoindre les derniers bancs de l'église, monter au jubé, s'accrocher aux clous du Crucifié, semer la bonne parole, la Foi, la Vérité, la Vie. Clément. Il sera prêtre, prédicateur. Il n'a pas eu à le découvrir ou à attendre l'appel. Enfant, lorsqu'il attrapait des poux à l'école du rang, sa mère prenait le petit peigne marqué d'un éléphant. Patiemment, elle l'épouillait au-dessus d'une page déployée de *La Presse* et répétait sans cesse : « Tu seras un prêtre. Tu seras mon prêtre. » Clément ne protestait pas. Il aimait déjà prêcher. À la grand-messe, il admirait le curé, l'enviait. Il aurait pu quitter le chœur et remplacer le vieil homme au pied levé. Il porterait sa soutane, bientôt, ici ou ailleurs, il prendrait place là-haut, dans la chaire.

Lambert joue des tours, se glisse partout. Il restera dans son monde, la terre, pour en profiter. Depuis longtemps, Thomas, le père, lui a promis que c'est lui qui prendrait la relève. L'héritage n'a rien d'astronomique : un cheval, des poules, quelques cochons, une vingtaine de vaches laitières. Cette terre peut tout juste nourrir une famille. Rapidement, Lambert a su mettre ses pieds dans les pas du père, s'occuper des animaux, organiser la récolte au temps des foins. S'il ne discourt pas aussi facilement que son aîné, il préfère les petits groupes, surtout les filles, une à une, à qui il sait si bien susurrer des mots doux. Il fera de la politique, à la mairie du village. Sans ambitions démesurées, il y a tant à faire sur un petit territoire où l'on peut charmer les concitoyens en allant d'une porte à l'autre.

Louis, le plus jeune... partira. Pour chercher quoi ? Une vie meilleure ? Pour échapper simplement à la misère. Entre le curé prédicateur et le petit maire des bouts de route, il fallait un aventurier forcé, un homme aux mille misères. Louis, c'est mon père.

Je me suis souvent demandé ce que je tenais de lui. La forme de la tête, le cou solide. Cette démarche en canard, qui ne me plaît pas. Aussi cette envie d'écrire des histoires, ce que lui, faute d'instruction, n'a jamais pu faire. Et le goût de la route. Puisque son univers, c'était le chemin, un ruban rêvé qui se déroule, jamais immobile ou figé sur une photographie ancienne. Il n'avait d'autres envies que de se déplacer. La vie ne le lui a pas toujours permis. Dans cette époque, fertile en touristes et en commis voyageurs, il est devenu un nomade contrarié.

Regarde. Il n'a qu'une hâte : s'évader de la photo de famille.

CHAPITRE 1

La poussière des petites routes

Les yeux me brûlent. À force de vriller la pluie, de fixer le miroir de la route. Le jaune des phares se perd dans la nuit. Sur le tableau de bord, le bleu électrique, le rouge phosphorescent, le blanc stellaire veillent. Je roule à cent kilomètres-heure. Le cadran lumineux me l'indique. Les diverses aiguilles insistent : tout va bien. J'ai assez d'essence pour me rendre jusqu'au bout de ma course si je le veux, la batterie a toute sa force, le ventilateur pourrait souffler pendant des heures, le moteur ronronne. Tout cela devrait m'apaiser. Pourtant, je ne suis pas tranquille. Au lieu de chercher un gîte, je m'entête à continuer, chiffonné, les yeux dans l'huile sale.

Je voudrais mordre la route. Elle s'évade, devient la vague idée d'un itinéraire. Je roule par instinct. Je harcèle les boutons de la radio à la recherche d'une musique pour grogner avec elle. En vain. Je ne désire peut-être pas me calmer, au fond. Je deviens cette boule de feu dans la nuit ruisselante, roulant sur l'autoroute 20, entre Rivière-du-Loup, que j'ai fuie en vitesse, et, bientôt, La Pocatière. Je ne cherche même pas la ville, le village, le point mort où m'arrêter. Je le ferai quand je n'en pourrai plus.

Je rage et suis le seul à le savoir. Un boxeur qui s'épuise contre son ombre dans le ventre d'un gymnase désert. Le gymnase, c'est ma voiture. Le match, c'est avec ma mémoire ou, plutôt, contre ma mémoire, à l'éparpiller pour ainsi dire, à la secouer, à l'effilocher qu'il se joue.

Je rage contre tout. Ma faiblesse, d'abord. Mon incapacité à refuser les invitations.

— On ne vous laissera pas partir comme ça, monsieur Lafontaine. Vous prendrez bien le verre de l'amitié avec nous ? Vous vous souvenez, je vous en avais parlé ?

Suffit que l'on s'intéresse à moi pour que j'accepte de m'attarder. Ma peur chronique de décevoir. Les reproches d'Andrée me reviennent : « Apprends à refuser, Manuel. Arrête d'avoir peur que les gens ne t'aiment plus. » Je m'ébroue, je réplique que… que je suis trop gentil.

— Les bénévoles de la bibliothèque ont préparé quelques sandwiches.

Deux femmes apportent de grands plateaux, des crudités, un gâteau. Elles attendaient une armée.

— Vous aviez prévu quelque chose ?

Je nie, me conforme. En vérité, je change mes plans. J'appelle mon frère, à Québec. À la fin de la soirée, je devais manger au restaurant où il travaille.

— Excuse-moi, Pierrot. Un contretemps, je suis coincé. Tu comprends ? Déjeunons ensemble, demain matin. Chez toi ? Je serai là.

Depuis le temps qu'on ne s'est pas vus. Ce sera bien d'être tranquilles, tous les deux.

Je peste contre la trop grande politesse de la bibliothécaire qui m'a invité, moi, l'auteur, étiqueté « pour enfants ». Pas sérieux, en somme. Mes livres n'ont pas tant d'importance. Pour moi, bien sûr, c'est différent. Je connais leur raison d'être. Malgré leur apparente futilité, ils n'ont rien de gratuit. Pour les autres ? Qu'est-ce que j'en sais ?

La bibliothécaire m'a souri en me serrant la main. Elle doit avoir l'âge de ma fille, vingt-cinq, vingt-sept ans tout au plus. Une rousse aux yeux verts, perdue dans sa robe trop grande.

— Au téléphone, je vous avais raconté que ma mère portait le même nom que vous.

— Lafontaine ?

— Oui. Et de Saint-Barthélémy.

Ce petit morceau de conversation me revenait. Des Lafontaine, il y en a plein, je n'avais pas trop porté attention.

— Mon grand-père vit à la maison. Je l'ai invité à venir après votre rencontre avec les lecteurs.

— C'est un Lafontaine ?

— Le père de ma mère. Il viendra pour le vin.

— Si c'est un Lafontaine, ça ne m'étonne pas qu'il vienne pour le vin.

Elle rit. Soit par politesse, soit parce qu'elle sait bien que les Lafontaine sont toujours là quand il est question d'alcool. Je ne lui en demande pas davantage, on verra bien.

— Vous allez rester un peu ?

Comment refuser ? Même si je pensais me sauver à vingt heures trente, atteindre Québec avant minuit.

Maintenant à vingt-deux heures, dans une bourrasque glacée de novembre, je rumine. Ce vieux m'a dérangé. Son sourire ridé m'obsède. Sa manière de plisser les yeux pour creuser sa mémoire.

— Louis ? Louis ?

Il devrait se souvenir pourtant. Les trois frères Lafontaine étaient connus. Lui, c'est un cousin, j'en suis certain.

— Attends.

Il cherche, il fouille.

Dans les décombres sera-t-il capable de récupérer des bribes ? Le visage de mon père. Un lambeau de son enfance. Une frasque.

— Louis Lafontaine ? Chez Thomas Lafontaine, il y avait le cultivateur, le prêtre. Qu'est-ce qu'il faisait ton père ?

Je ne peux pas répondre. Comment définir en un mot, par un métier, quelqu'un qui a fait tout ce qui s'appelle ouvrage, c'est-à-dire occupations pour se débrouiller, pour gagner sa vie, pour dépanner ?

— Il est né à Saint-Barthélémy, comme vous. Il aurait votre âge.

Il secoue la tête. Berce-t-il son absence de mémoire ? Mon père y flotte-t-il, aussi léger qu'une bulle d'air ?

— Il est né en 14 ?

— Non, en 17. Mais vous avez dû aller à la même école.

— L'école…

Il sourit. L'école est floue, lointaine, un mirage.

— Il fallait marcher une couple de milles pour aller à l'école. Puis le père, chez nous, avait besoin de moi à la maison.

Enfin ! Quelques images s'agitent, prennent forme. Je profite de cette lueur :

— Vous devez vous souvenir de Louis. Le matin, c'est lui qui allumait le poêle de la classe. Il s'occupait un peu de l'entretien parce que la maîtresse était aveugle.

Tout à coup, il rit.

— Une maîtresse d'école aveugle ? Ça s'peut pas !

Pourtant mon père a si souvent évoqué sa longue marche solitaire dans la neige, ses mains gelées malgré les mitaines de laine, les bûches trop lourdes pour lui, la « truie » qu'il bourrait de gazette avant d'y mettre le feu.

— Il faisait tellement froid que l'encre gelait dans les encriers. Il fallait que je fasse chauffer de l'eau pour le thé de la maîtresse. La pompe était gelée, elle aussi. J'allais remplir le canard de neige et je le mettais sur le poêle.

Mon père n'a pas pu inventer tout ça. Avec autant de précision. La petite classe où les plus grands aidaient les plus jeunes à apprendre leurs leçons. L'autre pièce de l'école qui servait de logis à l'institutrice. Tout cela était clair, simple, vrai. Des détails que l'on n'invente pas, que l'on n'oublie pas.

Le vieux fait non. Il ne fouille pas davantage. Je n'ai plus envie de poursuivre cette conversation. Je cherche le vin. Je sais si mal quitter les gens, disposer, m'excuser. Il m'accompagne vers la table dressée, prend un verre de vin. Sa petite-fille, la rousse, insiste doucement. Elle aimerait qu'il se souvienne. Elle m'avait juré que son grand-père avait une mémoire phénoménale. Il se défend.

— Je me souviens des Lafontaine du rang Grand-Saint-Jacques. Dix enfants. Je pourrais presque tous les nommer.

Il les énumère en allongeant ses longs doigts un à un, comme s'il ne savait pas compter autrement.

— Clément, le plus vieux, est devenu curé. Lambert a pris la terre. Carmen est entrée chez les sœurs… ça n'a pas pris goût de tinette qu'elle est sortie de la communauté. Avec son maudit caractère… Elle s'est mariée avec un professeur bien tranquille. Elle enseignait, elle aussi. Avec elle, les jeunes devaient filer doux.

Il rigole. À croire qu'il s'est amusé dans le foin avec ma tante Carmen, que j'ai peu vue et que j'osais à peine regarder, tant elle semblait ruminer une constante colère. Clément, psychologue en soutane, en fournissait la raison : « Elle grogne depuis l'âge de onze mois. Je suis venu au monde trop vite. Elle pense que je lui ai volé le sein. »

— Les filles avaient plus d'instruction, reprend le vieux. Normal, elles ont étudié chez les sœurs. Denise a été l'autre maîtresse d'école. Gilberte s'est mariée assez jeune, Andréane a été la secrétaire de Jean Drapeau quand il était jeune avocat… Léa est morte à vingt-huit, vingt-neuf ans, dans ces eaux-là. Un cancer. C'était la plus belle. Des yeux noirs, des cils longs comme ça…

Il les nomme tous, sauf mon père. À sa place, il installe un certain Julien, mort en bas âge. Il conserve son sourire. Il me tue.

— Louis ? Non, je ne vois pas.

Un enfant s'approche, je me libère pour signer son livre, ses parents me serrent la main. Bientôt, les gens recouvrent leurs imperméables, leurs parapluies et se dispersent.

Le concierge empile les chaises dans un coin, quelques retardataires grignotent encore. Du côté du vieux, c'est l'absence. Il m'oublie, tout comme il a oublié mon père. Il range les bouteilles de vin dans un carton en vérifiant si elles sont réellement vides.

La bibliothécaire, d'un pas nerveux, m'entraîne dans son bureau.

— Excusez le fouillis, c'est un désordre contrôlé, me confie-t-elle, ses yeux verts à la recherche de l'enveloppe qu'elle doit me remettre. Je suis confuse. D'habitude, il a une mémoire d'éléphant…

— Des choses qui arrivent.

Je soupire, l'air de celui qui comprend.

— Tant mieux si vous le prenez comme ça.

— Vous savez, je n'ai pas menti. Mon père a existé pour vrai. Il est né à Saint-Barthélémy. Je ne l'ai pas inventé.

Mon humour la soulage. Il me libère. Elle récupère l'enveloppe qui trônait sur le coin de sa table, me la tend. J'ai hâte de retrouver ma voiture, la pluie d'automne.

Je roule dans mon cocon, les yeux fixes, brûlants. La nuit m'entoure. Je ne peux pas croire que mon père n'ait laissé aucun souvenir, pas la moindre trace, dans un endroit aussi petit que le Saint-Barthélémy des années 1920, 1930. Impossible.

La pluie reprend de la vigueur. Devant moi, un autobus. Ses feux de position se multiplient, sa carrure se brouille. C'est peut-être son autobus? Mon père menait à bon port ce genre de véhicule. Oui, c'est lui, c'est mon père devant. Il aimait conduire la nuit. Il fonce dans la nuit, fait lever de lourdes gerbes d'eau de chaque côté.

Il a toujours roulé. Le camion brinquebalant de sa jeunesse a charroyé des tonnes de pierre. Dans le Nord de l'Ontario, en voiture, il a trimballé le curé Monette. En autobus, aux quatre coins de la province. Dans son taxi, en plein cœur de Montréal… jusqu'au corbillard. Un volant entre les mains, Louis filait.

Sur la 20, je le suis. Le vent bouscule ma voiture, la pluie devient verglaçante, dangereuse. J'ai l'impression de voir les silhouettes fantomatiques de tous les véhicules qu'il a conduits. Mon père a existé. Pour le malheur de la mémoire, il avait l'art de s'éclipser, tel un nomade.

Le jour hésite. Il a plein de pluie glacée en poche. Quelques mouches de soleil. Pas pour la peine. Rien pour vendre La Pocatière aux touristes.

Je monte dans ma voiture, l'estomac vide. Après la mauvaise nuit, j'ai enfilé un café rapide. La chambre était équipée d'une cafetière électrique pour les voyageurs pressés. Le volant est froid, le pare-brise embué. Je laisse le moteur tourner. À Québec, Pierrot m'attend avec du jus d'orange, des croissants, du café.

Novembre est un mois sans illusions, crasseux.

Du bout des doigts, je piège une station radiophonique potable. Pas de musique, cette fois, des nouvelles. Apprendre si le monde a évolué pendant que je fermais les yeux ?

L'animateur, lourdement enjoué, s'excite sur des riens. Donc pas de morts célèbres, pas de guerre nous concernant véritablement. Lui couper le sifflet avec une cassette. Le *Concerto pour piano n° 1* de Beethoven. Je roule sur la 20. Elle a quelque chose de triste. Pourtant je ne quitte rien, je ne pars pas, j'arrive.

Pierrot habite un deuxième, dans Limoilou. Il devait me surveiller de sa fenêtre, puisqu'il ouvre la porte avant que j'aie escaladé l'escalier. Pierrot, la misère vivante. Et de la tendresse avec ça, celle qu'il cherche et celle qu'il voudrait donner. Il reste emmêlé dans ses émotions, ça se bouscule dans ses mains, entre ses bras, alors il fait des gestes trop larges, souvent inutiles, comme s'il ramait. Ta vie est une foutue chaloupe, mon frère.

Je ne sais jamais si je dois le plaindre, s'il se lamente ou s'il grossit ses malheurs pour le plaisir d'être intéressant, pour montrer que l'existence est absurde, mais qu'on n'a pas peur. On dure, on endure. Petit train va loin, petit pain… Par chance, il a de l'humour. Grinçant, bien sûr, supportable. Il se plaint de son logement trop petit, du chat que sa fille lui a laissé en se tirant avec son dernier amour, de ses longues soirées quand il ne travaille pas au restaurant.

Sarcastique, je l'encourage :

— Une chance qu'on a le travail, au fond.

— Pour le temps que ça dure, me répond-il. Mon patron me coupe des heures.

Nous déjeunons ensemble. Il a un bon fromage, du café frais. Il désirait me faire plaisir, je crois. Avec le fromage surtout. Fidèle à sa vieille habitude, il joue au misérable qui a déniché une aubaine.

Son chat se promène autour de nous, vient m'effleurer la jambe, monte sur la table.

— Il vomit sur les fauteuils et pisse partout, geint Pierrot.

— Il s'ennuie.

Qu'est-ce que je connais aux chats ? Celui-là perd son poil et ne sent pas bon. Je ne m'en occupe pas. Je préfère les chiens. Le mien.

Pierrot attrape le matou par la peau du cou et le dépose par terre, beaucoup trop délicatement à mon goût.

— Je devrais m'en occuper davantage, mais je ne l'aime pas. Lui non plus. Ça prend tout pour que je le nourrisse. Il est vieux. Je ne peux pas m'en débarrasser, Nadine me tuerait.

— Elle l'a déjà oublié.

— Non, elle m'appelle deux fois par semaine pour me demander de ses nouvelles.

Il rit.

— Et après, elle me glisse : « Toi, comment tu vas ? » Tu sais ce que je lui réponds ? « J'irais mieux si j'avais pas ton hostie de chat. »

— Pourquoi elle ne l'emmène pas ?

— Son amoureux est allergique.

Pierrot hausse les épaules. Le genre de fatalité qui l'assaille depuis plus de quarante ans. Je le reconnais mal. Il aimait les animaux autrefois. Les chiens abandonnés, les matous mités, les souris blanches, les poussins de Pâques. Il ramenait tout à la maison. Même des punaises.

— Maintenant, je préfère les arbres, m'apprend-il.

Enfant, il passait quelques semaines pendant l'été chez notre oncle Lambert. Il était le seul à avoir un parrain du côté des Lafontaine. Sur la terre pour le temps des foins.

— À Saint-Barthélémy, est-ce qu'on te parlait de papa, des fois ?

— Quand on allait chez l'oncle Aristide. En m'apercevant, il s'exclamait : « Pierrot, toi, t'es un vrai Ti-Louis. Le portrait de ton père. »

— Dans le village, chez les autres ?

Il ne trouve rien à répondre. Il devrait pourtant savoir. C'est lui qui a tout conservé. Après la mort de maman, il a pris les papiers. On avait promis de se les partager, lui, Mireille, Olivier et moi. Le temps nous manque. À peine si nous pouvons nous réunir aux alentours de Noël.

Pierrot fait office de conservateur. Après la mort de papa, il est allé vivre avec notre mère. Cela convenait aux deux. Elle avait un homme auprès d'elle. Il venait de se séparer et il était fauché. Deux ans plus tard, quand maman est morte, il a tout gardé. Les photos, les papiers, les valises. Un sac-poubelle vert débordant de souvenirs. Des valeurs sentimentales. Il a beau se plaindre, son logement n'est pas si minuscule. Il aurait plus d'espace s'il n'accumulait pas tant de choses : deux frigos, deux cuisinières, les gros meubles de maman. Les bibelots aussi, la collection d'éléphants de porcelaine qui devaient porter chance. À qui ?

Je lui parle du vieux de Rivière-du-Loup.

— Il ne se souvient pas de papa. Alzheimer ?

— Non, il se rappelle tout, sauf Louis Lafontaine.

— Faut croire que l'exil et l'oubli vont de pair.

C'est cela qui m'embête. Tu pars et il ne reste qu'un vide, même pas profond, même pas une ride ou une cicatrice à la surface des mémoires.

Pierrot m'apporte le sac-poubelle qu'il gardait dans le fond de la garde-robe du couloir. Deux valises également : une petite bleue rigide et un sac de voyage brun en cuir plutôt raidi.

Mon frère éprouve presque du regret d'ouvrir au grand jour un de ses trésors.

— Qu'est-ce que ça contient ?

Il hausse les épaules.

— Je n'ai touché à rien depuis le départ de maman. Je pense qu'elle y a mis des photos, des lettres.

Le déclic des fermoirs de la valise bleue me trouble. Je jette un œil faussement détaché. C'est fou. Comme si je craignais qu'une voix se mette à souffler un étrange discours, un message d'outre-tombe. Sur le dessus de la paperasse, le crucifix qui ornait le cercueil de maman. Au-dessous, à portée de la main, parmi des déclarations de revenus datant des années 1950, une carte de Noël, vieille, très jaunie. Imprimée en bleu, une illustration semblable à celles qui ornent les *Cahiers de la Bonne Chanson*, trois portées musicales et l'intégrale des paroles de *D'où viens-tu, bergère ?* À l'intérieur, une écriture parfaite, penchée vers la droite, sans une faute d'orthographe. Elle s'adresse à mon père dont le nom n'apparaît pas.

Cher toi,

Bonne et heureuse année ! Tout ce que tu désires ! Quand reviendras-tu dans le Québec ? J'ai hâte que tu nous racontes ton voyage. La maladie de papa semble disparue : il souffrait de paralysie cérébrale ; il avait de la difficulté à s'exprimer et à parler. Maintenant, tout redevient normal. Nous nous réjouissons tous ensemble pour les fêtes ! J'espère que tu sauras te désennuyer. Dans tous les cas, nous penserons à toi, sois-en certain. Peut-être Dieu nous favorisera-t-il d'un jour de l'An où nous y serons tous, encore une fois. Je t'embrasse bien fort et je prie pour toi. Andréane.

Papa a de la difficulté à écrire ; depuis quelque temps, je suis sa sténographe. Il t'envoie sa meilleure bénédiction.

— Si ma mémoire est bonne, il y en a quelques-unes de ce type-là, souffle Pierrot.

Il sourit, presque tristement.

— Il a fallu un vieux perdu pour que tu t'intéresses à ça ?

— Si tu veux.

Je referme la valise. Mon frère soupire. Il a un sens aigu de la nostalgie. J'ai peu l'habitude de regarder en arrière, lui, il s'y complaît.

— Je peux les emporter ?

Je n'arrive pas à me débarrasser d'une fâcheuse impression. Je lui arrache quelque chose. Des documents qu'il ne consultait jamais, mais qu'il savait à portée de main. Il retient mal l'envie de me conseiller d'en prendre soin.

Pendant que nous buvons un dernier café, Pierrot caresse le chat. Ils se ressemblent tous les deux. Je repars avec le sac et les deux valises de paperasse.

— On ira partager tout ça chez toi.

Il rigole avec des fausses notes. Son foutu chat lui laisse une touffe de poils sur l'épaule et déguerpit sous le sofa. Il n'aime pas les départs.

Pierrot a raison. Il m'aura fallu des années et un vieux perdu pour que je m'oublie un peu. Quinze longues années. Un jour, à la première ligne d'un manuscrit, j'ai écrit : « Né d'un père alcoolique et nomade… »

Je commençais ainsi l'histoire d'un personnage qui serait mon double. J'imaginais avoir déniché la phrase qui ouvre une œuvre, déverrouille la bataille intérieure que l'on porte et contient son poids de vie. Un pas de danse, quoi ! De l'élégance ! Un petit moment de papier à brû-ler des yeux. Quelques paragraphes, quelques pages brouillonnes se sont enchaînées avant le vide, le vertige. Et j'ai regardé ailleurs. Je me suis offert de salutaires distractions.

En fait, j'ai abandonné devant les mêmes questions que je me pose aujourd'hui. Pourquoi mon père a-t-il un jour quitté la maison familiale, son monde ? Que cherchait-il ? Fuyait-il quelque chose ? Quelqu'un l'aurait-il obligé à l'exil ? Parce que disparaître pendant huit ans dans le Nord de l'Ontario, ça ressemble à un exil, non ?

Le vieux de Rivière-du-Loup pourrait me faire croire que Louis a voulu s'effacer, se faire oublier. Devenir l'anonyme. Personne. Si c'était ce qu'il visait, là au moins, il aura réussi.

Je sais déjà de larges pans de son existence. En somme, j'ai cru le connaître. Je me trompe souvent. S'il me reste une qualité, c'est sûrement celle d'admettre que je me fourvoie et, au risque de paraître indécis, d'apprendre de mes erreurs. Longtemps j'ai pensé que la vie que j'avais choisie n'entretenait que peu de rapports avec celle de mon père. Nous ne partagions pas les mêmes intérêts. J'estimais les miens plus évolués. Je ne voyais pas ce que nous pourrions échanger. J'avais la jeunesse et la prétention de n'avoir rien à apprendre.

Comment Louis Lafontaine, mon père fantomatique, a-t-il traversé la vie ? Comment a-t-il cheminé entre les embûches ? Pourquoi a-t-il choisi tel détour plutôt qu'un autre ?

En reprenant le volant, j'emprunte l'autoroute de la Rive-Nord, la 40, alors que la 20 est le chemin le plus court vers Saint-Lambert. Pourquoi la Rive-Nord ? À cause d'une phrase, une toute petite phrase échappée, que je croyais oubliée. Depuis hier, elle s'est fait un nid dans ma mémoire. Plusieurs étoiles, dont nous percevons la lumière aujourd'hui, sont mortes depuis longtemps. Les phrases, c'est pareil. Je compte m'arrêter à Trois-Rivières, saluer mon oncle Jean-Pierre Garand, le respectable avocat à la retraite, l'ex-conseiller du premier ministre du Québec. Il a prononcé la phrase en question. Peut-être la première pièce de mon casse-tête.

Veuf d'une jeune sœur de mon père, je ne l'ai pas revu depuis la mort d'une autre tante. Il a lu un ou deux de mes livres. Lui-même a fait paraître des essais religieux, secouant les positions rétrogrades de l'Église catholique. Il conserve un esprit critique et une quête de la vérité, celle qui n'est pas bonne à dire. Celle que j'ai besoin d'entendre.

Un dimanche midi, quelques semaines après la mort de maman, ma tante Claudette et lui m'avaient invité à bruncher avec Andrée et les enfants.

En desservant un plat, ma tante avait soufflé :

— Ah ! Quand Louis est revenu du Nord de l'Ontario, papa a fait tuer le veau gras.

— Est-ce qu'il pouvait agir autrement ? Il lui devait bien ça, avait calmement ajouté mon oncle.

« Il lui devait bien ça. » Ce jour-là, je n'ai pas senti le besoin de le questionner. Après les absences du vieil homme, la carte de souhaits d'Andréane, je suis aiguillonné. Ce commentaire prend des proportions insoupçonnées. Je dois savoir.

Mon oncle est surpris de me voir. L'avant-midi tire à sa fin, je l'invite à manger. Je n'ai pas faim. Lui non plus. Nous marchons vers un petit casse-croûte, à quelques pâtés de maisons de son logement.

— On pourra discuter plus tranquillement. Tu verras, c'est sympathique.

Il avale un potage avec lenteur. Lorsque je lui avoue le but de ma visite, il ne s'étonne pas.

— Je savais qu'un jour, on poursuivrait cette conversation. Treize ans, Manuel, c'est plus que je ne l'imaginais.

Il sourit en grimaçant légèrement.

— Ton père était un curieux bonhomme, non ?

Vrai. J'ai rencontré des hommes qui deviennent très drôles quand ils évoquent leurs malheurs. Mon père était de ceux-là. Il donnait un ton comique à ses plus grandes mésaventures. Je croyais connaître ses misères. Dans ce domaine, la vie l'avait comblé. Je ne les savais pas toutes. Celles qu'il n'avait pas dévoilées, c'était peut-être parce qu'il n'avait pas su les emballer d'un ton humoristique. Il avait préféré le silence à l'ennui d'un chagrin répandu.

Jean-Pierre Garand raconte d'une tout autre manière. En bon avocat, il s'en tient aux faits, à leur enchaînement logique. Il tisse les fils d'un événement dont je n'aurais pas deviné l'ampleur.

Au café, il me fixe.

— Qu'est-ce que tu vas faire de cela?

— Je n'en sais rien.

— Tu as bien une idée.

Il attrape sa pipe, son tabac. Ses yeux retrouvent leur chaleur.

— C'est mon petit restaurant préféré. Mais on n'a pas le droit de fumer. C'est l'époque qui veut ça. Les temps ont changé, Manuel, tu ne peux pas t'imaginer.

Pourtant, pour installer l'histoire de Louis sur le papier, c'est la seule chose que je peux faire : imaginer. Imaginer les circonstances, le décor et l'esprit d'une époque que je n'ai pas connue, mais qui a laissé ses traces sur ma propre vie.

Chacun sa manière de partir. Ses raisons aussi.

En route vers Montréal, je longe le fleuve qui s'appelle ici le lac Saint-Pierre. Les panneaux routiers annoncent Louiseville, Maskinongé. Suivent les îles de Sorel, ces îles dont les noms évoqués dans *Le Survenant* de Germaine Guèvremont m'ont fait rêver : l'île à l'Aigle, aux Ours, de Grâce, du Moine, aux Fantômes, aux Raisins. Je croise les noms de ton enfance, je frôle ton pays. Saint-Barthélémy, Saint-Viateur, Saint-Cuthbert, Berthierville.

Je continue, je ne suis pas d'ici. Je ne connais personne, la famille a aujourd'hui déserté ces lieux, comme toi.

C'était l'automne de 1937. Tu laissais derrière toi ton enfance et tes souvenirs de mal-aimé.

Tu as pris la route vers Montréal d'abord, puis le train pour le Nord de l'Ontario, dix jours plus tard. Tu mettais ainsi le cap sur une autre vie qui, en ce temps de crise, ne pouvait pas être pire que celle que tu menais à Saint-Barthélémy. Tu n'avais pas le choix.

Je t'imagine. C'est ma façon de combler les trous, de réorganiser les événements, de meubler les absences.

Tu pars. Le cœur serré. Une boule en plein sternum. Tu te sens mal. Tu quittes un travail dont tu as rêvé pendant des années : conduire un de ces gros camions de la carrière de ton parrain. Tous les matins, tu te présentes à l'heure, jamais malade. Tu aimes la chaleur de la pierre, ses multiples combinaisons de gris et de rouille, son odeur quand on la casse, la poussière qu'elle répand, la poussière du travail. Ton oncle Aristide te garde par faveur. En réalité, il n'aurait pas les moyens de te payer. Avec la Crise, il doit calculer chaque cent. Elle justifie tout, la Crise, les bons coups comme les mauvais, l'exploitation comme la charité. Toi, tu exiges peu. Ça compte. Mais tu ne le regretteras pas. Ton oncle te l'a promis.

— Un jour, ça va finir. En attendant, mon Louis, on endure. On se défend.

Au début, tu as cassé de la pierre à t'en écorcher les mains. Depuis deux étés, tu conduis un camion. Que pouvais-tu espérer de mieux ? Charroyer de la pierre, du gravier. Il y a des routes qui se construisent, des rangs à remplir de gravier.

Tu aimes ce camion. Tu connais ses conditions, les distances dont il a besoin pour répondre à tes manœuvres, son poids, sa largeur. Au volant, tu domines la route, secoué au rythme des trous et des bosses. À chaque passage, la poussière se soulève en panache derrière toi, un épais nuage qui se disperse au gré du vent, retombe, s'infiltre partout.

Quand la pelle mécanique remplit de gravier la boîte de ton camion, la poussière s'élève encore. Tu es constamment entouré de poussière. Elle pénètre tes vêtements, tes poumons, te fait tousser. Elle colle à ta peau mouillée de sueur. Tu deviens un homme de poussière. Mais qu'est-ce que ça fait ? Tu gagnes ton pain. Une fois le chargement dans la boîte, tu pars vers ta destination, libre de regarder, libre de penser, libre de chantonner.

Aujourd'hui n'a rien de spécial. Pourtant, à midi, quand tu t'amènes pour manger tes sandwiches avec les autres, les gars se taisent. L'instant d'après, ils cherchent un autre sujet. La chaleur qui sévit, la mort de la vieille Moreau, de Saint-Cuthbert, qui laisse son fils déficient à sa sœur qui n'est guère plus brillante. Dorion, qui ne prononce pas deux mots sans sacrer, raconte que sa mère prie tous les soirs pour la résurrection du frère André.

Pendant quelques minutes, tu as pensé qu'on te préparait un tour. Ça se produit régulièrement. Rire fait partie de la vie. Il suffit de ne pas en devenir l'éternelle victime. Tu les surveilles du coin de l'œil.

Et puis Émile, ton cousin, te demande, mine de rien :

— As-tu vu Lambert, à matin ?

— Quand je suis parti, il faisait le train. Je ne l'ai pas vu.

— Tu ne lui as pas parlé comme ça ?

Parler à Lambert ? À la maison, en te réveillant, tu t'habilles. Vous dormez dans la même chambre, mais son lit est déjà vide. Il est à l'étable. Vous ne déjeunez pas ensemble. Et le soir ? La plupart du temps, ton frère va chez Lucette, son amoureuse. Quand il se couche, tu dors depuis un bon moment.

— Qu'est-ce qu'il a fait, Lambert ?

— Rien, rien.

Émile mord dans son sandwich. Les autres gars discutent du chantier de Saint-Viateur. Ils vont paver deux rangs, le député va être réélu.

À la fin de l'après-midi, ton oncle Aristide te dépose devant la maison. Avec un camion plus petit que ton mastodonte, un *panel*, il reconduit plusieurs de ses hommes. Tu sautes de la boîte, il repart. La poussière encore. Tu marches vers la grande cour en te secouant.

À l'ombre de la galerie arrière, tu vois le chien. Le grand colley au poil cotonné ne bouge pas, à peine s'il respire. Étendu près de l'escalier, il épie chacun de tes mouvements sans lever la tête. Il est vieux. Il ne s'excite plus pour rien.

Tu t'arrêtes à la petite maison détachée, la cuisine d'été. En tablier, Andréane et Gilberte, inséparables, versent du ketchup de tomates vertes dans des pots. Elles n'ont pas les gestes amoureux que tu leur connais. Pourquoi y a-t-il de la tristesse dans leurs yeux ?

Ta mère ne bouge pas, le ventre contre son gros poêle de fonte. Pour une fois, elle s'occupe à autre chose qu'à dire une prière. Elle s'affaire à son bouilli, le mets que tu préfères. L'odeur de chou, de navets, de carottes mêlée à la grosse pièce de viande qui cuit te ferait croire que tout va bien, si tu n'entendais la voix trop lente de ta mère :

— Louis ! Ton père veut te voir. Il est au bâtiment.

Curieux. D'habitude, Lambert s'occupe du train. Ton père ne se rend que rarement à l'étable. Tu t'apprêtes à poser une question, tu décides de te taire. Tu n'obtiendrais aucune réponse. Thomas Lafontaine n'endurerait pas que sa femme prépare le terrain.

— Bon. Je me décrasserai après.

En te roulant une cigarette, tu marches vers la grange. Le chien se lève et te suit, presque paresseusement. Il semble aussi fatigué que toi. Il n'entre pas dans l'étable. Il se couche devant la porte et t'attend.

Thomas se faufile entre les bêtes. Ça fait longtemps que tu l'as vu traire une vache.

— Tasse-toi, Caillette !

Sa grosse voix, presque un grognement. Les vaches lui obéissent. Tu t'avances dans l'allée.

— Lambert n'est pas là ?

Thomas poursuit son travail.

— Il est occupé ailleurs.

— Vous avez besoin d'un coup de main ?

Déjà, tu examines les bêtes prises dans les carcans. Des yeux, tu cherches celles dont le pis est gonflé.

— J'ai quasiment fini. C'est pas pour ça que je t'ai fait venir ici, mon Louis.

Il a sa voix des mauvais jours. Son timbre te rappelle les nombreuses occasions où, enfants, vous attendiez dehors que votre mère accouche d'un nouveau rejeton. En vous rejoignant,

Thomas empruntait cette voix solennelle et fataliste pour vous annoncer que le bébé était mort. Un ton décisif qui n'admettait ni commentaires ni questions.

— Il n'arrive jamais autre chose que ce que le bon Dieu a voulu.

Là-dessus, empruntant les gestes du curé, il vous faisait réciter une courte prière et vous bénissait. Dieu était partout, dans sa voix comme dans ses gestes.

Tu te retires légèrement vers la porte du fond. Tu termines ta cigarette et, d'une pichenette, projettes le mégot dans le tas de fumier. Thomas, dissimulé derrière une immense croupe, continue de traire la vache dont la queue bat régulièrement entre vous deux.

— Lambert s'est mis les pieds dans les plats.

Tu sourcilles. Comme autrefois, tu ne poses pas de questions, tu attends la suite.

— Il a volé.

— Volé ?

— Une bagatelle. Mais ça prend des proportions.

Tu ne comprends pas. Il poursuit.

— À la meunerie de Saint-Viateur, hier soir. Il a chipé six poches de farine.

— Pourquoi ?

Le lait gicle dans le seau à un rythme régulier.

— Il espérait les vendre à la boulangerie de Berthier. Il a été vu. Les Girard nous haïssent, tu le sais bien.

Tu ne saisis pas pourquoi Thomas ne te regarde pas. Comme s'il s'accusait lui-même de la faute et qu'il avait honte. Il repousse la vache d'un nouveau grognement. Elle obéit. Ton père se relève, le seau à moitié plein. Il vient le verser lentement dans une grosse « canisse » de métal. Il s'éloigne de toi.

— Lambert va se marier l'été prochain, poursuit-il en revenant avec le seau vide. Lucette, c'est un bon parti. Les Bouffard, une bonne famille…

— Vous avez raison, papa. C'est bête en Saint-Cap ! Il aurait dû...

Thomas ne t'écoute pas.

— ... sans compter que c'est lui qui s'occupe de la terre. Il est fait pour ça, tu comprends ? Clément, c'est le ciel. Lui, Lambert, c'est la terre.

« Et moi, moi, c'est la pierre, les camions ! »

— J'ai pensé que, comme vous vous ressemblez, tu pourrais dire...

— Dire ?

— Dire que c'est toi.

— Moi ?

Tu es estomaqué. Il dépose le seau, te fixe enfin. Sa voix se ramollit.

— C'est moi qui te le demande, Louis.

Le ton vacille entre l'ordre et la supplication. De son regard noir, il quête ta compréhension, attend ton consentement. Rien de moins.

— Tu pourrais avouer que c'est toi qui as volé la farine. Pas la mort d'un homme. Les sacs sont là, dans le petit grenier du poulailler. Lambert a fait le vol avec mon auto. C'était pas intelligent, ça non plus. Maintenant, c'est fait. Sa réputation est importante. Les Bouffard...

— Mais moi ? Qu'est-ce qu'on va penser de moi ?

Thomas fronce les sourcils. Quand tu étais enfant, ces yeux-là te faisaient trembler. Il n'avait qu'à porter la main à sa ceinture, à en défaire la boucle et tu t'accusais de tout.

— On va croire que tu as commis une faute. Tu as vingt ans, tu es mineur. Tu as moins à perdre. Lambert, lui, c'est tout. Puis Clément, on peut pas y penser, il est au séminaire. Pour ton frère, Louis. Pour ton frère.

Tu ne dis ni oui ni non. Tu sors de l'étable. Il fait chaud, tu es en nage. Tu te frappes les épaules. Des fibres de ta chemise sort de la poussière de pierre. Tu marches vers le poulailler. Le chien t'accompagne, la tête basse, la mine presque coupable.

Tu recules la Ford 1933 devant la porte du poulailler. Tu y charges les sacs de farine. Une cargaison ridicule, comparée aux voyages de pierre de la journée. Elle est pourtant de plomb.

Thomas sort de la grange à son tour, transportant deux bidons pleins de lait ; il transpire. En s'arrêtant devant l'auto dans laquelle tu t'apprêtes à monter, il ajoute :

— Ça ne t'empêchera pas de travailler à la carrière. Aristide va comprendre. Une folie, ça se pardonne.

Tu ne l'entends plus. Tu claques la portière, fais démarrer le moteur. Tu prends la route de Saint-Cuthbert. Pour la première fois de ta vie, tu détestes conduire.

Jean-Pierre Garand m'a appris que tu avais fait de la prison. Quarante-huit heures, tout juste deux nuits blanches, presque rien. Une bagatelle dans la vie d'un homme, une poussière sur ton épaule. Toi qui, entre tes moments de silence et de jonglerie profonde, aimais raconter, tu n'en as jamais glissé un seul mot. Même dans tes moments les plus alcoolisés. Certaines poussières dessèchent la gorge pour longtemps.

Les jours suivants, les gars ne te regardent pas franchement. Ils ne te jouent plus de tours. Ton monde a chaviré.

Trois semaines plus tard, tu annonces à ton oncle que tu ne reviendras pas le lendemain.

— L'été est quasiment fini. Cette année, je pense que je vais monter dans le bois.

— En Abitibi ?

— Peut-être. J'ai aussi entendu dire que dans le Nord de l'Ontario, c'était encore plus payant.

Aristide te tend ton argent.

— Tu donneras de tes nouvelles, mon Ti-Louis.

Tu murmures quelques vagues adieux. Vous n'avez pas l'habitude de vous répandre.

Sous la galerie de la maison, le chien dort toujours, en boule. Il s'étire quand tu passes devant lui. Tu entres, te laves.

Tu t'attardes dans ta chambre. Préparer ton paqueton n'est pas compliqué : deux paires de pantalons solides, quelques chemises, des camisoles, des caleçons, des chaussettes, une paire de souliers plus propres que tes bottines de travail. Rien de lourd. Un sac, pas une valise.

À quel moment cette douleur blottie derrière son sternum prend-elle le rythme lancinant des *Litanies* ? En tirant légèrement sur les tresses de Claudette et de Léa, ses deux plus jeunes sœurs, montées sur le marchepied de la Ford 1933 ? En embrassant sa mère qui lui murmure qu'elle priera pour lui ? Quand son père lui dit : « Tu nous écriras » ? En roulant une cigarette pendant que Lambert, au volant de l'automobile, le conduit à la minuscule gare de Saint-Barthélémy, sur le « chemin des chars » ? En serrant la main de ce frère qui l'a remercié, qui sait ? En attendant le train ? En montant les marches d'un wagon de passagers ? En emmêlant les battements de son cœur à celui du roulis ?

Peut-être que Louis ne les rumine même pas, ces *Litanies*. Il n'a pas été le meilleur servant de messe de la famille, pas l'enfant de chœur le plus pieux, pas le catholique le plus fervent. Sans le savoir, il a plutôt été un païen en devenir, manifestant une foi rêveuse et mordant volontiers dans les petits bonheurs de la vie difficile.

Litanies de ce que Louis aimait

Il aimait les abeilles. Il avait aimé marcher entre les ruches, aux jours d'été, soulever le couvercle par gestes mesurés, observer ce petit monde grouillant dans la géométrie parfaite des cellules. Retirer doucement un rayon coulant de miel. Recueillir l'épais liquide avec délicatesse, sans briser la cire des alvéoles. À l'annonce de l'hiver, un soir sans lune, déménager les ruches une à une comme si elles étaient des coffres contenant de l'or liquide, les entreposer dans le sous-sol de la maison, les déposer sur la terre qui restera chaude. Mieux que quiconque, il s'était occupé des abeilles et en avait conservé une lenteur et une certaine mesure du geste.

Il aimait le lait. Le lait froid, le lait chaud, celui qui vous coule dans la gorge, celui qui imprime une moustache blanche à la petite Léa, celui qui nourrit quand on a faim, celui qui calme l'estomac.

Il aimait la radio. Les Lafontaine avaient été parmi les premiers à se procurer un poste au moment où les ondes se sont chargées des émissions les plus diverses. Il aimait les histoires drôles, la musique, les valses de Strauss, les *reels* canadiens qui font taper du pied.

Il aimait les chansons. Il n'oublierait pas les spectacles qu'ils donnaient, lui, Clément, Lambert et Georges Sylvestre qui les accompagnait au piano, à la Saint-Jean-Baptiste, dans les tombolas ou lors des foires agricoles aussi. Il savait par cœur les sketches, souvent copiés de la radio, que jouait la petite troupe. Il pouvait déclamer des fables de La Fontaine, prétendant qu'il était un descendant du grand écrivain. Le groupe interprétait des chansons de folklore, certains succès populaires de madame Bolduc.

Après les représentations, ou cachés derrière un rideau pendant les spectacles, ils buvaient. De la bière surtout, les grosses bouteilles de Black Horse ou de Molson, rafraîchies d'un bloc de glace, dans les caisses de bois.

Il aimait voir les yeux de ses jeunes sœurs quand il leur inventait des histoires. Et même si la cuisine était l'affaire des filles, il aimait brasser les chaudrons, leur préparer des desserts, du pouding chômeur jusqu'aux tartes aux mouches, le surnom des raisins secs.

Et par-dessus tout, il aimait conduire. Conduire.

Dans le train, les *Litanies* l'endorment. Puis les brusques secousses le réveillent. Il est incroyablement seul. C'est la première fois de sa vie qu'il se sent aussi abandonné, lui qui n'a jamais dormi dans une chambre sans entendre la respiration d'un frère. Par la fenêtre, il ne voit rien d'autre que le reflet de son visage contre la nuit. Il écrase sa figure contre l'épaisse vitre en espérant imprimer dans son cerveau que cette solitude est préférable à la trahison qu'il a vécue.

Désormais, il affrontera la misère sans la complicité des siens. Ça, il ne l'a pas choisi.

Que te restait-il, le jour où tu es parti ? As-tu rassemblé tes souvenirs ? Les as-tu balayés ? Tiens, tu nous racontais les après-midi où, gamins, vous alliez vous baigner à la carrière de ton oncle Aristide. Après les pluies, il y avait des endroits creusés dans la roche où l'eau s'accumulait, chaude, bouillante presque. Vous y plongiez. Un jour, Lambert et Clément sont sortis avant toi. Quelques minutes plus tard, tu as compris. Ils avaient déguerpi en emportant tes vêtements. Tu es rentré à la maison, tout nu, en pleurant.

Une autre fois, vous aviez couru après un jeune veau. Vous l'aviez cerné, puis Clément, Lambert et toi vous l'aviez attrapé par la queue. Le frêle animal tirait de toutes ses forces. Affolé, il vous a traînés jusqu'à ce que sa queue vous reste dans les mains. Dans les tiennes. Tu avais été accusé du méfait. Ton père t'avait promptement regardé, l'œil sévère, avait porté la main à sa ceinture. Clément et Lambert s'étaient tus. Déjà.

Je roule de plus en plus vite. Louis est assis sur le siège arrière de ma voiture. Il demeure silencieux. Je ne parle pas davantage. Je regarde devant et, par le rétroviseur, je constate qu'il fait la même chose. Toutes les fois où nous nous sommes retrouvés tous les deux dans une voiture, nous ne disions presque rien sinon des commentaires sur la route, la manière de conduire, le coût de l'essence, les performances de l'auto. Le véhicule qui nous emmenait devenait notre lien. Même la toute dernière fois, quand je l'ai conduit à l'hôpital. Son dernier voyage.

Qu'est-ce que j'avais à lui dire? Qu'est-ce qu'il aurait voulu dire? Qu'est-ce qu'il aurait pu me dire? Il y a tant d'événements de la vie de mon père que j'ignore. Si je les avais sus, quand il était là, aurait-il pu me dévoiler ses secrets?

Il aurait repris une de ses légendes : le jour où il avait eu tellement faim qu'il avait mangé de l'herbe, les biscuits Village qu'il trempait dans l'eau d'un ruisseau pour qu'ils ramollissent.

Il possédait une mémoire phénoménale, mais pour organiser sa vie, il fonctionnait par instinct. Il se moulait aux événements. Il semblait se plier… choisissait la meilleure voie. Il improvisait plus qu'il ne planifiait. Pouvait-il en être autrement?

Fin d'après-midi, j'arrive à Saint-Lambert. Mon chien est à la fenêtre du salon, les oreilles dressées. Il se lamente, glapit, il ne retient pas ses émotions. Il souligne chacun de mes retours par une fête de son cru.

Nous allons sombrer dans la nuit. Le ciel est mauve. Les valises, le sac de plastique et mes bagages personnels m'encombrent. De la mémoire plein les bras, je retrouve les miens.

CHAPITRE 2

Les chemins d'exil

Le gros sac vert dégage une odeur humide, celle d'une pourriture latente. Bébert, mon presque berger allemand, le fouille du museau. Il n'a connu ni mon père ni ma mère. Pourrait-il découvrir une odeur qui me ressemble?

En me voyant entrer avec ce sac de plastique et les deux valises inconnues, Andrée s'est étonnée.

— Qu'est-ce que tu rapportes?

— De quoi réveiller des fantômes.

Elle a sourcillé. Puis, curieuse, elle m'a rappelé qu'elle n'avait pas peur des fantômes et des vieilles choses. Je ne peux pas en dire autant.

Les valises ouvertes, le contenu du sac étalé, j'ai l'impression de jouer au détective. Je dois avoir l'air d'un enfant. L'enfant que je suis, en vérité, le sien, le fils de l'oublié. Je prends une poignée de photographies, les éparpille sur ma table.

À côté de moi, Andrée, que les photos ne laissent jamais indifférente, en examine quelques-unes. Les plus jaunies, les plus abîmées. Mon père adolescent portant un bébé emmailloté, probablement une de ses jeunes sœurs. Le même garçon, à peine plus âgé, avec ses frères, fiers de leur lourd maillot de bain en laine. Carmen, l'aînée de la famille, dans son costume de religieuse, la cornette lui serrant les joues. Une relique d'un temps très bref.

Je répands d'autres documents racornis, des cartes de souhaits, des lettres effilochées, des photos encore, des enveloppes pleines de négatifs. Il y a ces petits calepins rouges. Des séries de photos reliées, datant toutes de ses années de chantiers. Mon père y figure avec différents hommes, bûcherons, contremaîtres ou cuisiniers comme lui. Des complices qui s'amusent constamment pour l'appareil photo. Il est difficile d'évaluer leur âge ; les jeunes des années 1930 et 1940 avaient rapidement l'air vieux. Mais ils ne manquent pas leur chance de faire les fous devant les témoins à venir, les inquisiteurs du futur, les rapporteurs de mon espèce. Peu vêtu malgré la neige, Louis porte son tablier et les manches de sa chemise blanche sont retroussées. Sa moustache a poussé et ses oreilles paraissent plus grandes et décollées.

— Qu'est-ce que tu comptes faire de tout ça ? Retrouver tes racines ? C'est de ton âge… et puis, c'est la mode.

Andrée se moque de moi. Je bredouille :

— Non… En fait, je ne sais pas… C'est fou. Est-ce que je devrais essayer de voyager dans le temps ? C'est tellement pas mon affaire.

Je me trompe pourtant. J'ai secoué ma mémoire, il y a quelques années, quand j'avais écrit un livre sur la vie d'un célèbre joueur de hockey. Je me souviens de mon emballement du départ. Il avait transformé son sport en inventant des tas de techniques et en imposant de nouvelles pièces d'équipement. En questionnant d'autres joueurs, coéquipiers ou adversaires, et des journalistes qui l'avaient côtoyé, en fouillant son courrier, ses souvenirs que sa femme avait légués aux Archives nationales, ses défauts m'étaient apparus, un à un, crus, immenses taches sur sa gloire. De jour en jour, le héros s'écaillait, se fissurait, craquait. Je m'étais mis à le détester. Comme Andrée s'était chargée de la majeure partie des recherches, nous l'avions détesté à l'unisson.

— Tu n'as pas peur que le même phénomène se reproduise ?

— Avec mon père ? Je n'ai plus de raisons de le haïr. À une époque, c'était normal. Je lui en ai voulu jusqu'à me battre contre lui, jusqu'à espérer l'estropier, dans mon imagination, dans ma haine bouillante, bousiller tout ce qu'il était, tout ce qu'il représentait, le faire disparaître, l'éteindre. Aujourd'hui, dans mes souvenirs, ce n'est plus ça qui me reste de lui.

Je lui raconte l'histoire du vieux de Rivière-du-Loup, mon désarroi sous la pluie du retour, ma rage qui avait éveillé ma curiosité.

Louis s'était vraisemblablement éclipsé. Ma première réaction avait été de croire qu'il avait agi ainsi pour ne pas traîner sa honte devant les gens de la place. En le voyant rigoler sur les photos, une autre hypothèse m'apparaît. Il aimait parler. À l'époque du moins, il ne s'en privait pas. Il a peut-être craint de révéler la vérité, à ses proches, puis aux compagnons de quelques bières. Et si Thomas l'avait un peu poussé à déguerpir ? Louis écarté, Lambert pouvait respirer plus librement, épouser Lucette, s'installer sans entraves.

L'époque était propice à l'élimination des encombrants. Dans les familles nombreuses, un membre de plus ou de moins ne changeait rien. Ma grand-mère avait mis seize enfants au monde. Dix avaient survécu. Les autres flottaient quelque part dans le néant.

À Saint-Barthélémy, Louis avait apparemment été un enfant perdu, oublié dans le remue-ménage, dans le fouillis de la vie besogneuse, grouillante.

Sans doute en raison de ses origines rurales, mon père ne s'extasiait pas devant les charmes de la nature, les roucoulades des petits oiseaux ou la majesté d'un coucher de soleil. Il savait trop la bataille quotidienne avec cette nature de roches pour y arracher de quoi vivre.

Au temps fleuri des communes, au chevauchement des années 1960 et 1970, quand le retour à la terre est devenu une mode, il se moquait de ces nouveaux cultivateurs qui discutaient pendant des heures pour changer des tas de pierres d'endroit. Pierrot, ma sœur Mireille et son mari étaient du nombre, à glorifier le soleil et le *peace and love* enfumé. Chez Louis, pas d'hymne champêtre ou de sein maternel retrouvé.

De la même manière, il ne vantait pas le courage des

défricheurs qui se creusaient un coin. En fait, il regardait la terre avec une certaine indifférence. Il n'avait jamais aimé le travail des agriculteurs, lui préférant les abeilles dont la vie est plus calme, moins éreintante pour celui qui s'en occupe.

Il faut dire que Thomas n'avait pas été un grand fermier. Propriétaire d'une humble terre à peine capable de nourrir sa famille, il était devenu agent d'assurances. Il vendait des polices aux voisins, rencontrait des clients potentiels. Cela lui permettait de s'arrêter plus souvent qu'à son tour à l'hôtel du village et de jouer aux cartes. Thomas était une sorte de joueur-buveur professionnel, sévère à la maison, beaucoup plus indulgent en brassant le jeu. Il ne perdait pas au poker. Il se maintenait, ni riche ni pauvre, ses partenaires buvant autant que lui. Ainsi, il avait volontiers délégué Lambert pour s'occuper des animaux et des cultures.

Lorsqu'il revenait à la maison, il se mettait au lit et ne manquait pas de vérifier si sa femme, qui ruminait ses prières vingt-trois heures par jour, avait un trou dans sa jaquette. Elle recevait les assauts de son mari en grignotant quelques Ave. Et elle accouchait sous le poêle quelques mois plus tard.

Tout compte fait, Louis ne nous a jamais communiqué l'héroïsme des gens de la terre ou la grandeur de la misère. Il détestait le temps des foins, ne vibrait pas aux meuglements des vaches ou aux bêtises attendrissantes d'un jeune veau. Est-ce parce qu'il avait rapidement su qu'il n'hériterait pas de la terre ? Je l'ignore. Tout au long de sa vie, il s'est détourné de ce qui ne lui plaisait pas. S'il se sentait rejeté, il n'insistait pas, préférant tourner le dos, disparaître, aller voir ailleurs que de s'accrocher inutilement. En somme, choisir ses humiliations si elles étaient nécessaires.

À Montréal, avec ses vingt ans, sa peine mêlée à sa naïveté et à son humeur têtue, Louis ressemble à une fugue battante, inquiète, dans le soir brun. Les chansons de la radio lui manquent. Il tente d'en fredonner quelques-unes. Dans sa tête, évidemment, en silence.

Son papier à cigarettes a dû tomber de sa veste quand il a sauté dans le tramway. Assis sur une banquette de jonc tressé, il continue de tâter ses poches. Aurait-il perdu autre chose ? Le rythme des rails sur l'asphalte cogne dur, le pénètre, tisonne la vilaine blessure.

Sur les banquettes, quelques voyageurs lisent un journal replié. Tout près de lui, un homme cravaté commente une nouvelle à son voisin :

— Écoute ça. « Août, mois record. Jamais la glace, la crème glacée, les liqueurs douces ou autres ne se sont mieux vendues. »

— Je le savais. Au restaurant, près de la maison…

Les solitaires regardent les panneaux publicitaires de la rue ou des tramways qui croisent le leur : « Fumez Sweet Caporal… Buvez Coca-Cola… Le bon thé Red Rose… ». Des amoureux se tiennent par la main, chuchotent. Deux travailleurs discutent des exigences de leur patron :

— Il ne voit pas que le coût de la vie a changé. Juste pour le mariage de ma sœur, je me suis acheté un habit, deux pantalons. C'est dix-huit piastres.

Lui, il est perdu, étranger. Il se précipite. Il prend la mauvaise direction, demande à un passager de l'orienter, descend à l'arrêt suivant. Il emprunte un autre tramway, en ressort, presse le pas, cherche les adresses, arrive enfin au bureau de placement. Trop tard, c'est fermé. Demain, il y reviendra, sans se perdre. Il a développé un sens de l'orientation. Il saura reconnaître cet édifice. Il viendra y quêter une chose rare, qui n'existe pas : un emploi.

Après une nuit dans une chambre sale, dans un *tourist room* pas trop achalandé, Louis retourne au bureau de l'emploi.

La Spruce Falls Power and Paper engage. La compagnie est solide. Il s'agit d'une grosse société américaine installée dans le Nord de l'Ontario qui fournit le papier au *New York Times*.

Louis n'a jamais vu un exemplaire du *New York Times*. Il suffit de prononcer le nom d'une grosse ville pour éveiller des ambitions. Il n'en a qu'une : se trouver du travail.

Un après-midi d'octobre 1937, il reprend le train. Dix jours à Montréal lui ont mangé presque toutes ses économies. Au début, les néons de la rue Sainte-Catherine, les vitrines des magasins, les affiches des cinémas l'ont impressionné. Puis, il s'est ennuyé. Sa chambre au papier peint décollé par endroits, à la lumière fade, jaunie, qui provenait d'une ampoule suspendue au bout d'un fil, en plein milieu de la pièce, lui donnait la nausée. Il avait faim, il comptait ses derniers dollars. Si la vie à la ville ressemblait à cela, il ne s'y habituerait pas.

Le convoi l'entraîne dans la nuit, grignote de l'espace. Si un voyageur indiscret ou simplement en mal de conversation lui demandait :

— Où vas-tu ?

Louis répondrait :

— Faire un peu d'argent.

Saurait-il répondre autre chose ? Il cherche à fuir, sans regarder derrière lui.

Le train monte vers l'Abitibi... Un train poussif, trop lent. Le lendemain, il traverse Senneterre, Taschereau et l'amène de l'autre côté de cette fausse frontière. En Ontario. Cochrane, enfin Smooth Rock Falls, non loin de Kapuskasing.

Le premier hiver. Le chantier parmi les épinettes. Le matin, le froid, plus sec que dans le sud, ressemble à une lame de rasoir. Le froid du dedans aussi, celui que Louis cache parce que, parmi ce rassemblement de solitaires, personne n'apprécie les plaignards.

La capacité de Louis à se lier avec les gens m'a toujours fasciné. Quand j'étais enfant, je l'admirais. Si nous nous arrêtions dans un restaurant, il s'adressait à la serveuse comme à une vieille connaissance. Sans préambule inutile, il échangeait avec le type de la table voisine. Il reprenait pour ses camarades de travail la blague qu'un inconnu lui avait apprise.

Aux premiers jours, s'il a oscillé entre la solitude et le goût de la compagnie des autres, la promiscuité du lieu s'est tout de suite avérée un baume.

Dans le partage obligatoire de l'ennui, du froid, des efforts et des repas, l'univers prend une allure plus humaine. Il travaille dur. Il n'a pas à manier la hache ou la scie. Abattre les grandes épinettes n'est pas son fort. Il sait manœuvrer les gros appareils. Aux commandes d'un tracteur, il ouvre des chemins praticables, déplace et empile les billots sur de larges traîneaux posés sur des rails de bois et tirés par des chevaux.

Les photos le montrent, debout, la casquette sur le côté de la tête, chaussé de lourdes bottes qui lui montent jusqu'aux genoux. Il pose fièrement, appuyé sur l'énorme pneu de sa pelle mécanique. Sur une autre photo, il est installé dans la cabine, aux commandes de son engin ; un homme plus vieux, pipe à la bouche, l'a rejoint. Probablement le contremaître.

L'hiver est froid. Il transpire, il gèle. Le soir, il se couche épuisé, engourdi. Le matin, s'il a dormi la tête trop près du mur en rondins, ses cheveux sont pris dans la glace. Il vit une espèce d'absence de douleur. Il apprend l'anglais, la langue de la débrouillardise, qu'il parlera avec un fort accent.

Les hommes mangent mal. Ils se plaignent de la nourriture. Aux repas, devant les tourtières dures et le bœuf en semelles de bottes, les grognements s'intensifient, les sacres aussi. Un jour, le contremaître, pour consoler les mécontents, annonce que le *cook* en chef ne reviendra pas l'hiver prochain. Louis propose :

— Chez nous, je faisais la « cookerie ». Je serais capable de nourrir le monde.

— Sais-tu faire des beignes ? crie un bûcheron.

— Les beignes ! Saint-Cap ! C'est ma spécialité !

Des beignes, il peut en fabriquer une quantité industrielle. Préparer la pâte, la laisser reposer de longues heures, recouverte d'un linge à vaisselle de coton, avant d'en prendre des portions et de l'abaisser sur la table légèrement enfarinée. Donner forme aux beignes, en faire sortir le trou. Enfin les plonger dans l'huile bouillante, patienter pendant qu'ils descendent dans le grand chaudron et les retirer quand ils remontent à la surface, avant que la graisse n'y pénètre. Louis sait s'adapter. Avant même les premières chaleurs du printemps, il a sa place dans les cuisines.

À la fermeture du camp, il touche l'argent du printemps, une bonne somme, la plus grosse fortune de sa vie. Il n'a pas beaucoup dépensé, un peu pour la bière, un peu pour le tabac, s'est tout juste acheté les vêtements qu'il lui fallait. Il hésite. Rentrer à la maison avec un magot ne lui déplairait pas.

En arrivant à Smooth Rock Falls, la ville proprement dite, il va fêter avec les bûcherons. Smooth Rock Falls est une petite agglomération, fondée depuis quelques années. Elle vit de la forêt. Au printemps de 1938, on ne peut manquer l'hôtel et son bar où les travailleurs viennent boire et jouer aux cartes. De rares autos s'aventurent sur la chaussée de terre battue. Sous le soleil, des gars, sortis tout droit de la forêt, l'arpentent en flânant. La plupart se font raser chez le barbier. D'autres s'arrêtent chez le marchand général, histoire d'acheter des vêtements neufs, parfois un habit et une chemise propre. On s'informe de l'heure du train qui vient de Hearst, Kapuskasing, s'arrêtera à North Bay et descendra jusqu'à Ottawa.

Quelle idée a pu traverser la tête de Louis ? Une ambition presque suicidaire. Pendant l'hiver, il n'a pas beaucoup communiqué avec sa famille. Une lettre au temps des fêtes, destinée à annoncer où il travaillait, avertir qu'il n'avait pas glissé vers la Nouvelle-Angleterre où une bonne partie de la famille avait déguerpi au début du siècle. Avec la liberté du printemps, sans savoir pourquoi, il a envie de doubler sa fortune. Pour épater ? Montrer qu'il est capable de se débrouiller. Au séminaire, Clément utilise Dieu pour devenir quelqu'un. À Saint-Barthélémy, Lambert a besoin de la terre de son père, de la famille de sa femme, de son honneur sans tache. Louis n'a besoin de rien ni de personne.

Comment réagiraient-ils, à la maison, s'il réapparaissait, un bon matin? Revenir, soit, mais la tête haute sous un chapeau foncé. Avoir vieilli de cinq ans en sept mois, preuve irréfutable de son passage à la vie adulte, celle où l'on sait s'arranger. Parti comme un voleur, il reviendrait, solide, capable de regarder droit devant lui, avec assez d'argent pour se montrer généreux, pour pouvoir distribuer quelques gros trente sous. À Montréal, il pourrait s'acheter un habit, une chemise blanche, une cravate. Un chapeau mou aussi. Une voiture. Ça, c'est le vrai signe.

Pendant un long après-midi, au beau milieu de la rue principale de Smooth Rock Falls, dans ses bottines terreuses, il imagine ses sœurs, principalement Claudette et Léa avec leurs tresses de petites filles, il les voit apparaître sur le grand perron de la maison. Leurs yeux brillants le reconnaissent à sa démarche, découvrent sa moustache et l'homme qu'il est devenu. Il perçoit leur cri :

— Louis est revenu !

Il sent leurs bras autour de son cou. Il vit un de ses rares instants d'orgueil.

Chez le marchand général, il s'achète une *moneybelt,* y entrepose ses gains de l'hiver.

Au bar de l'hôtel, il boit quelques bières. Un rye. Deux ryes. La plupart des gars se sont arrêtés là. Ça se chamaille, ça discute fort, ça crie. Ça vit. Des jeunes veaux qui veulent courir, ruer, lâcher leur fou. Tous différents de ce qu'ils étaient dans le bois. Le prochain train ne part que demain. Et l'argent leur brûle les mains.

Une table se forme. Un petit poker, une petite « poule ». Louis n'hésite pas. Un habit, un chapeau, une voiture… il bat le paquet.

Il gagne facilement les premières brasses, celles qui ne comptent pas beaucoup et servent à étudier la façon de jouer de chacun. Ensuite, il commence à perdre, sans s'apercevoir que les autres, plus âgés que lui, savent faire fructifier leur hiver. Un beau jeu, Louis risque gros. Il bluffe.

— La chance va me revenir, Saint-Cap !

Le lendemain, il ne se souvient plus de la nuit. Il a mal au crâne, l'envie aiguë de s'endormir pour une éternité. Sa *moneybelt* flambant neuve est vide. Il lui reste tout juste quelques dollars oubliés au fond de sa poche. Il a épouvantablement besoin d'une tasse de café fort.

Il ne se rend pas au train. Qu'est-ce qu'il irait faire ailleurs ? Il vaut mieux demeurer à Smooth Rock Falls.

De toute manière, il n'a plus d'attaches et la conviction profonde de vivre pour rien. L'été sera long. Le marchand général cherche quelqu'un pour faire l'entretien. Pourquoi ne pas devenir un homme à tout faire en attendant l'hiver prochain ?

Le curé Monette est trop grand, trop maigre et terriblement malhabile. Comme plusieurs prêtres, il manie le verbe avec aisance. Mais personne n'est plus balourd que lui. Il flotte littéralement dans sa soutane. Ses gestes désordonnés donnent l'illusion qu'il pourrait sortir de son vêtement. À cheval, il passerait aisément pour un Don Quichotte. Il n'a pas de cheval, mais une Plymouth 1932, aussi noire que lourde, qu'il n'a jamais pu conduire convenablement. Les subtilités de l'embrayage et des changements de vitesse se révèlent un grand mystère pour lui. Mystère auprès duquel l'Immaculée Conception et la Sainte Trinité sont de la petite bière. Côté bière, le curé Monette ne crache pas dans un verre. Il comprend les hommes qui en abusent, leur fait de grands sermons parce que c'est son métier et ne manque pas une tournée.

La journée est si belle qu'il prend sa voiture pour se rendre chez son confrère de Hearst. Sa Plymouth roule plus mal que d'habitude, elle hoquette et tire du côté droit. Néanmoins, il réussit à la mener devant le magasin général où elle s'étouffe définitivement.

Le curé Monette en sort en battant des bras, impuissant. Décidément, cet engin a le don de le contrarier. Pour se calmer, il entre au magasin, achète un paquet de British Consol et allume une cigarette.

À côté de la grosse caisse enregistreuse à manivelle, Louis n'en mène pas large. Le bruit de la petite monnaie lui déchire les tympans.

Le curé Monette lui sourit et lui offre une cigarette.

— Tu n'as pas pris le train ?

Louis secoue la tête.

— Je vais me trouver de l'ouvrage par ici.

Le curé Monette, qui a visité le chantier pendant l'hiver, se souvient parfaitement du garçon.

— C'est toi qui as un frère prêtre ?

— Pas encore, mais ça doit s'en venir. Il est au Séminaire de Joliette.

Coup de chance ! La Providence a le bras long, pense l'homme de Dieu qui cherche un chauffeur depuis trois ans et une cuisinière depuis trois jours.

— Tu sais conduire une voiture ?

Louis fait oui de la tête.

— La mienne roule mal.

— C'est normal, vous avez un « flat », monsieur le curé.

Éberlué, Ernest Monette se rend à la porte et fixe son pneu avant droit en se palpant le menton. Il rit. Louis l'accompagne jusqu'à l'auto pour faire la réparation.

— Cuisines-tu aussi bien que tu changes les pneus ? demande le prêtre en glissant ses longues mains dans son ceinturon.

— Mieux, répond le jeune homme en époussetant son pantalon.

Dès lors, le curé Monette devient une sorte de père pour lui. Et Louis… une mère pour le curé. Ils s'entendent comme larrons en foire.

Dans une voiture de gangsters, Louis conduit le curé vers

ses paroissiens. Au presbytère, il s'occupe de la popote, des « stews » dont il a le secret et que, avec l'habitude du chantier, il fait en quantité industrielle. Ils en mangent plusieurs jours de suite. Finalement, la viande surit avant qu'ils aient terminé.

Désormais, Louis a une excellente raison de ne pas quitter le Nord de l'Ontario. Et le prêtre camoufle mal sa peine lorsque l'hiver entraîne son complice vers le chantier.

Louis Lafontaine trouve moyen de s'amuser. Sur les clichés, il pose près de la porte qui mène à sa cuisine, en tablier, en chemise blanche aux manches roulées, dans la neige ou, par temps doux, sur un trottoir de bois au milieu de la boue. D'un bond, il est passé à l'âge adulte, puis il est resté tel quel. Il s'amuse, libre en pleine vingtaine, en un lieu donné, avec un emploi assuré. Une fois l'humiliation étouffée, il s'est découvert de nouvelles complicités. Il se sent important. En fait, ce n'est pas le mot qui lui convient. Il ne l'aimerait pas. Être important ne le préoccupait pas. Il a simplement la certitude d'occuper une place. D'être utile.

Au chantier, il nourrit les hommes. La cuisine est devenue son domaine. Il en organise les activités, commande les ingrédients : le bœuf, le porc et son lard, les poches de farine et de patates, les pois et les fèves. Il prépare les repas, invente des recettes, n'a jamais besoin de livres. Il adore les immenses chaudrons posés sur le tablier du poêle à bois.

Quand il jette un œil vers la salle à manger, la vingtaine de longues tables autour desquelles s'assoient les hommes fatigués, gelés, impatients ou rieurs, selon le temps et les personnalités, il est sûr de servir à quelque chose.

Le matin, il est le premier levé, avant le soleil. Il allume les fourneaux, fait bouillir des quantités phénoménales de thé et de café, dresse des piles de toasts. À la fin de l'été, il a fait des confitures. Dans les fèves au lard, la mélasse coule à flots.

Ce qu'il préfère, c'est la confection des desserts : les gâteaux, les poudings chômeurs, les tartes au sucre, les tartes à la farlouche, aux raisins. Avec les restes de pain, il fait de la poutine ; avec les restes de gâteaux, de la bagatelle. Rien ne se perd.

Tous les hommes ont des poux, sauf lui. Il se transforme en infirmier et frictionne les autres à la térébenthine.

Le soir lui offre un nouveau rôle : écrivain public. Louis écrit des lettres d'amour. Une lettre originale qu'il recopie au creux des après-midi suivants pour les gars qui le désirent, en changeant simplement le nom de la destinataire. Après tout, là-bas, tout le monde vit la même chose, participe aux mêmes événements, s'ennuie de la même manière. Il n'y a que les noms et les visages qui changent. Ses mots d'amour sont farcis de fautes d'orthographe, mais cela importe si peu.

Tourner autour du poêle, écrire des lettres, aider, rendre service, donner un coup de main : Louis Lafontaine est un homme fiable.

Voilà deux ans que Louis travaille dans le Nord de l'Ontario. Sa place n'est pas restée vide très longtemps. Chacun a comblé l'espace, comme le trou dans le sable qui disparaît sous quelques vagues. La vie suit son cours.

Après avoir quitté le couvent et épousé un professeur de mathématiques, Carmen a eu, coup sur coup, un garçon et une fille. Comme prévu, Lambert s'est marié à Lucette Bouffard. Ils espèrent un enfant. Clément poursuit ses études théologiques au Séminaire de Joliette.

Les vides se remplissent un à un. Les plus vieux disparaissent, les plus jeunes grandissent.

Thomas vend toujours de l'assurance, mais il n'en a plus pour longtemps. Sa maladie l'a sérieusement affecté. Il pense abandonner l'élevage des abeilles qui ne rapporte pas assez.

Les rares lettres de Louis causent quelques émois. Surtout chez Léa dont il s'était occupé mieux que personne.

À table, le père semble fréquemment perdu dans ses pensées. Il voit bien que Lambert et Lucette prennent de plus en plus de place. Ils doivent s'installer. Lambert ne peut pas continuer à travailler seul. La famille est trop nombreuse pour la petite terre.

Un soir, Thomas déclare :

— Il serait temps de déménager à Montréal. Ce sera plus pratique pour les filles qui étudient.

Il n'attend l'approbation de personne. Qui pourrait le contredire ou le conseiller ? Les filles ? Elles sont trop jeunes... et ce sont des filles. Sa femme ? Elle prie... et c'est une femme. Lambert ? Il est trop impliqué.

Avec la guerre qu'on annonce de l'autre côté de l'Atlantique, le père sent confusément que son temps est révolu. Il veut partir, céder sa place à Lambert, qu'il vole de ses propres ailes. Les Lafontaine déménageront à Montréal.

À Smooth Rock Falls, sous le soleil, Don Quichotte et Sancho Pança ratissent les alentours. Le curé Monette, qui n'a plus à se préoccuper de l'embrayage, des soubresauts ou des simples crevaisons de sa Plymouth 1932, prend goût aux déplacements. Au point de perdre un peu la tête. Il organise ses journées en fonction des routes à parcourir. L'homme d'Église adore être conduit. Ce n'est pas tant qu'il désire semer la bonne parole. Toutes les âmes qu'il rencontre sont converties. Et quand ses paroissiens ne démontrent pas leur ferveur, c'est qu'ils sont tellement noyés dans la misère ou dans l'alcool, souvent dans les deux à la fois, que tout discours clérical ressemblerait à un jet d'eau dans l'immensité d'un fleuve. Non, le plus important, c'est d'aller cueillir la dîme et, qui sait, un petit surplus pour les bonnes œuvres. La charité reste un devoir des chrétiens et le curé Monette ne veut pas en priver ses ouailles.

Pour Louis, la dîme et les bonnes œuvres font partie d'un

grand jeu. En silence, il apprécie le spectacle offert par son maigre compagnon, comment il se présente à la porte d'une maison isolée, la main sur sa poitrine osseuse, en se courbant légèrement, histoire de souligner son humilité. Comment, avec l'audace de sa foi, il s'infiltre dans la demeure. Sa manière de humer les lieux avec délicatesse, juste assez pour que la cuisinière le remarque, en tire de l'orgueil ou de la pitié pour un prêtre affamé et son chauffeur, et les invite à partager leur repas. Son empressement calculé à refuser, avec la dose de mollesse nécessaire pour ne pas être pris à contre-pied, lorsqu'il accepte. Sa façon de se recueillir devant la soupe, de réciter le bénédicité, de bénir la famille. Au dessert, le curé aborde invariablement des sujets plus épineux : les réparations essentielles à l'église et le sort des indigents. Louis sourit quand la femme de la maison fouille dans le sucrier de l'armoire pour y quérir les cinquante cents de son don et qu'il repère la petite flamme victorieuse dans l'œil de son compagnon.

La poche dans laquelle tombe l'argent n'a pas de compartiments désignés « paroisse » et « argent personnel ». Le curé proclame doctement : « La paroisse, c'est moi. »

Sa récolte terminée, le brave abbé s'évertue à dénicher des destinations nouvelles, invente cinquante-six raisons de se déplacer. Il faut aller à Hearst acheter ceci... une pointe à Kapuskasing pour cela... descendre à North Bay ou à Sudbury pour visiter d'autres curés.

Certains soirs, au presbytère de Smooth Rock Falls, quelques soutanes se rencontrent. Ils discutent un peu travail, mangent et se détendent. Ces serviteurs de Dieu n'oublient pas la part humaine de leur sacerdoce. Une fois les prières expédiées, semblables aux hommes des bois, ils boivent et jouent aux cartes. Louis se joint à eux. Il aime le jeu, bien qu'il ne gagne pas plus avec les prêtres qu'avec les bûcherons. Au poker, il est trop tenté par les manœuvres casse-cou qui, si elles rapportent quelquefois beaucoup, lui coûtent cher. Et il n'a pas la certitude absolue que les curés ne trichent pas.

Si le curé Monette a la morale élastique quand il est question d'alcool ou d'argent, il devient beaucoup plus directif au sujet des femmes. Confesseur aguerri, il connaît la métamorphose des mâles, après une longue période de solitude. Ces costauds, pourtant plantés comme de grands arbres et prêts à affronter les bourrasques les plus violentes, rapetissent et fondent quand une belle, d'un mouvement de la hanche ou d'une œillade complice, leur tend un piège fatal. De ce côté, son chauffeur-cuisinier, qui ne parle jamais des filles et n'a pas l'air d'en souffrir, le déconcerte.

En vérité, Louis n'a jamais eu de blonde. Avant de porter des lunettes, son mauvais œil le faisait loucher, ce qui lui donnait des complexes que les succès de Lambert n'arrangeaient pas. Son frère avait tellement le tour avec les filles, une audace de conquérant. Le mariage ne le calmera pas, il aura longtemps les mains baladeuses et la bouche gourmande.

La timidité de Louis fait bien l'affaire du curé qui ne veut pas perdre son seul employé pour une amourette. Ernest Monette dort tranquille, les femmes ne courent pas les chantiers. Et la seule à coucher occasionnellement au presbytère est la vieille maîtresse d'école qui transpire la mauvaise humeur.

Au printemps de 1942, Louis apprend que la vieille célibataire s'est fracturé une hanche et qu'elle est retournée chez son frère à La Malbaie. Il découvre la timide Yvette Duhamel. La nouvelle institutrice est cent fois plus jeune et mille fois plus douce que l'ancienne. Comme l'ennui lui pèse et qu'elle sait faire la cuisine, le curé Monette, âme généreuse, s'est mêlé de l'initier à la vie du Nord de l'Ontario. Elle passe donc ses fins de semaine au presbytère.

Les soirées de mai sont longues. Par bonheur, la radio diffuse des émissions drôles, des chansons et de longs concerts classiques. Louis, que la grande musique embête un peu, émet l'idée d'amener la jeune femme à l'hôtel. Pour la première fois depuis le début de ses années d'exil, il ne détesterait pas s'installer à une table avec une femme. Qui sait ? À l'hôtel, elle accepterait peut-être un verre ou deux. Il a de quoi payer.

Le curé répond à sa place.

— Je ne suis pas certain que les gens du village aimeraient beaucoup que celle qui s'occupe d'éduquer leurs enfants soit vue à l'hôtel.

En rougissant, l'institutrice approuve. Louis ravale sa salive.

Et les soirées se poursuivent.

Le printemps distille un ennui mortel. Dès que le curé tourne le dos, Louis fixe Yvette. Celle qui baisse les yeux devant le représentant de Dieu le regarde alors plus franchement. Ils passent ainsi de longs moments à se dévisager en silence.

Un soir, Louis se décide. Profitant d'une brève absence du curé, qui a des besoins humains après tout, il chuchote à l'oreille d'Yvette :

— Si je te rejoignais, ce soir ?

— Où ? souffle-t-elle, le visage congestionné.

— Dans ta chambre.

La fille lui lance un regard trouble, un sourire hésitant. Il n'a pas le temps d'explorer davantage le sujet, le curé revient s'installer à la table entre eux deux.

Yvette Duhamel est petite, rousse, un peu boulotte. Rien à voir avec le type de femmes dont Louis rêve parfois. Ce qui l'attire, c'est qu'elle soit une femme, avec une voix et des gestes de femme. Cette façon de retrousser les manches de sa blouse qui laisse paraître les taches de rousseur sur ses bras blancs. Il est persuadé, même s'il ne l'a pas approchée d'assez près, qu'elle dégage une odeur de femme. Elle doit sentir le lait. Le lait et le miel.

Ce soir-là, à l'heure habituelle, Ernest Monette se déplie.

— Ma première messe est à six heures, rumine-t-il.

C'est le signal du coucher. Louis demeurerait bien à la table, ne serait-ce que pour briser la coutume, mais cela éveillerait les soupçons du curé. D'autant plus que la jeune femme obéit sur-le-champ. Du coin de l'œil, Louis ne manque aucun de ses gestes. Ce mouvement du bras, ce léger déhanchement ou cette façon de retoucher ses cheveux constituent-ils l'ultime invitation ? Comment savoir ?

Ils montent à l'étage. En murmurant un léger bonsoir, l'institutrice s'enferme dans sa chambre, celle des invités, au bout du couloir. Le curé les bénit presque avant de pénétrer dans la sienne. Louis referme la porte de son repaire. Pour rejoindre Yvette, il lui faudra traverser le couloir. Territoire miné. Le plancher craque au moindre pas. Comment pourra-t-il se rendre auprès d'Yvette sans éveiller le curé ?

Assis sur le bord de son lit, Louis a plus que jamais envie de poursuivre la soirée. À vingt-cinq ans, pour s'endormir, il espère des caresses. Pendant de longues minutes, l'oreille aux aguets, il réfléchit. Une idée lui vient. Il attrape ses deux oreillers. Patiemment, à l'aide de ses cravates et de tous les lacets qu'il possède, il les attache sous ses pieds. Ainsi chaussé, il s'entraîne à marcher. L'idée est bonne. Le plancher de sa chambre ne produit aucun son. Il est excité. Dans un instant, il tiendra la petite institutrice dans ses bras. La première femme de sa vie !

Il tend l'oreille. Le presbytère dort. Tout est silencieux. Lentement, il ouvre la porte de sa chambre, avec tant de précautions que ses gonds n'osent pas grincer.

Le corridor. Il retient son souffle. Il espère entendre les ronflements ou la respiration profonde du curé. Rien.

Il fait quelques pas. Le regard de la petite institutrice lui revient en mémoire. Elle lui a souri. Elle paraissait bel et bien d'accord avec son projet. Et s'il s'était trompé ? Et que lui dira-t-il exactement ? Quelle phrase ? Avec quel ton ?

En faisant glisser ses deux oreillers sur le plancher de bois, Louis ne s'imagine pas qu'il fera l'amour. Quelques baisers, quelques caresses, un peu d'exploration le satisferaient. Sera-t-elle effarouchée ? Certaines femmes timides se métamorphosent en louves dès qu'on les effleure dans l'intimité d'une chambre à coucher, lui a-t-on raconté, au camp. Les gars ont-ils inventé ça?

Louis glisse. Un pas, deux pas. Il approche de la chambre du curé.

Comment s'y prendra-t-il pour frapper à la porte de la petite Yvette sans alerter le curé? En grattant, fera-t-il trop de bruit? Jamais autant de pensées ne se sont bousculées dans sa tête.

Il avance. Il atteint la chambre du curé. Louis retient son souffle. Il continue. Encore quelques pas et…

Brusquement, la porte de la chambre d'Ernest Monette s'ouvre. L'homme apparaît dans le chambranle, en pyjama, debout, un sourire démoniaque sur les lèvres.

— Où vas-tu avec tes raquettes, mon Louis?

Sa voix tonitruante, celle qu'il emprunte pour les grands sermons, multiplie l'écho de sa phrase. Le curé joue. La situation l'amuse. Louis se sent pâlir. Il fait demi-tour et, toujours chaussé de ses oreillers, il retourne à sa chambre, confus.

Le lendemain, l'institutrice n'a pas révélé si elle avait entendu la voix du curé Monette. Et l'homme de Dieu n'a pas abordé le sujet avec Louis. Le déjeuner s'est déroulé silencieusement.

Des années plus tard, c'est en riant qu'il a raconté cette anecdote à ma mère. Ce qui n'a pas empêché Pauline, qui se méfiait de tout et de tous, d'ajouter:

— Tu ne t'es pas demandé ce que le curé faisait là, au lieu de dormir? Il allait peut-être rejoindre la maîtresse d'école, lui aussi. Ce n'était pas pour rien qu'elle venait passer les fins de semaine au presbytère!

1943. Six ans se sont écoulés depuis son départ de Saint-Barthélémy. Six hivers de bois, de froid, d'hommes qui travaillent et, surtout, d'hommes qui rêvent au retour, qui espèrent pouvoir, un jour, rester toute l'année auprès de leurs amours, qui souhaitent des étés longs, à perte de vue, une maison à eux, une famille. Louis aurait eu amplement le temps de refaire sa vie, de s'établir dans la région.

La guerre a forcé des anciens du camp à s'enrôler. D'autres, ceux dont la vie n'était pas encore organisée, ont considéré que les champs de bataille changeaient le mal de place ou devenaient une façon de dépenser leur jeunesse.

Plusieurs cherchaient le moyen de se soustraire à l'uniforme en buvant, le matin de l'examen médical, un nombre incalculable de cafés qui leur mettraient le cœur à l'épouvante. D'autres se cachaient dans le bois, devenaient religieux ou se mariaient en vitesse et en troupes. D'autres, enfin, souhaitaient ardemment qu'on leur découvre une infirmité cachée, une faiblesse aux poumons ou, plus prosaïquement, les pieds plats. Louis ne s'est pas fait de souci. On n'envoie pas au combat un homme qui n'a qu'un œil. Pour risquer sa santé, il faut qu'elle soit parfaite.

Il donne davantage de ses nouvelles. Ses sœurs lui écrivent de plus en plus fréquemment. Le temps use les mémoires et les chagrins. Clément a accédé à la prêtrise en juin 1940. Louis a reçu un faire-part l'invitant à la célébration de sa première messe. Andréane lui a expédié un menu de la fête, qu'il a conservé dans ses affaires. Lors de la naissance du fils de Lambert et de Lucette, il a rédigé un mot de félicitations. Denise a épousé un tailleur, François Moreau. Un petit bonhomme bedonnant qui a un rire incroyablement communicatif. Sur la grande photo du mariage, ce boute-en-train semble pourtant sérieux comme un pape.

Certains soirs, le mal du pays s'installe. Même l'été où, avec le curé Monette, il se rend jusqu'en Colombie anglaise, Louis sent de plus en plus que c'est vers l'est qu'il a envie de retourner.

La famille s'est installée à Montréal, rue Chambord. Lambert possède la petite ferme. Il n'élève plus les abeilles.

« Depuis ton départ, lui écrit Andréane, nous perdions toutes nos reines. Et les essaims désertaient. Papa assure qu'il n'y avait que toi qui avais le tour avec les abeilles. »

Les temps changent. La famille ne se ressemble plus. Chacun s'installe dans sa vie adulte. Claudette et Léa fréquentent le couvent. La santé de Thomas se dégrade. Déjà diminué par une demi-paralysie, il éprouve des problèmes aux poumons. Louis le revoit parfois le soir. Sa rancune s'effrite.

À vingt-huit ans, il a l'impression de perdre son temps. L'été suivant, le curé Monette n'apprécie pas de le voir fréquenter l'hôtel. Mais comment son protecteur reprocherait-il à un gars approchant la trentaine de vouloir organiser sa vie?

Un soir, Louis croise le regard de Rita Picard. Il la connaît depuis deux ans. Pourtant, ce soir-là, tous deux découvrent l'existence de l'autre.

Cette grande femme du même âge que lui n'en est pas à son premier amoureux. L'année précédente, elle a failli se marier. Son fiancé a trouvé un emploi sur les trains du Canadian Pacific et il n'est pas revenu. Elle travaille à l'hôtel. Louis semble sérieux. Elle lui propose de fonder une famille.

Pour Louis, tous ces changements sont trop subits. Il hésite. Il n'a pas un sou vaillant. Pendant quelques mois, Rita l'aide à mettre un peu d'argent de côté. À sa grande surprise, ils ont bientôt 500 $ en banque. Rita ressemble à la femme qu'il lui faudrait, elle est caressante, bécoteuse et elle connaît la valeur d'un dollar.

En février 1945, une nouvelle lettre annonce que Gilberte et Andréane vont convoler à l'été. Un mariage double. Louis décide de revenir. Prendre quelques semaines pour assister à la cérémonie et revoir la famille.

À son retour, son père organise une grande fête.

Je suis dans mes paperasses. Chaque jour de novembre amène sa pluie glacée. Le matin, la terre est gelée. Cet après-midi, il a neigé. Ça n'a pas duré, ce n'est que l'annonce officielle du changement prochain. Mon oncle m'appelle, pour une raison inconnue. C'est la première fois qu'il me téléphone. Me demande ce que j'ai trouvé. Il s'intéresse à mon père comme jamais.

— J'ai justement sous les yeux une photo de papa. Rita Picard est à son bras. Elle porte un manteau avec collet de fourrure. Papa est en habit. Il a un chapeau sur la tête. Plus je l'examine, plus il vieillit.

Jean-Pierre Garand me répète que, quelques mois après ce cliché, mon grand-père avait fait tuer le veau gras. Dans la famille, c'est par le biais des métaphores bibliques que les événements importants étaient soulignés.

À l'époque, en atteignant le bout d'un long chemin, Louis avait-il l'impression d'être autant aimé ?

CHAPITRE 3

The Lovebus

Comment démêler le vrai et le faux d'une histoire d'amour ?

À quelle brindille de vie le réel tient-il ? Par quoi se démarque-t-il de l'imaginaire ? Surtout quand arrive l'inattendu, la rencontre, le début ? Après, avec le temps, il faut stigmatiser l'événement et le faire croire unique, puisqu'il tranche les existences en deux.

Chacun à sa façon, mon père et ma mère ont raconté cette rencontre. Il était libre. Dans son esprit… même s'il avait quelque engagement là-bas. Il était tellement libre qu'à vingt-huit ans, ça en devenait gênant. Comment rester célibataire quand il y avait tant de femmes pour un seul homme, les autres étant au front, partis ou morts ? Pauline, à vingt ans, n'attendait pas nécessairement le prince charmant, à qui elle aurait certainement tourné le dos s'il s'était présenté dans ses atours. Il n'y avait pas moins rêveuse que ma future mère. Pas de prince pour elle, mais elle devinait qu'un crapaud se manifesterait, un jour ou l'autre. Pauline avait tout son temps.

En cet automne de 1945, Louis a renoué avec la route. En le côtoyant aux mariages de Gilberte et d'Andréane, le cousin Émile lui avait appris que la Provincial Transport embauchait des chauffeurs.

— Les affaires reprennent en grand, mon Louis. Le monde veut voyager et les autos ne sont pas à la portée du premier venu. Ils ouvrent de nouvelles lignes et ils ont acheté trente-huit autobus neufs. Plusieurs chauffeurs réguliers sont de l'autre côté. J'ai un ami au service du personnel.

Louis s'était rendu au bureau d'embauche, au terminus central, rue Dorchester. Il avait passé les examens. Examen de conduite, examen médical. Le premier, sans problème ; le second, il s'en était méfié comme de la peste. Son mauvais œil aurait pu l'empêcher de profiter de cette chance inespérée.

Comment, en quelques minutes, Louis avait-il développé cette complicité avec son examinateur ? La compagnie manquait-elle de chauffeurs à ce point ? À moins que l'homme ait éprouvé de la sympathie pour ce brave type qui paraissait si anxieux. Le médecin a feint de ne déceler aucune anomalie et a signé rapidement la feuille d'examen.

Les autobus lui rappellent les camions de la carrière. Louis domine la route. Le volant est large, la boîte de vitesses coule bien. Il n'est pas un fou de la vitesse, se considère davantage comme un routier. Un homme qui mène sa vie sur l'asphalte du pays, qui avale les distances au fur et à mesure que des repères apparaissent au bout de son regard. Il n'a pas besoin de parcourir un trajet dix fois pour en mémoriser les moindres détails. Il évalue avec certitude le temps qu'il mettra à parvenir à ce clocher, celui de Yamachiche, onze minutes plus tard celui de Pointe-du-Lac. À Trois-Rivières, il entrera dans la ville et rejoindra le terminus de l'hôtel Saint-Louis où il déposera un nombre plus important de voyageurs et s'arrêtera, le temps d'une pause et de laisser les nouveaux venus s'installer. Il continuera, fidèle à l'horaire : Champlain, Batiscan, La Pérade, plus tard Deschambault, Portneuf, Donnacona, Saint-Augustin. Québec, enfin, où il rejoindra le terminus de l'hôtel Old Homestead, conseillant les voyageurs qui désirent se rendre à Rivière-du-Loup ou à Rimouski par les autobus Lemelin. Là, il mangera. Pour cinquante cents, le dîner est bon. C'est l'ordinaire des maisons : pâté chinois, bœuf aux légumes, pâté au saumon, sauce aux œufs.

Il aime le fleuve. La route qui le longe lui permet de voir les cargos et les reflets du soleil sur l'eau. Il se moule aux virages. Il pourrait être seul dans son autobus qu'il ne verrait pas de différence réelle. Les voyageurs ne l'embêtent pas. Il peut chantonner dans sa tête quand il le veut. C'est la liberté. La sienne. Aller d'une ville à l'autre, traverser les villages, s'arrêter dans ces restaurants où il prend un café, emporte un sandwich quand le temps ne lui permet pas de s'asseoir sur le tabouret, près de la caisse à manivelle, un œil sur son autobus dont le moteur tourne. Sans patron sur le dos. Les inspecteurs n'ont rien à lui reprocher. Ils apprécient ses blagues, son calme, sa ponctualité.

On lui attribue le plus souvent cette route qui va de Montréal à Québec. Sa préférée. Il sait par cœur le nom des lieux, l'angle des courbes, les jeux du soleil selon les heures. Il suspend sa casquette et sa veste au crochet caché dans le lourd rideau qui le sépare des voyageurs. La cravate serrée autour de son large cou, la chemise bleue, le pantalon foncé, il conduit.

Il oublie Rita Picard, sa fiancée de Smooth Rock Falls, qui ne l'attend peut-être plus. Il ne lui a écrit qu'une seule fois.

« Je travaille sur les autobus de la Provincial Transport depuis trois semaines. Je ne retournerai pas dans le Nord de l'Ontario cet automne. »

Il a ajouté qu'il fera de l'argent et qu'il ira ensuite la chercher. Il a écrit au curé Monette, lui annonçant qu'il ne sait pas quand il reviendra.

Plus tard, ma mère, qui maniait l'art de réduire quelqu'un en une phrase, répétait que Rita Picard avait l'air vulgaire, qu'elle s'épilait complètement les sourcils pour les remplacer par une fine ligne au crayon, à l'instar des chanteuses tragiques de l'époque.

Dans son autobus, Louis se doutait-il qu'il ne redonnerait jamais de ses nouvelles à sa fiancée ? Pas plus qu'au curé Monette ? Il ne réclamera pas l'argent qu'il avait gagné et que Rita conservait pour eux. Cela, ma mère l'aura longtemps sur le cœur.

En quelques mois, sa vie prend un autre tournant. Il s'installe chez ses parents, rue Chambord. Le logement n'est pas très grand. Il y fait un peu figure d'étranger, entre Léa,

Claudette et Fabienne, les trois dernières filles de la maison. Il vit davantage à l'extérieur, se contentant du fauteuil du salon qui se transforme en lit. La vie montréalaise l'enivre un peu. Principalement ces soirs où il va jouer aux cartes chez Jules Jacob, un ami d'enfance. Devenu chanteur, ce ténor fait partie du Quatuor Alouette qui connaît du succès. Jules s'apprête à se marier. Il torture Louis, en toute amitié :

— Il y a des belles filles plein la rue. Qu'est-ce qu'il te faut ?

Il hausse les épaules, allume une Player's, se verse un verre de Molson et brasse le jeu.

— Saint-Cap, c'est simple. J'attends la plus belle de toutes. Cœur atout !

Voilà des semaines que Louis répète à Fabienne, la plus célibataire de ses sœurs :

— Si tu veux aller quelque part, tu me le dis. Si c'est sur ma route, ce sera gratuit. Amène une amie, si tu veux.

Un soir, elle le prend au mot :

— Tu vas à Québec, samedi ?

— Oui.

— Je profiterais de ton invitation pour y aller.

— Chez la cousine ?

— Oui. Avec mon amie.

— Pauline ?

Elle parle si souvent d'elle, sa consœur de travail, chez l'imprimeur Pierre Desmarais. Louis s'imagine déjà la connaître.

— Je reviens dimanche.

— Tu nous reprendras.

Le ciel couvert d'un matin d'octobre frileux. L'autobus est presque vide. Un couple d'amoureux, un autre plus vieux, quatre jeunes religieux à béret. Il quitte le terminus central, au coin de Drummond, roule sur Dorchester, remonte par Saint-Hubert, vers la rue De Montigny. Il les aperçoit, devant le magasin Dupuis Frères, à l'endroit convenu. Sa sœur Fabienne, son imperméable marine, son chapeau à voilette, ses gants, et cette grande fille, maigre, congelée dans son manteau beige, les bras croisés sur sa poitrine pour conserver sa chaleur. Chacune porte une petite valise, le nécessaire. Toutes deux ont des bas courts, des chaussures deux tons.

En montant, par crainte que les autres voyageurs s'aperçoivent qu'elles ne paient pas, Fabienne chuchote les présentations :

— Pauline, mon frère Louis.

Pauline sourit, les yeux noirs, pétillants, des fossettes dans les joues. Si jeune.

Elles s'assoient trois sièges derrière lui.

— Ça va se réchauffer, lance-t-il, espérant les encourager.

Dans son cœur, tout à coup, il a peur que le mauvais temps leur donne envie de rebrousser chemin. Lui, depuis son retour, il se plaint constamment de la chaleur.

— Ça va se dégager.

Il emprunte Notre-Dame jusqu'au bout de l'île. Il a hâte d'atteindre la 2, de respirer.

Il avait raison, le ciel se libère, la route sera belle.

Aujourd'hui, le trajet l'intéresse beaucoup moins. Son regard s'agrippe au rétroviseur. Il ne peut plus se détacher de cette fille. Fabienne et elle chuchotent. Il n'entend pas leur conversation. Le moteur de l'autobus lui semble plus bruyant que d'habitude.

Elle n'est peut-être pas si jeune, puisqu'elle travaille. Ça ne veut rien dire, se répond-il. Elle lève les yeux vers le rétroviseur. Il la fixe un moment, revient à la route. Elle a remarqué son égarement. Pendant de longues minutes, tous les gestes qu'il fait appartiennent à une autre dimension. Il conduit comme d'habitude, l'autobus se déplace, avance. Le voyage s'effectue sans lui, sous l'impulsion de ses mouvements automatiques. Il n'est pas distrait. Loin de là. Louis découvre simplement une partie de lui-même dont il ignorait la chaleur et la profondeur. En vérité, il n'en soupçonnait plus l'existence.

À Québec, il dispose d'une quarantaine de minutes pour manger. Elles l'accompagnent en attendant que le cousin vienne les chercher. Pauline, qui n'a quitté Montréal que rarement, ne connaît pas la capitale. Les méandres de la grand-route, l'agitation du fleuve, elle découvre tout. Lui, il vit exactement le contraire. Il apprivoise les rues de Montréal, il y étouffe un peu. Les autobus et les longues distances qu'il doit parcourir lui sont d'un précieux secours. En quittant la ville, il retrouve l'espace. Il pourrait l'entretenir des différentes régions qu'il visite. Il aime particulièrement conduire la nuit, quand tout dort, quand les phares de son véhicule l'entraînent. Des pinceaux lumineux traçant sa route en même temps qu'ils l'inventent. Il a peur de trop parler. Il n'a vraiment rien du séducteur.

En revenant à Montréal, dans le rétroviseur, ses yeux échouent systématiquement sur le siège qu'elle a occupé. Il la reverra demain, certes, mais demain lui paraît une autre année, presque un autre siècle.

Le lendemain, elles sont au rendez-vous, remontent dans son autobus. Son cœur bat plus vite. Recommence le jeu du rétroviseur.

Le lundi, il est en congé. Toute la journée, il se morfond. Sa mère le questionne. Il a si peu l'habitude de flâner à la maison en fredonnant *Vous qui passez sans me voir* avec Jean Sablon ou *La Mer*, le nouveau succès de Charles Trenet, qui jouent à la radio. En fait, il n'espère qu'une chose : que Fabienne rentre de son travail et qu'elle lui donne le numéro de téléphone de cette Pauline Deneault.

Après le repas, il l'appelle.

Un garçon répond.

— C'est pour toi, Pauline. Un homme.

Sa voix. Enfin, sa voix comme une délivrance.

— Où es-tu ?

— Chez nous. J'ai pensé que… on pourrait se voir.

Elle accepte. Le lendemain, il sonnera chez elle. Ensemble, ils iront voir un film. Au théâtre Saint-Denis, on présente des programmes doubles en français.

Pauline, ma mère, n'a jamais été très impressionnée par les instants poétiques. Sitôt qu'une conversation devenait le moindrement sensible ou évoquait un sentiment, elle flairait le subterfuge. Côté cœur, elle restait sur ses gardes. De tous les autres côtés aussi. Comme si la vie était un jeu d'échanges par lequel le monde entier n'attendait que l'occasion de la rouler. Et le meilleur moyen de rouler les autres, c'est de les amadouer par les sentiments. La moindre attention peut cacher un piège. Les phrases les plus tendres sont de véritables toiles d'araignée. Les chanteurs de pomme et leurs « Tu es belle », « Que fais-tu, ce soir ? » ou « Je t'aime » le savent mieux que quiconque.

Ainsi, le coup de foudre qui a renversé mon père, ce samedi d'octobre, n'a pas été partagé.

— En me dévisageant comme ça, avouait-elle plusieurs années plus tard, je me doutais bien qu'il avait une idée derrière la tête.

Elle avait rapidement perçu le manège du rétroviseur. Lors du petit repas partagé, à Québec, cet homme lui faisait de la façon, mais elle ne croyait pas que ça irait plus loin. Contrairement à Louis, elle était à des lieues de vouloir s'engager dans une histoire d'amour. À vingt ans, elle n'y songeait pas. Elle avait bien d'autres chats à fouetter. D'abord, continuer à travailler. Depuis deux ans, elle avait pris goût à encaisser son chèque de paye. Après avoir payé une pension à sa mère, elle pouvait s'acheter des vêtements à la mode, sortir quand elle le désirait, faire partie d'une ligue de quilles où elle excellait et mettre un peu d'argent de côté. Cet homme allait changer ses plans.

— Voyons, maman ! Tu devais l'aimer.

— Je ne le trouvais pas laid.

— Maman !

— Il était gentil, simple.

— Simple ?

— Il n'essayait pas d'en mettre plein la vue. C'était pas un frais.

— Pas plus que ça ?

— Lui, il m'aimait.

Ma mère. Une phrase qui englobe le tout. Un couteau définitif qui se plante, qui tranche. Louis l'aimait. Et il était tellement différent. Les Deneault et les Lafontaine, deux mondes, en somme. Deux univers opposés, les deux pôles de la planète. Deux bouts d'un fil qui se touchent.

Que ce soit au commencement d'une histoire d'amour ou dans toute autre situation de la vie, Pauline ne rêvait pas. Elle n'osait pas. En toute chose, elle avait le sentiment de voir l'envers du décor. Elle ne démontrait jamais beaucoup d'imagination, sauf dans l'art de deviner ce que les gens pouvaient dire dans son dos. Dans ce domaine, elle n'avait pas son pareil. La scène, toujours fausse, et l'arrière-scène, éternellement méchante.

Malgré sa naïveté dans bien d'autres domaines, Pauline a peur de rêver, parce que, pour rêver, il faut se laisser prendre, se donner. Depuis longtemps, elle sait que la vie casse tout, le rêve et la rêveuse, d'un mouvement violent, inattendu. L'homme dont elle pourrait s'enticher n'a rien à voir avec Louis Lafontaine, même s'il a les cheveux frisés et une fossette au menton qui ne lui déplaisent pas. Son type serait davantage le genre policier, grand, costaud, distingué, assez semblable à ceux qui, pendant les étés où elle a travaillé dans le petit kiosque du parc Lafontaine, rôdaient autour d'elle. Elle aimait bien leur compagnie. Ils étaient plus grands qu'elle, elle qui entretenait le complexe des grandes. Mais elle se défilait, dès qu'un homme s'intéressait à elle. S'il s'attardait ou quêtait une autre faveur que le sourire dont elle se parait pour la circonstance, commerciale ou purement sociale, elle se refroidissait rapidement ou disparaissait. La peur, la crainte aux tripes. Aurait-elle faibli devant un professionnel, avocat, notaire ou médecin ? Non, elle aurait fui, consciente de ne pas avoir assez d'instruction, ou de peur de se sentir écrasée auprès d'un homme trop fort.

En cet automne de 1945, elle n'a préparé aucun trousseau, n'a élaboré aucun projet autre que le travail. Louis est différent. Plus âgé et si calme, il la rassure. Et puis, il gagne bien sa vie à la Provincial Transport.

Cela s'appelle des fréquentations. Après l'ouvrage, les jours où il ne couche pas au loin, Louis se lave un peu, réussit à séparer sa chevelure frisée, drue, touffue en une raie bien droite. Il noircit sa moustache soigneusement taillée, met son habit et sa cravate. Ainsi, il se rend chez Pauline Deneault, rue Boyer, presque au coin de l'avenue du Mont-Royal. Sur le Plateau du même nom. Ce quartier, il apprendra à le connaître. Tout comme il découvrira que si, dans l'ensemble du Québec, on vient d'une région, à Montréal, on est d'un quartier.

Le logement de la rue Boyer est exigu pour sept personnes. Pauline, la deuxième de la famille, vit avec sa mère, ses quatre frères et sa jeune sœur, qui se remet des importantes brûlures qui ont failli lui coûter la vie, le mois précédent. Le père est décédé depuis sept ans. Ça bourdonne dans ce logement de six pièces. Principalement autour du salon qui n'offre aucune intimité. Il s'agit d'une pièce double dont la deuxième partie constitue une chambre. Malgré la tenture tirée, quand les amoureux veillent au salon, ils sont en partie dans la chambre de deux des garçons. Chaque parole est entendue, chaque petite phrase devient familiale. En pénétrant dans le logement de la rue Boyer, endimanché pour faire bonne impression, Louis, le déraciné, met les pieds dans un clan.

Un clan. Une fourmilière rassemblée autour de la mère. Un noyau étanche que la mort du père, vendeur de vêtements chez Sauvé Frères, a solidifié. Les « p'tits gars », comme sa mère surnomme d'un seul coup ses quatre garçons, multiplient les blagues. Rapidement, on fait comprendre au nouveau venu que lorsqu'on n'est pas né à la ville, on est un habitant. Un intrus. Pauline étant la première à recevoir assidûment un prétendant, ils n'ont pas l'habitude des étrangers qui s'incrustent. Ils sont aux aguets. Pour l'intimité, il faudra repasser. Louis démontre une patience d'ange. Cet amoureux est plein de bonne volonté, c'est ce qui compte.

Les soirées sont longues à s'effleurer du bout des doigts. Par chance, ils ne sont pas tous là. Jean-Marcel, l'aîné, suit des cours du soir en comptabilité. Le jour, il travaille comme représentant pour une compagnie de chaussures. Julien, aidé par L'œuvre des vocations, termine son cours classique et entrera sous peu au Grand Séminaire.

Les deux autres garçons ne manquent rien des manigances de Louis. Si le salon leur paraît trop silencieux, l'un d'eux glisse un œil curieux par la fente du rideau. Guy, le plus blagueur de la bande, vient fouiner au salon. De retour à la cuisine, il annonce à sa mère :

— Ça y est ! Louis est beurré du rouge à lèvres de Pauline. Et Pauline a une petite moustache au crayon, noire comme celle que son amoureux avait quand il est arrivé.

Pour avoir la paix, Louis préfère les sorties. Il est fier de Pauline. Il l'amène chez les Jacob.

— Une belle grande femme, s'extasie Jules. Comment as-tu fait pour dénicher ça, mon Louis ?

Ce type de compliments lui donne des frissons. Il a du mal

à se faire à l'idée. Serait-il possible qu'il soit tombé sur le bon numéro ?

D'autres soirs, ils vont au cinéma. Dans le noir, Louis serre la main de Pauline, pose ses lèvres sur sa joue, sur ses lèvres, jamais plus. D'autres fois, ils assistent à un spectacle dans un cabaret. Louis boit quelques bières, Pauline commande un John Collins dont elle mordille la paille. À la fin de la soirée, c'est lui qui termine le John Collins.

Il n'a pas de temps à perdre. Vingt-huit ans. À Noël, il parle de mariage. Elle hésite un peu, à peine, pour la forme...

En ce matin du 21 septembre 1946, il fait chaud à ne plus savoir où se mettre. Le ciel est nuageux, lourd. Il a plu pendant une partie de la nuit. Pauline et Louis le savent puisque, chacun de son côté, ils n'ont pas dormi beaucoup. Il pleuvra à nouveau. « Chaud et extrêmement humide », prédisait la radio. L'enfer pour une noce. Sans compter que ce que Pauline craignait depuis quelques jours se profile, ce matin-là. Elle est menstruée. Déjà, elle imagine la catastrophe. S'il fallait que la cérémonie dure trop longtemps, qu'une serviette sanitaire ne suffise pas. Le premier jour, parfois... Elle se voit devant l'église, le dos au public qui chuchote, une tache rouge maculant l'arrière de sa robe. Pendant qu'elle se lave, s'habille, se coiffe, se maquille, l'atmosphère est à la panique. Quand elle sort de la maison, la courte distance vers la voiture louée pour la circonstance tient du cauchemar. Plusieurs voisines sont à leur balcon. Elles devraient dormir, pense-t-elle sans les regarder.

L'église Notre-Dame-du-Très-Saint-Sacrement suinte. Au bras de son grand-père, son témoin, la jeune Pauline marche vers la Sainte Table. Derrière la façade de son sourire, elle cherche son souffle. L'autel se dresse, fleuri, triomphal et gigantesque. Elle qui préfère les bancs des dernières rangées où l'on se dissimule facilement. Sa robe beige lui colle à la peau. Louis l'attend, le front perlé de sueur. Elle le rejoint, le salue d'un soupir.

La cérémonie s'éternise. Pauline pâlit. L'évanouissement la guette. Cela ajouterait à l'humiliation. Elle se concentre, serre les poings à faire bleuir ses jointures, contracte ses lèvres. Elle a la bouche sèche. Sera-t-elle capable de prononcer le oui final ? Pourra-t-elle embrasser Louis sans s'écrouler ? Elle tient le coup. Par orgueil. Toute sa vie, elle combattra les mauvais sorts avec son orgueil, son arme, sa perche, son bouclier. Être capable de se tenir debout. Ne jamais montrer la moindre faiblesse.

Sur les photographies, prises après la cérémonie, elle retrouve son sourire de circonstance. Les fossettes dans les joues. Louis me semble paniqué. Il fixe l'appareil photo en dissimulant mal son appréhension. Il n'apprécie pas les pauses ou les trop longs cérémonials. Il n'a qu'une hâte : reprendre la route en direction des chutes du Niagara. La destination la plus populaire. Le voyage de noces par excellence. Le paysage est grandiose, séduisant, aux antipodes de la rue Boyer et du rang Grand-Saint-Jacques, à Saint-Barthélémy.

L'hôtel Honeymooner's porte admirablement bien son nom. En déposant ses valises au milieu de la chambre, Louis a l'impression de marcher dans une gigantesque boîte de chocolats de la Saint-Valentin. Rien n'est laissé au hasard, tout est spécialement aménagé pour rappeler aux couples qu'ils sont amoureux, que la vie commence. Regarder tomber des gerbes d'eau en tête-à-tête. Entendre, selon la distance, les grondements ou les murmures de l'eau. Quelle signification tout cela a-t-il pour les nouveaux mariés ?

Partis pour une semaine, Pauline et Louis reviennent à Montréal au bout de trois jours. Pauline ne comprend rien à l'anglais, différencie à peine « chicken » de « fish ». En fait, elle ne devait pas apprécier, aux premiers jours de leur vie commune, d'être à la merci de Louis qui lui traduit le menu et les commentaires des employés de l'hôtel.

À table, rien n'est à son goût. Le poulet goûte le poisson, les frites goûtent le poisson et le poisson a un étrange goût de poulet. Le moindre aliment lui semble avoir été plongé dans la graisse bouillante dont son kiosque du parc Lafontaine lui a laissé un fort mauvais souvenir. Quand elle y arrivait, le matin, elle devait chasser une armée de coquerelles qui patinaient sur la graisse figée. Il lui faudra des années avant de se convaincre que toutes les graisses ne sont pas le refuge de toutes les coquerelles du monde. Quand elle a vu, de ses yeux vu, quelque chose, son souvenir demeure inaltérable. Et son opinion inébranlable.

En vérité, et c'est là l'embêtement majeur, Pauline s'ennuie de sa mère. De la cuisine de sa mère, naturellement, et plus particulièrement de sa minuscule salle de toilette. De sa vie, elle n'a jamais été capable d'aller à la selle à l'extérieur de chez elle, ce n'est pas un voyage de noces qui la fera déroger à cette règle.

Trois jours après son départ sous les confettis, le couple emménage dans la petite chambre du devant, celle qui donne sur le trottoir de la rue Boyer. La seule pièce où ils peuvent s'isoler des autres membres de la fourmilière. Encore faut-il avoir envie de s'isoler, ce qui n'est pas tout à fait le désir de Pauline. En fait, elle ne veut rien d'autre que de poursuivre la vie du clan, mariée ou pas. Dans la chambre trop froide l'hiver, trop chaude l'été, ils vivront un peu plus de deux ans.

Ces petits désagréments mis à part, le mariage comporte des avantages. Louis paie leur part du loyer. Il contribue à l'achat de la nourriture. Si les tourtereaux veulent s'embrasser, ils n'ont qu'à se blottir dans leur chambre. Pauline ne s'y précipite pas. Si Louis devient trop entreprenant, si d'aventure il caresse Pauline ou lui donne un baiser dans le cou, Anna, ma future grand-mère, le regarde de travers.

— Il y a un endroit pour faire ça.

Ils s'y réfugient occasionnellement, pas aussi fréquemment que Louis le voudrait. Cela n'empêche pas que je sois en route. Je deviens, le temps d'une étincelle de sang et de sperme, un projet. En boule, je peuple leur avenir. Ma mère m'attend. Ma grand-mère me désire.

Une première année de cauchemar pour mon père. Surtout après ma naissance. Parce que, pour moi, c'est le paradis. Je suis le premier petit-fils. Pauline se laisse gâter et, comme elle n'a pas le tour avec les enfants, ma grand-mère prend ma vie en main. Je ne fais pas mes nuits, Pauline peut dormir en paix. Je n'ai qu'à émettre un son, grand-maman Anna se précipite, me berce, me cajole, me gâte, me pourrit. Elle me nourrirait au sein si elle le pouvait. Je perce mes premières dents sur l'épaule chaude de ma grand-mère, elle console mes coliques, adoucit mes insomnies.

Les soirs, vers minuit, quand mon père revient de son travail, il aimerait me prendre, jouer avec moi. Ma grand-mère veille au grain.

— Il vient de s'endormir.

S'il s'apprête à me lancer dans les airs pour me rattraper et me faire rire :

— Attention ! Il vient de manger.

Et moi, innocent complice, j'en profite pour régurgiter une partie de mon pablum, histoire de montrer que grand-mère ne se trompe pas. Louis se renfrogne, boude un brin, rumine sa frustration. L'irrégularité de ses heures de travail ne lui permet pas de suivre mon évolution comme il le voudrait. Il ne réplique rien, ne veut pas faire de peine à Pauline, qui est de nouveau enceinte. Plus tard, il évoquera son malheur, celui d'avoir été un père tout neuf et de ne pas avoir pu toucher son fils.

— Ta grand-mère t'aimait trop.

Si je pleure, c'est ma grand-mère la première arrivée. Invariablement. Le paradis !

— Il faut qu'il braille un peu, bougonne Louis. Il ne sera pas du monde, cet enfant-là.

— Je ne veux pas qu'il réveille toute la maison, rétorque Anna pour se justifier.

Elle m'emmène vers la cuisine où le lait du biberon chauffe déjà comme si elle devinait mes moindres désirs. Louis ronge son frein.

Ma mère mange bien, elle aussi. Rien ne vaut la cuisine d'Anna. Au bout d'un an, Pauline ne sait toujours pas faire cuire un œuf sans qu'il colle au fond du poêlon, griller un steak sans le faire bouillir, piler des pommes de terre avec la dose exacte de lait et de beurre pour qu'elles soient délicieuses. La tête fromagée, que mon père et moi aimerons tellement, restera un secret pour elle. La seule vue d'une tête de cochon provoque des haut-le-cœur chez elle. Si, par hasard, elle se fait un simple sandwich aux tomates, Pauline trouvera que celui de sa mère est mille fois meilleur.

Deux ans dans la petite chambre.

Deux ans au cours desquels la vie de la maison tourne autour de mon auguste existence. Et Louis — c'est là son cauchemar — n'est qu'un papillon parmi les autres.

Les téléphones crépitent. Le bombardement. Les sonneries retentissent, plus agaçantes les unes que les autres. Louis est à bout de souffle. Depuis les grands chambardements, dès qu'il pénètre dans cette pièce qui sent le tabac refroidi, un poids terrible lui enfonce la poitrine. Les murs verdâtres lui donnent la nausée.

Quelques semaines plus tôt, la vie était si belle. Une vie nouvelle, différente, dans laquelle il occupait une place, sa place enfin.

En octobre, Pauline a accouché d'une fille. Mireille, qu'il considère comme « sa fille à lui ». Évidemment, la terrible chambre s'avérait trop étroite. Un couple, deux enfants, ce n'était plus possible, bien que Mireille ait été un ange. Pas une braillarde comme son aîné, Manuel, qui quémande constamment les bras de sa grand-mère.

Dénicher un logement au loyer abordable. Pas facile en

cette fin de 1948. Louis et Pauline ont loué le rez-de-chaussée d'une maison neuve qu'ils pourraient acheter si leurs moyens financiers le permettent, à Ville Saint-Michel. Un quartier en plein développement. La brousse, selon Pauline. Louis est prêt à faire les sacrifices qui s'imposent. Pas Pauline. Elle se sent loin de tout. Certes, la maison est propre, mais autour d'elle ne se trouvent pas toutes les commodités auxquelles elle était habituée. Le boulevard Saint-Michel a décidément tout à envier à l'avenue du Mont-Royal. Louis, selon son habitude, s'adapte. Repartir à neuf lui plaît assez. Pauline n'a pas l'étoffe d'une aventurière. Son vrai pays s'appelle le Plateau-Mont-Royal, point.

La vie de ménagère gruge toutes ses forces. Planifier des repas, faire à manger lui paraissent une corvée insurmontable. Par chance, Louis n'est pas difficile. Il met la main à la pâte.

— C'est de la cuisine de chantier, se plaint Pauline en se tenant le foie.

S'occuper des enfants ? Mireille, ça va. Mais Manuel s'ennuie encore plus que sa mère. Il le manifeste bruyamment, avec colère, jusqu'à s'étouffer dans ses cris. Il a passé ses premières nuits à pleurer. Une crise continue. Il les a tenus éveillés. Louis répétait qu'il fallait résister, que cet enfant était pourri. Mireille imitait son frère, Pauline, les yeux cernés, avait autant envie de pleurer que le petit.

— Tu faisais pitié à voir. Tu te tenais debout au pied de ton petit lit et tu hurlais. Quand ton père entrait dans la chambre pour te recoucher, tu hurlais de plus belle. Maman n'était pas là.

Pour Pauline autant que pour moi, maman était évidemment Anna. C'était notre mère.

Les téléphones multiplient leur sonnerie, pire que les pleurs d'un enfant dans la nuit. C'est ainsi depuis que la catastrophe s'est produite.

Les hommes valides, disponibles, ceux qui ont de bons yeux, les anciens chauffeurs de la Provincial Transport sont revenus de la guerre. Ils ont repris leur poste. L'entreprise, qui vient d'être achetée par la Banque Royale, se retrouve avec un surplus de personnel. Notamment sur la route, le paradis de Louis, là où il pouvait reprendre son souffle après les nuits d'enfer. La direction révise les dossiers des employés. On exige de nouveaux examens médicaux. Louis ne rencontre pas un médecin compatissant, on découvre qu'il n'a qu'un œil valide. En trois ans, il n'a jamais été impliqué dans le moindre accident. Comment a-t-il fait ? s'étonne-t-on.

On ne met pas à pied un père de deux enfants. On le mute. On l'installe devant une série d'appareils téléphoniques aussi noirs que le malheur. Troquer la route, les déplacements, les villes différentes, le temps qui change, les visages des voyageurs, la pluie, la neige qui exige une attention soutenue, les plaques de glace vive dissimulées çà et là, la liberté malgré les horaires stricts, cet héroïsme quotidien et muet de mener ses passagers à bon port… troquer ce qui constitue cette aventure au fil de laquelle il réfléchit, se fredonne des chansons et rêve contre le bureau fade, clos, à la table aux multiples téléphones. Dans sa tête, Louis ne peut plus chanter. Un récepteur sur chaque oreille, il s'adresse à deux inter-locuteurs différents, organise des remplacements, envoie un autobus nouveau sur un trajet qu'il connaît comme le fond de sa poche, une dépanneuse ailleurs, oriente une circulation condensée sur une carte clouée au mur. Réduire son horizon avec une diminution de 40 % de son salaire.

Indomptables, les téléphones sonnent, leur bruit strident dans la petite pièce, entre ces quatre murs fous. Les téléphones le mitraillent, insupportables. Il les prend à tour de rôle et les lance par terre, signant sa démission. Il fait table rase et rentre à la maison. La désormais triste maison.

Mon père cherche un emploi. Pendant deux semaines, il sera livreur de pain pour une boulangerie. Levé à quatre heures du matin. Le camion est plein. On ne lui a pas offert le meilleur parcours. Et ces innombrables escaliers montent vers des portes closes, montent vers l'envers du ciel.

Une autre de ces misères qu'on appelle un métier.

Par chance, les Deneault ont des solutions à tout. Système D. Ils ont l'habitude. Des connaissances. Hubert Lachapelle, un ami de la famille, vit dans un logement trop grand pour lui seul, rue Drolet, entre Marie-Anne et Mont-Royal. Il propose que l'on emménage avec lui.

— Je ne suis jamais à la maison. Les enfants ne me dérangent pas.

Pauline renaît. Ma grand-mère et moi de même.

Les rues de la grande patience

Il y a cette radio craquelée, posée sur le rebord de la fenêtre qui donne sur la ruelle. En courant ou en roulant sur son tricycle, l'un d'entre nous s'est accroché dans le fil et l'appareil a culbuté sur le prélart de la cuisine. Son boîtier de plastique crème s'est fendu. Ma mère a poussé les hauts cris, ce qui lui arrive pour faire cesser le tapage. Elle commence à s'habituer à son rôle de mère de famille. Trois enfants en bas âge, ce n'est pas rien.

L'entrée en scène de Pierrot qui a une santé fragile, de longs bras de singe et des yeux qui ne voient pas bien lui a causé un choc. Pauline soutient qu'il est le plus Lafontaine de ses enfants, un peu comme si, dans le classement des familles, il s'agissait d'une catégorie inférieure aux Deneault. Pour prouver que la famille de mon père compte également dans nos vies, ses parrain et marraine sont l'oncle Lambert et la tante Lucette. Pierrot se frappe contre les meubles, les portes et les murs, déboule les escaliers et culbute sur le moindre jouet qui traîne. Un jour, il dégringolera même du balcon, atterrira tête première sur le carré de terre et de mauvaises herbes que n'entretiennent pas nos voisins du rez-de-chaussée et se relèvera à peine étourdi. Avant de porter des lunettes aux verres épais, il n'a pas traversé une semaine sans écoper d'un œil au beurre noir ou d'une prune au front. Pierrot a dû faire tomber la radio. Chose certaine, il a été accusé du méfait.

Pierrot, Mireille et moi sommes nés à seize mois d'intervalle et, ensemble, nous ne sommes pas sages. Le logement du 4432, rue Drolet se transforme quotidiennement en terrain de jeux, piste de course, patinoire. C'est notre far west, notre forêt vierge et notre plage ensoleillée.

J'imagine encore ma mère ramassant la radio éclopée et la

replaçant avec une triste délicatesse devant la fenêtre. Elle l'a rebranchée. Et le son est revenu. Soulagée, ma mère nous a évidemment menacés :

— Une radio, c'est cher. Quand elle ne fonctionnera plus, on ne pourra pas en acheter une de sitôt.

Et les chansons ont repris leur place, notre univers son train-train.

La radio de mon enfance est la plus merveilleuse de toutes les inventions. Vaillante, elle accompagne toutes nos activités.

Ma mère ne prend jamais congé et, la nuit ou à l'heure des devoirs et des leçons, nos jeux se calment à peine. Et mon père ? Il se débrouille. Invariablement, il s'adapte aux changements. Entre ses deux emplois, expéditeur le jour et chauffeur de taxi le soir, il s'arrête pour vivre avec nous. Il supporte nos jeux, s'y intègre quand il le peut. Tant bien que mal, il tâche de joindre les deux bouts d'une corde qui s'effiloche constamment. On dit qu'il a du cœur à l'ouvrage. Il ne voit pas comment il pourrait en être autrement.

La fenêtre et la radio me font rêver. La fenêtre, parce qu'elle est un œil sur la ruelle et les hangars, lieux de grandes aventures, du hockey-bottines, de parties de softball, de jeux de guerre. La radio, parce que sa voix continuelle dessine un univers que ma tête réinvente. La patinoire du Forum que je n'ai vue qu'en photographie ; le père Noël et les prénoms des enfants sages entre ses gros rires bébelles ; les radioromans, du *Calvaire d'une veuve* à *Jeunesse dorée,* sans oublier *Zézette* ; les publicités que Roger Baulu lit de sa voix remarquable et, par-dessus tout, les chansons qui nous accompagnent inlassablement.

Jacques Normand, que mon père conduira occasionnellement dans son taxi, présente Édith Piaf, Charles Trenet, Yves Montand, Gloria Lasso, Francis Lemarque, Jacques Hélian et son orchestre, Lionel Daunais, Fernandel ou Bourvil. Il y a ces paroles, ces musiques à travers lesquelles la vie prend des dimensions insoupçonnées. La télévision n'existe pas. Quand ses oreilles de lapin pousseront dans les salons, ma mère répétera que nous, « on va attendre que ça se perfectionne ». Explication propre à ceux qui tirent le diable par la queue.

Le matin, c'est mon père qui allume le monde. Il tousse beaucoup, il fume trop. Bientôt, nous sommes tous réveillés. Pour calmer sa toux, mon père grille sa première Player's, il boit son café. Mêlées à l'odeur de sa cigarette et de son café, les chansons l'aident à vivre. Elles ne constituent pas un complément, mais un accompagnement indispensable.

Mon père chante constamment. En conduisant sa voiture, en buvant sa bière, en travaillant, en s'ennuyant, en jonglant. Au temps des fêtes, il nous apprend quelques chansons, des récitations, des sketchs. Le jour de Noël, devant la famille réunie, les Deneault bien sûr, nous donnons un spectacle. Mon père aime les spectacles. Il est fier de ses trois enfants. Il distribue les rôles. Je suis le nanti en souliers, Mireille, la moyenne aux sabots, et Pierrot, le misérable aux pieds nus.

« Trois petits enfants
Revenant de l'école
Sous un marronnier
Se sont arrêtés
Le plus grand des trois
Prit la parole », chantons-nous à l'unisson.
En solo, j'enchaîne :
— « Écoutez, dit-il, ce que je vais vous conter. »
En chœur :
— « Noël ! Noël ! Noël ! Noël ! Noël ! Noël ! »
Je chante ensuite mon histoire. À tour de rôle, Mireille et Pierrot poursuivent avec la leur. Louis, le metteur en scène, caché derrière notre public, bat la mesure et articule chacun des mots que nous prononçons.

Ma pièce de travail se transforme en musée. Mireille m'a

fourni de nouveaux documents, des lettres. Deux fois par semaine, à la bibliothèque, Andrée fouille les journaux parus à des dates précises. Elle me rapporte des pages reproduites à partir des microfilms. Je plonge ainsi dans les époques de mon père.

Chaque fois que je m'installe devant mon ordinateur pour reprendre ce récit, je me rends compte que sa vie est un film touffu, confus, dont il tient le premier rôle. Évidemment, il confère un sens à mon projet, tout en conservant l'allure d'un faire-valoir. Son histoire ressemble à un ramassis d'anecdotes mettant en vedette un personnage secondaire.

Avant que j'apparaisse, que je devienne son fils et un personnage du livre, je bénéficiais d'un double recul : celui de raconter un étranger et celui d'évoquer des lieux, un temps et une manière de vivre qui ne m'appartenaient pas. Grâce à cette distance, les événements de sa vie s'arrangeaient selon la logique de celui qui reconstitue les morceaux d'une histoire. À partir du moment où j'ai pris place dans sa vie et son récit, moi le fils-personnage, le recul se distorsionne, cède le pas aux émotions qui râpent la mémoire vive, parfois pour la bercer, d'autres fois pour la blesser. Comment faire autrement que de constater qu'en passant, il a laissé des traces, de ces marques indélébiles qui s'appellent hérédité, cicatrices douloureuses ou fleurs de l'âme, pour les moments heureux ?

Désormais, ma propre vie de narrateur côtoyant mon destin de personnage, le contexte se modifie considérablement. À la vie adulte de Louis, à ses décisions qui amorcent des étapes anecdotiques, se jumellent mes apprentissages, une série de petites transformations nullement importantes dans leurs particularités, mais essentielles dans l'ensemble.

Ainsi le temps précis, l'anecdote proprement dite, a soudain moins d'importance que la façon de percevoir une époque. Quand je revois Louis, ce début des années 1950 reste pour moi l'époque de la grande patience, avant les importants tournants qui fusionneront sa vie et la nôtre. Chez lui, les enfants sont un but, une bouée essentielle pour le chemin à parcourir. Ils lui procurent un sens. Ils créent une lumière piquée au bout de la nuit. Une raison pour vaincre la misère.

Mon père travaille chez Pierre Mercier inc., rue Sherbrooke, entre Saint-Denis et Sanguinet. Pendant de brèves années, ce sera son seul emploi. Le magasin est fort différent des autres commerces. Et pas tellement attirant. Dans les larges vitrines, on peut voir une table d'examen garnie de ses harnais mystérieux, le plus récent modèle de civière sur roues, un assortiment de béquilles et de cannes de toutes les tailles, des corsets orthopédiques et des bandes herniaires, un fauteuil roulant dernier cri, l'annonce cartonnée et explicite d'une compagnie de bandages, des haricots et des bassines en acier inoxydable, différents instruments chirurgicaux, des éprouvettes, des tubes et des sacs de caoutchouc. Bref, tout ce qu'il faut pour torturer les gens au nom de la santé et pour équiper les hôpitaux ou les cliniques. Ça donne froid dans le dos, mais conserve l'avantage d'être précis. Un badaud n'entre pas là pour s'amuser. La seule annonce qui me plaît montre un gamin de mon âge, affublé de taches de rousseur, aussi roux que je suis blond. Il tient un rasoir à la main et a le visage plein de sparadraps posés en croix. Il a vraisemblablement voulu imiter son père. Malgré cela, il sourit, preuve que les sparadraps réparent tout.

À l'intérieur du magasin, le patron a son bureau fermé et sa secrétaire. En chemise blanche, quelques commis travaillent, assis à des tables où s'accumulent diverses paperasses et des catalogues spécialisés. Ils s'appellent Edmond Lapierre et Guy Goulet. Il y a aussi Yvette, dont les cheveux sont toujours bien coiffés et la bouche brillante de rouge à lèvres.

Le domaine de mon père se trouve à l'arrière du magasin : l'entrepôt. En qualité de responsable de l'expédition, emploi que lui a déniché Jean-Marcel, le frère aîné de ma mère qui commence à avoir des relations efficaces dans le milieu des affaires, il porte une chemise bleue, identifiée au-dessus de la poche au nom de son employeur. Il prépare les commandes et emballe soigneusement la marchandise. À bord de la camionnette Chevrolet grise, il se rend ensuite au bureau de poste porter les colis adressés aux établissements éloignés. Ceux de Montréal et des environs, il s'en occupe. Il est également le livreur de l'entreprise.

Il travaille seul dans son service qui, à mes yeux, est le plus important. Comment la boutique prospérerait-elle si personne n'acheminait la marchandise vers les clients ? Cela l'amène à rencontrer plein de gens dans les hôpitaux. Des médecins, des infirmières, des gardiens de sécurité et des bonnes sœurs.

Autre bon côté, Pierre Mercier inc. est situé près de notre logement de la rue Drolet, ce qui permet à mon père de venir dîner avec nous. Fréquemment, pour soulager ma mère, il m'emmène « travailler » avec lui pour l'après-midi. En ma qualité d'aîné, je suis le plus raisonnable. Je peux m'occuper tout seul, sans nuire à la besogne qu'il doit accomplir dans son entrepôt.

C'est là que j'ai connu la vieille Underwood. Une rescapée. Depuis quelques années, les secrétaires tapent déjà sur des machines plus modernes, au design arrondi. On a confié la lourde Underwood à mon père. Il ne s'en sert que pour dactylographier les étiquettes. Elle est juchée au bout du comptoir surélevé où il fait ses paquets. Pour l'atteindre, il faut me hisser sur un haut tabouret.

Ce monstre noir, je l'apprivoise en effleurant ses touches. Trop légèrement pour commencer… puis de plus en plus fort. Le mécanisme répond à l'appel et les lettres s'alignent sur la feuille que mon père a installée dans le chariot mobile.

J'aime le bruit de cette machine. Ses clac ! qui se mêlent aux déchirements de papier kraft, que mon père arrache d'un large rouleau, ou aux jeux de ses ciseaux. J'aime l'odeur de la colle mouillée sur ses bandelettes. J'aime même le clignotement irrégulier du fluorescent bleu. L'univers se résume à cet entrepôt au cœur duquel je vis mes premiers tête-à-tête avec les lettres.

Mon père prépare ses emballages. Moi, je tape à la machine. Je ne sais ni lire ni écrire. Mais rapidement je comprends un principe essentiel chez les mots : écrire une lettre à la fois.

J'ai tout expérimenté sur cette Underwood : placer une feuille bien droite, dérouler le ruban salissant, ouvrir le coffret aux mystères où les frappes, disposées en éventail, se cachaient. J'ai appris à être content d'une page bien remplie. Le merveilleux dessin d'un discours incompréhensible sur une feuille à conserver dans mon tiroir. Désormais, je saisis les secrets mécaniques d'une machine extraordinaire.

Quand mon père a terminé ses emballages, la deuxième étape de l'aventure commence. Il ouvre la porte de l'entrepôt, m'installe au volant de la camionnette pendant qu'il dispose ses paquets dans la cabine arrière. Nous pouvons prendre la route, d'un hôpital à l'autre.

La plupart du temps, je me tiens debout devant la banquette, le menton contre le tableau de bord, le nez dans le pare-brise pour mieux voir la rue. Je sens encore la main de mon père contre mon ventre quand il doit freiner. Les voitures n'ont pas de secret pour lui.

Il m'explique, comme si cela m'était déjà nécessaire, la bonne manière de conduire, où regarder pour lire les noms des rues, la signification des panneaux de signalisation, les feux de circulation. Tout.

Pour moi, le plus fascinant reste de découvrir toutes les marques de voitures différentes qui roulent dans Montréal. Les modèles sont diversifiés en ce début des années 1950. Mon père me montre un véhicule inconnu, l'identifie. Aussitôt, j'associe le nom à un trait particulier de l'auto. La superbe tête d'Indien de la Pontiac et les quatre fines lignes de chrome parallèles qui traversent le capot d'un bout à l'autre. La Ford a un gros noyau planté au milieu de la gueule. La Buick sourit de sa large grille avant, fourmillante de dents ; la Chevrolet montre ses crocs. La Plymouth arbore un grand voilier à la proue ; la Dodge, un buffle qui fonce. La De Soto me semble plus pointue. La Studebaker, plus petite, a un nez d'avion.

Occasionnellement, pour mon plus grand malheur, il veut que je l'accompagne à l'intérieur d'un hôpital. L'odeur de l'éther me donne mal au cœur. Je préfère mille fois attendre dans la camionnette. Je prends sa place derrière le volant et invente des routes, des itinéraires qui ne vont pas plus loin que les rues encombrées de la ville. Je dépasse les autos, je klaxonne, je contourne les nids-de-poule ou les taxis stationnés en double file, j'emprunte des rues perpendiculaires.

Si je déteste l'odeur des hôpitaux, j'adore les effluves d'essence. Quand nous faisons le plein, je respire à pleins poumons. L'odeur de l'essence me rassure : le voyage se poursuivra. Qu'il pleuve, que le soleil plombe, qu'il neige, nous livrerons nos colis. Nous roulerons entre les autos que je peux nommer.

Au terme de ce fabuleux voyage, nous revenons au magasin. Et, à cinq heures, mon père reconduit deux ou trois commis, selon les jours.

Devant eux, il me confie le rôle de chien savant. Je dois montrer mes connaissances.

— L'auto bleue, là-bas, c'est quoi ?

— Une De Soto. L'autre à côté, une grosse Cadillac. Devant, c'est une Lincoln.

— Et celle-là ?

— Une « station wagon ».

Voici le piège :

— Quelle sorte de « station wagon » ?

— Chevrolet.

— C'est ça !

Mon père respire la fierté. Je suis content. Les chiens savants ne se plaignent pas tous.

Est-ce l'effet du hasard ou l'articulation naturelle des petits destins ? Moi, le fils qui aime écrire et qui gagne la plus grande partie de sa vie en jouant avec les mots, je trouve ici réunies la machine à écrire, sur laquelle je pioche abondamment, et la route que j'aime parcourir.

Il y a si peu de lettres dans les archives familiales que chacune prend une importance capitale. Pourquoi Louis et Pauline ont-ils conservé celles-ci plutôt que d'autres ? Tout simplement parce que ce sont les seules lettres qu'ils aient reçues, j'en ai bien peur, leur courrier habituel se résumant aux dépliants publicitaires, aux chèques d'allocations familiales et aux comptes à payer. Parmi les rares documents signifiants, une lettre de Clément que Mireille avait en sa possession. Elle n'était pas spécifiquement adressée à Louis. Il s'agit d'un message de Noël envoyé à ses frères et sœurs. Mon père a dû être le dernier à qui on l'a fait lire. Il pouvait donc la garder. À moins que Pauline, en mettant la main sur la missive en question, ait décidé de la conserver dans la boîte à chaussures contenant ses souvenirs. Ma mère estimait la « belle plume » de son beau-frère.

Clément est alors vicaire à Saint-Paul-du-Nord. À trente-six ans, il déborde d'enthousiasme. Il réunit toute la famille dans sa tête d'exilé. Il replace dans leur dimension réelle ceux dont il vit éloigné.

22 décembre 1949

Chère maman,

Je ne pourrai pas écrire une lettre personnelle à toutes les familles de ma parenté immédiate ; alors je vous adresse une lettre circulaire que vous leur transmettrez en les rencontrant aux fêtes.

Je ne vous écris pas souvent. La vraie raison, c'est que je suis occupé du matin au soir. Ce qui a pris tout mon temps, depuis un mois, c'est l'organisation d'une patinoire municipale. Les gens d'ici n'en avaient jamais eu et les jeunesses ne savaient pratiquement pas patiner. Mon projet a obtenu un succès mirobolant. J'ai ramassé plus de 600 $ par souscriptions, séances, tirages, etc.

Maintenant, nous avons une grande patinoire aux dimensions de celle du Forum : 200 pieds sur 100, avec un bon système d'éclairage et un système musical parfait : tourne-disque, amplificateur et haut-parleurs qu'on entend à un mille. Résultats : 1 / le curé s'est acheté des patins et il patine tous les soirs, il a rajeuni de 10 ans ; 2 / je me suis acheté des patins et je patine, j'ai rajeuni de 5 ans ; 3 / les restaurants se sont vidés et les jeunes, qui s'en allaient dans les paroisses voisines pour boire et dépenser au jeu de cartes, se réunissent tous les soirs pour patiner avec leur blonde au rythme des valses de Strauss ; 4 / toute la paroisse s'assemble là, les dimanches : grands-parents, parents, enfants et petits-enfants, et c'est une grande joie pour tous. Nous avons fait une corvée pour bâtir une cabane de 20 pieds sur 40 qu'on a appelée « le Chalet des loisirs ». Chez Eaton, Simpson et Dupuis Frères ont vendu ici au moins 300 paires de patins. Et les jeunes filles sont bien contentes de pouvoir patiner en pantalon car, jusqu'à cette année, dans la paroisse, les pantalons étaient bannis pour le sexe des robes. Tous se demandent ce que j'ai fait au curé.

À travers tout ça, j'ai maigri un peu, mais je me porte bien, j'ai bon appétit et ne suis pas malade. Ça va bien, je suis heureux.

Assez parlé de moi. Comment allez-vous tous ? Carmen trouve le moyen de m'écrire un peu plus souvent que les autres. Je l'en remercie et l'invite à continuer et à donner l'exemple qui pourrait être suivi par mes deux vieilles filles.

J'ai su que Lambert avait fait l'achat d'un camion neuf. Quelle marque ? Quel modèle ? Quel tonnage ? Quelle année ? Quel prix ? Suis-je trop indiscret ? J'ai aussi appris qu'il était devenu marguillier. Les curés ont besoin de bons hommes comme lui.

Je remercie François et Denise pour leur cadeau de fête (façon d'une soutane). Je crois pouvoir faire prendre mes mesures en juillet prochain. Je suis très heureux d'apprendre qu'ils réussissent dans la confection de l'habit clérical, d'autant plus heureux que je leur avais proposé de se lancer dans ce domaine.

J'ai pensé à Louis quand, en novembre dernier, je suis allé vivre quelques jours aux chantiers pour confesser mes bûcherons et leur dire la messe. Le « cook », qui me rappelait l'ancien métier de Louis, me réservait toujours un beau petit steak dans le filet. Pauvres bûcherons ! Ils ont un métier de chien qui explique un peu la réputation de blasphémateurs qu'ils ont. Si nos cultivateurs et les ouvriers de nos villes passaient une semaine par année dans les chantiers, ça leur ferait apprécier le bien-être familial dont ils jouissent tous les jours.

J'ai prié pour papa à l'anniversaire de son décès et de son enterrement. Depuis deux ans, sans jamais y manquer, j'ai récité une oraison spéciale pour lui à ma messe quotidienne, sans oublier de le nommer le premier au mémento des défunts.

J'ai appris par une lettre de Claudette que Jean-Pierre et elle ont déménagé à Limoilou. La famille s'en vient vers la Côte-Nord tranquillement. Avant longtemps y aura-t-il des Lafontaine transplantés jusque sur l'île d'Anticosti ? Après Godbout, c'est la cure que j'ambitionnerais. Je suis content que Jean-Pierre ait été recruté par un bureau d'avocats à sa mesure et qu'il continue à s'occuper activement des œuvres sociales. Je l'ai entendu à L'heure catholique, cet automne, et j'étais fier de dire au curé que c'était mon beau-frère qui parlait.

Andréane et Marcel sont-ils heureux à Trois-Rivières ? J'espère qu'ils n'ont pas l'idée d'un retour à Montréal.

J'ai aussi prié pour que Maurice Barrière ne perde pas sa

place. Je crois que Gilberte et lui se font des peurs pour rien.
Et si cette épreuve se présentait, ce serait un moyen de la
Providence de le forcer à s'installer dans un endroit plus
propice à la réalisation de ses ambitions. Avant dix ans, les
mécaniciens feront fortune sur la Côte-Nord. En tout cas, les
curés et les futurs curés aiment bien cette vie d'exploration en
terre nouvelle.

Rappelez-vous que Saint-Paul-du-Nord, ce n'est pas la
vraie Côte-Nord. D'ici, on se rend à Québec en auto, et il en
sera ainsi jusqu'aux Rois. La vraie Côte, c'est en bas de
Baie-Comeau où il n'y a que l'avion et le cométique en hiver,
où il n'y a pas de chemins, où il fait sec et froid, où il y a de
gros chantiers, où se fait la pêche, l'été, où il n'y a plus
d'agriculture, où enfin ce n'est pas comme ailleurs. Les
prévisions atmosphériques que vous entendez à la radio, c'est
pour la région en bas de Baie-Comeau, ce que Jacques
Cartier appelait : « Terre donnée par Dieu à Caïn ».

Ici, nous sommes dans la région « Chicoutimi, Lac-Saint-
Jean et Rimouski ». J'ai hâte de m'établir sur la vraie Côte-
Nord. Quand j'y serai rendu, j'espère que vous viendrez tous
me voir. Si vous avez des vacances à prendre, choisissez le
mois d'août ou de septembre. Un beau quinze jours dans mon
nouveau presbytère où je serai curé en 1950, est-ce que ça
vous tente ?

Je vous embrasse fort,
Clément, ptre.

Les dimanches, l'habitude fermement établie veut que toute
la famille Deneault se réunisse, tels les poussins qu'ils ont
toujours été et demeureront, chez grand-maman Anna. L'hiver,
la rencontre se tient dans le logement de la rue Boyer et, après
son déménagement, au troisième étage de la rue Christophe-
Colomb, où nous profitons des premières émissions de télévision. Mon père nous accompagne. À partir du moment où,

en plus de son travail régulier, il devient chauffeur de taxi, il nous laisse chez grand-mère. Lui, il va arpenter les rues de la ville. Le souper dominical reste une institution sacrée, sauf pour les travailleurs du taxi qui y gagnent leur beurre. Louis revient nous chercher après *Music-Hall,* l'émission de variété la plus populaire, et nous lui racontons le sketch d'Olivier Guimond ou les tours de magie de quelque Américain étonnant. Les danses se décrivent mal, d'autant plus qu'elles nous ennuient un peu. Quant aux chansons, il pourrait les chanter. Dommage qu'il n'ait pas vu de ses propres yeux la grande femme blonde léviter et se maintenir toute seule dans les airs par la seule force de la volonté de l'hypnotiseur !

L'été, c'est le pèlerinage immuable au chalet de Sainte-Rose d'où nous revenons au centre d'un embouteillage épouvantable. Nous allons rarement du côté de mon père. Dans mon esprit, une conviction s'est installée : la vraie vie de famille est l'affaire des Deneault. Les Lafontaine n'en ont pas. Ils n'organisent pas de grands rassemblements. Et puis nous ne fréquentons pas Eugénie, la mère de mon père. D'ailleurs, elle me fait un peu peur. Une sainte femme, reconnaît-on. La voir constamment marmonner quelque « Je vous salue, Marie » me donne des frissons dans le dos. Je suis persuadé qu'elle complote quelque alliance secrète avec le ciel ou, pire, avec les vieux morts. Et les morts, je ne les aime pas, ils me paraissent tous monstrueux.

Une sainte femme ? Après la naissance de son dixième rescapé, elle avait demandé au curé la permission de se reposer. Et que lui avait répondu ce fameux délégué du Seigneur, à l'haleine fétide et aux épaules pleines de pellicules ?

— Pourquoi arrêter en chemin ? Il faut une douzaine de roses pour faire une vraie belle couronne. C'est ce genre de présent que le Seigneur apprécie.

Une sainte femme parce qu'elle l'avait écouté et accumulé les fausses couches ? Ces informations, je les avais grappillées en laissant traîner mon oreille d'enfant.

Non, la famille de Louis est trop dispersée. Trois-Rivières, Québec, la Côte-Nord, ils s'étalent sur la province. À l'occasion, nous allons à Pont-Viau, chez ma tante Gilberte qui a des enfants de notre âge. Plus régulièrement, ma tante Denise et son mari viennent jouer aux cartes, le samedi soir. Mon père achète une caisse de grosses bouteilles de Molson, quelques petits Coke pour ma tante et ma mère. Cette visite nous permet de savourer une Grapette, boisson pétillante à base de jus de raisin. Enfin, certains dimanches, nous trahissons nos habitudes et nous allons chez l'oncle Lambert, à Saint-Barthélémy.

Cela commence par un appel téléphonique très spécial. Louis et Lambert ont inventé un langage codé dans le but de ne pas payer de frais d'interurbain. Pour avertir de notre visite, papa avise la téléphoniste qu'il veut parler à Louis Lafontaine, en visite chez Lambert Lafontaine. À l'autre bout du fil, mon oncle répond que Louis n'est pas là, mais qu'il l'attend au cours de l'après-midi. Cela signifie que nous sommes les bienvenus.

Avant qu'il achète un taxi, mon père nous emmenait là-bas en utilisant la camionnette de Pierre Mercier inc. Dans la cabine, il installait le parc d'enfant qui servait encore à Pierrot. Ma mère y étendait des couvertures pour amortir les chocs de la route et pour que nous puissions dormir lors du retour, en soirée.

Le déplacement dure près de deux heures. Nous partons après que ma mère eut fait les sandwiches jambon-laitue, dont un sans moutarde qui lui est destiné. Vers midi, nous nous arrêtons près d'un restaurant où il y a des tables à pique-nique sous de grands pins. Occasion de boire une autre boisson gazeuse, généralement une Orange Crush ou un Cream Soda. La fête, quoi !

Les dimanches plus argentés, Pauline ne prépare pas de lunch et — ô délice ! — Louis nous achète des hot-dogs relish-moutarde et des frites graisseuses que nous arrosons de vinaigre. Le banquet ! Ma mère préfère un *grilled-cheese*. Elle se méfie de la viande des restaurants et, plus particulièrement, de la saucisse à hot-dogs qui, selon elle, n'est qu'un tuyau confectionné avec les pires morceaux de tripes avariées, assaisonnées pour donner un goût du diable. Exceptionnellement, elle accepte que nous en mangions sur la route. À la maison, elle nous sert des faux hot-dogs de sa composition : une tranche de pain pliée, fourrée d'une saucisse de porc ordinaire. Malgré des tonnes de ketchup, nous détestons cette invention.

— C'est moins dommageable pour la santé, insiste-t-elle.

Que connaît-elle aux saucisses, ma mère ? Elle n'essaie même pas d'en croquer le moindre petit bout.

Plus loin, nous arrêtons à Saint-Norbert, histoire de vérifier si l'ours est à son poste. Un autre restaurateur, dont le commerce, au dire de maman, n'est pas assez propre pour que nous y mangions, garde un ours noir en captivité. Dans un espace clôturé, le pauvre animal, dégriffé, édenté et enchaîné à une cabane moribonde, attire autant de guêpes et de mouches que de clients. Le spectacle consiste à le regarder tourner en rond et nous surveiller. Parce qu'il n'espère qu'une chose et mon père le fait patienter.

Au bout de deux ou trois minutes, Louis se rend au comptoir et achète un Coca-Cola qu'il lance à la bête. Le clou du spectacle est de voir l'ours saisir la bouteille avant qu'elle se vide, s'asseoir sur son gros derrière usé et laper la boisson, les yeux brillants. Puis il se lèche longuement les pattes et fixe de nouveau les spectateurs en souhaitant qu'un autre humain comprenne ce qui fait tourner le manège. Cet ours, certainement l'enseigne vivante du plus grand vendeur de Coke de la région, nous hypnotise littéralement.

Pourquoi cette expédition rend-elle mon père aussi heureux ? Pourquoi sommes-nous reçus, chez l'oncle Lambert, avec autant d'égards et de bonne humeur ? Je l'ignore. Louis est peut-être simplement content d'aller respirer l'air de son enfance.

Pour moi, il s'agit d'une journée de dépaysement total. Les champs ne ressemblent en rien à la ruelle. Les vaches semblent calmes et lourdes, dociles avec leurs grands yeux bruns. Il y a aussi des histoires, des rires. Mon oncle distribue les corvées en rigolant.

— Tiens, Mimi, dit-il en tendant un panier à Mireille, va quérir les œufs au poulailler.

À l'heure du train, en compagnie du chien, Pierrot est délégué pour aller chercher les vaches. Dans l'étable, il me montre comment laver les pis des laitières. À tout propos, mon oncle entraîne mon père dans un coin de la grange. Pierrot et moi les suivons du regard. Lambert, le roi des clins d'œil et des sous-entendus, nous intrigue tellement. Il sort une grosse bouteille d'un alcool transparent qu'il cache quelque part, comme s'il s'agissait d'un poison à ne pas laisser à la portée des enfants et surtout, à la vue des femmes. Mon père et lui en avalent de longues rasades entre deux bouteilles de bière.

Mes cousins, plus âgés que moi, prennent congé avec un sourire en coin. La ferme ne les intéresse pas du tout. Fernand est continuellement occupé à démonter le moteur d'une bagnole, Serge gratte sa guitare. Il peut jouer n'importe quel air d'oreille.

Dépaysement total !

La ferme de mon oncle est le royaume de Pierrot. Chaque été, il y est invité pendant deux ou trois semaines pour « aider » aux foins. Je l'envie de s'asseoir sur le dos du gros cheval de trait suant qui traîne la « waguine ». Mon oncle lui fait conduire le tracteur sur ses genoux d'abord, puis, quand il aura grandi, tout seul. Au village, l'oncle Aristide ne rate pas l'occasion de répéter en l'apercevant :

— Lui, c'est un vrai Ti-Louis.

Toute la famille jure que Pierrot deviendra fermier, qu'il élèvera des animaux ou qu'il sera vétérinaire, s'il réussit à l'école.

Pendant des années, lors de ces dimanches, nous croisons trois petites filles dont mon oncle et ma tante ont la garde.

Leur mère vient les visiter. Nous la ramenons vers Montréal à la fin de la journée. Le départ se déroule dans les larmes. Un jour, les fillettes ne sont plus là.

— Nos garçons ont vieilli, dira ma tante Lucette, et la plus vieille devenait trop aguichante.

Trois ans plus tard, la mère de ces pensionnaires pâlira lorsque, en pénétrant dans son taxi, elle reconnaîtra mon père. Elle se précipitera sur le trottoir et se dirigera vers une autre voiture sans même le saluer.

— Saint-Cap ! J'aurais juré qu'elle me prenait pour le diable. Comprends-tu ça, toi, Pauline ?

— Elle a peut-être eu un malentendu avec Lambert et Lucette.

Sur le chemin du retour, ma mère souligne invariablement que Louis a trop bu. Ils se chamaillent sur le sujet. Mon père se défend. À court d'arguments, il conclut :

— Achale-moi donc pas, toi, Saint-Cap de câline.

Point final d'un dimanche à la ferme.

La grande patience de Louis n'a pas empêché cinq ou six colères mémorables. À cette époque, il y en a eu deux dont nous avons été directement responsables. Ainsi…

Pâques approche. Nous sommes énervés. Un matin, le vendredi, ma mère ouvre la porte et prend le paquet de brioches que le boulanger a déposé là aux premières lueurs du jour. Ce sont les traditionnelles *hot cross buns* qu'elle fait réchauffer. Notre déjeuner du Vendredi saint. Dans la maison flotte l'odeur annonciatrice du chocolat de Pâques.

Le samedi soir, alors que j'aurais dû dormir, je perçois des chuchotements. C'est Marie, la sœur de maman. Elle apporte les cadeaux. J'entends tout et je peux m'endormir, content. Je sais où Pauline a caché les lapins en chocolat.

Le lendemain matin, Pierrot nous réveille. Il répète inlassablement :

— C'est Pâques ! C'est Pâques !

Il veut que nous réveillions papa et maman. Heureux de mon pouvoir, je le calme et je les entraîne, Mireille et lui, vers la garde-robe du couloir. Nous revenons dans nos lits avec les boîtes contenant un lapin, un coq, un poussin. Je suis le seul à savoir lire, je décode les noms et distribue les présents. Louis et Pauline dorment sur leurs deux oreilles. Mon père a fait du taxi une partie de la nuit. Maman ne trouve le sommeil que lorsqu'il est rentré.

Après avoir entamé nos cadeaux, nous nous installons dans le lit de Pierrot, celui qui a de hauts montants. Nous dégustons notre surprise de Pâques.

La plus grande surprise, c'est Pauline qui l'a en s'éveillant. Nous avons répandu du chocolat sur le drap, sur l'oreiller.

— Bande de petits sauvages, crie-t-elle, réveillant brusquement mon père. Vos cadeaux, vous ne les méritez pas !

Louis entre alors dans une colère noire. Il attrape sa ceinture de cuir et se met à nous frapper. Les coups pleuvent de partout, souvent dans le vide ou sur les draps. Nous nous débattons, nous nous tortillons. Nous hurlons en chœur.

Devant l'ampleur de cette colère, ma mère change de camp. Elle tente de le retenir. Entre les couvertures que nous brandissons, Louis cherche à nous atteindre. Pauline gémit plus bruyamment que nous.

— Arrête, tu vas alerter toute la rue !

Je me souviens à peine de quelques coups que j'ai reçus, ce matin-là. Les cris nous ont fait plus de mal. La voix de Pauline nous énervait plus que tout.

— Attention à leurs yeux ! Les yeux, Louis !

Le tout s'est terminé par une dispute entre mes parents.

L'année suivante, son autre colère a tenu davantage de la peur.

Un jour d'été, un après-midi de pluie, je veux sortir. Ma mère refuse. Je m'obstine, sors et claque la porte. Sur le balcon, je demeure interdit. Je ne sais évidemment pas quoi faire.

La pluie a cessé, le trottoir et l'asphalte sont mouillés et aucun de mes amis n'est dehors. Personne. Embarrassé, je m'adosse contre la porte, persuadé que Pauline viendra me rattraper par la peau du cou. Elle tarde. Ma mère s'imagine que je vais comprendre « le bon sens » et rentrer par moi-même. Elle se trompe.

La voisine du troisième, une petite vieille un peu bossue, recroquevillée sur son balcon dont elle ne descend plus, m'interpelle :

— Tsit ! tsit ! Ti-gars !

Je relève la tête. C'est bien à moi qu'elle parle. Habituellement, son air de sorcière me terrorise. De ses hauteurs, je jurerais qu'elle jette un mauvais sort aux enfants.

— *La Presse* est arrivée chez Rozic. Va chercher la mienne.

Je bondis. Il existe des mauvais sorts bien plus venimeux. Et puis, cette vieille a beau faire peur, elle nous récompense de cinq cents quand on lui fait une commission. Voilà qui donne du courage. Et Rozic est juste de l'autre côté de la rue, j'y achète des bonbons, de la gomme, des cartes de hockey.

Je descends l'escalier à toute allure. Je me glisse entre deux autos stationnées et cours dans la rue. Je suis obnubilé par le désir de revenir à la maison et de provoquer ma mère en brandissant mon gros cinq *cennes*.

Un camion, un poids lourd de marque Fargo, le pare-chocs noir et haut, s'apprête à me décapiter. Son chauffeur ne m'aperçoit qu'à la toute dernière seconde. Il a beau freiner, je disparais. Happé, je tombe, roule entre les roues. Par quel miracle ce camion passe-t-il par-dessus moi sans m'écraser ? Ses freins grognent, geignent, grincent. Il s'immobilise dans un bruit d'enfer. Instinctivement, je sors de sous le véhicule et me précipite vers le trottoir. Je m'assois sur la bordure et, tel un innocent, je regarde l'accident.

Les freins du camion ont alerté le voisinage. Des portes s'ouvrent. La petite vieille n'en finit plus de crier de son balcon :

— C'est le petit Lafontaine ! C'est le petit Lafontaine !

Ma mère ne la croit pas. Elle me voit de dos, là, sur le trottoir, tel un témoin du drame. Le chauffeur fouille sous son camion. Rien. Il ne saisit pas. Il a aperçu un garçon, ma tête blonde est apparue devant lui et, maintenant, il ne découvre plus trace de moi.

Soudain, il lève les yeux, me voit enfin. Je suis là, les genoux et les coudes ensanglantés. J'ai uriné dans mes culottes. Pour le reste, je suis tout d'une pièce.

L'homme me prend dans ses bras. Je suis mou. Il me monte chez moi. Pauline, affolée, appelle mon père, sa mère, la police.

Mon père s'amène en même temps que l'autopatrouille. Je suis ressuscité, j'ai recouvré mes esprits. Je tremble, me débats et refuse obstinément de me rendre à l'hôpital comme le conseillent fortement les policiers. En grimaçant, je peux bouger les bras, les jambes. Je marche.

— Un choc nerveux, conclut le chauffeur du camion avec un évident soulagement.

Choc nerveux pour ma mère, pour lui. Pauline nettoie mes plaies au peroxyde. Je hurle. Les badigeonne de mercuro-chrome. Ça apaise.

Finalement, mon père émet une menace :

— Si j'en prends un dans la rue, je lui donne une maudite volée.

Conclusion que les policiers acceptent. Sa voix forte n'endurerait aucune réplique.

Le lendemain, en revenant de son travail au volant de son camion, il doit freiner brusquement. Mireille vient de bondir dans la rue, juste devant lui. Sans ses réflexes, il écrasait sa propre fille, sa Mimi. C'est la seule fois de toute notre enfance où l'un d'entre nous a reçu une fessée en bonne et due forme. Si bien que Mireille a eu les mains de mon père imprimées sur les fesses pendant de longues heures.

Ce furent ses plus grandes colères de l'époque. Par la suite, il en a réservé d'autres à la vie en général. Par exemple, quand ma mère a perdu un bébé parce que l'accoucheur s'est présenté avec un sérieux retard, en état d'ébriété avancé. Papa a menacé de le poursuivre... puis d'aller l'engueuler à sa clinique... puis tout s'est éteint.

Pierrot, Mireille et moi, nous sommes prêts à transformer l'événement le plus banal en une excitante aventure. Louis participe assidûment à nos jeux. Quand il ne les éveille pas, en brillant animateur, il les nourrit généreusement, attentif à chacun de nous. Ainsi, lorsqu'il vient dîner, il déchire une tranche de pain et dépose un peu de beurre sur chacun des morceaux. L'objet en question devient un « pit-pit » qu'il fait voler en imitant le moteur d'un avion. À tour de rôle, il nous en glisse un dans la bouche comme s'il s'agissait de nourrir des oisillons.

Il n'a plus d'activités ou de loisirs pour lui. Ce qui compte, c'est de faire plaisir. Il multiplie les heures de travail pour nous permettre de profiter d'un chalet d'été. Il y apparaît seulement un ou deux soirs de semaine et tâche d'être avec nous le dimanche.

Le premier de ces camps d'été est situé à Pine Beach, sur les bords du lac Saint-Louis. Un soir, mon père me réserve une surprise. Seul à Montréal, au lieu d'aller manger à l'extérieur le midi, il a construit un petit yacht en bois. L'embarcation, un peu grossière, est mal équarrie, mais il n'y manque aucun élément important, du pare-brise au contour d'aluminium, en passant par le volant, jusqu'au moteur hors-bord. Trop pesant, mon bateau flotte mal. Si sa coque mastiquée ne prend pas l'eau, la moindre vague le submerge. J'y installe des bonshommes de caoutchouc qui doivent nécessairement savoir nager. Rien n'empêche que ce yacht boiteux est important pour moi. Tous les jours, je l'emporte à la plage.

À ce chalet, le plus grand spectacle hebdomadaire est le

passage du gros camion bruyant et odorant qui vide les bécosses. Les chalets ont l'eau courante, mais ne sont pas dotés de toilettes intérieures comme celui de ma grand-mère. J'ai du mal à comprendre que des hommes travaillent à charroyer de la merde. Quand ils viennent vider notre chiotte, nous les voyons de très près. Ma mère nous retient contre elle, le plus loin possible du camion, par crainte que quelques éclaboussures nous contaminent.

Cet été-là, en revenant dans notre logement à la fin d'août, nous constatons que la glacière, installée dans le portique, a disparu. Mon père a acheté un réfrigérateur étincelant. En pénétrant dans la cuisine, ma mère paraît aussi surprise que nous.

Un autre été, nous installons nos pénates à Plage des Îles, dans un petit chalet qui a l'avantage d'être assez près de celui de ma grand-mère. Il est entouré d'arbres et, derrière, il y a un bois minuscule, principalement composé de sapins, de bouleaux et de merisiers. Lors de notre installation, par bonheur, je trouve un petit canif. Après de longues recommandations sur le danger des lames, Pauline accepte que je le garde au fond de ma poche.

— Fais bien attention, Manuel. Si tu te coupes une artère, tu risques de te vider de ton sang avant qu'on ait le temps de se rendre à l'hôpital.

Je suis prudent et très heureux. Les arbres le sont moins. Dès la première semaine, en utilisant mon canif sur tout ce qui s'appelle bois, je découvre que celui des merisiers est plutôt tendre, très facile à « gosser ». Leur écorce se détache avec une facilité désarmante. Alors je m'amuse à récolter de larges bandes d'écorce brune. Le vendredi soir, en apercevant les merisiers blessés, mon père ne sourit pas.

— Tu veux faire mourir la forêt ?

Je reste coi. J'ignorais qu'un simple canif pouvait me rendre puissant à ce point. Louis m'enlève mon couteau.

— On peut s'en servir pour fabriquer des sifflets.

Il casse une mince branche qu'il divise en petits morceaux de quatre ou cinq pouces. Avec mon canif, il y découpe une entaille de la dimension de la fente d'un sifflet puis, en frappant doucement le bout de branche contre la paume de sa main, il extrait le bois mou de l'écorce. Il taille une éclisse et remet le bois dans le cylindre de l'écorce. Son œuvre ressemble vraiment à un sifflet artisanal. Pierrot, Mireille et moi sommes un peu ébahis. Il pose ses lèvres sur l'embouchure et souffle. Aucun son n'en jaillit. Louis prend son air désolé.

— J'ai oublié la formule.
— Quelle formule?
— La formule magique. Sans elle, le sifflet ne vit pas.

Il secoue son instrument de plus belle en prononçant :

— « Pèle, pèle, pèle, mon petit sifflet
Si tu pèles, tu auras de la bonne bouillie sucrée
Si tu pèles pas, tu mangeras d'la crotte de chat. »

Il replace l'instrument entre ses lèvres et réussit à émettre un son strident, légèrement grippé. Nous essayons à tour de rôle. Ça fonctionne. Par la suite, j'ai fabriqué des dizaines de sifflets. Malgré la formule magique, les miens restaient misérablement silencieux. Je n'ai plus dénudé les merisiers.

Un soir de cet été-là, en faisant mine de dormir dans mon lit, j'ai été témoin de la plus étonnante des conversations.

Nos voisins immédiats, les Martineau, se démarquent par leur façon non équivoque de régner sur les alentours. Leur musique, des chansons de crooners américains tels Bing Crosby ou Frank Sinatra, joue presque aussi fort que le juke-box du restaurant pourtant situé au fin bout de la rue. Une partie de l'établissement, à l'inoubliable odeur de hot-dogs « steamés » et de frites, est une salle de danse largement fréquentée par les adolescents qui se veulent des sosies du jeune Elvis et des filles en jupes courtes et bas blancs. Seuls les Martineau osent combattre ce juke-box illuminé. Ils mènent la lutte des générations. Leur chalet est plus imposant que les autres. Il faut être aveugle pour le manquer. Dès que le soleil se couche, il s'illumine d'ampoules d'arbre de Noël multicolores. Elles courent autour des fenêtres, de la porte, du petit balcon et, en accent circonflexe, le long de la bordure du toit.

Ma mère soutient qu'ils se distinguent de la sorte parce qu'ils sont les seuls à être propriétaires de leur chalet.

— Ils peuvent faire ce qu'ils veulent, eux autres.

Ils occupent assurément une place importante.

Madame Martineau marche en maîtrisant parfaitement l'art de balancer les hanches comme les actrices que nous imitons quand nous jouons à Marilyn Monroe. Elle semble toujours porter un maillot de bain. En shorts et en chandail moulant, on jurerait qu'elle est en maillot. Elle n'a pas peur de montrer sa poitrine généreuse et ses solides cuisses bronzées. Près d'elle, ma mère a l'allure d'une bonne sœur anémique. Admettons que Pauline, avec ses trois enfants, n'a guère le loisir de s'étendre au soleil. Irène Martineau, elle, n'a que deux garçons, de douze et treize ans, qui obéissent au doigt et à l'œil. Ils font leur lit, tondent le gazon, lavent les planchers et les fenêtres de la maison. De vrais petits militaires qui disparaissent dans un camp scout pendant deux ou trois semaines. Madame Martineau peut donc être le sex-appeal incarné. À travers la haie qui sépare nos chalets, je l'ai vue raser les poils de ses aisselles avec un rasoir électrique, vraisemblablement celui de son mari, ce que ma mère n'oserait pas faire, tant se raser que d'emprunter le rasoir à lames de mon père. Monsieur Martineau ne se gêne pas pour appliquer une solide claque sur la croupe de sa femme, ce qui les fait rire à l'unisson.

Toutes les fins d'après-midi, Paul Martineau sort de sa voiture vêtu d'un habit. Il travaille dans un domaine qui doit ressembler aux assurances ou aux grosses affaires. Il se presse d'enfiler son bermuda bleu pâle, son chandail de golf blanc, ses bas d'un autre bleu et ses souliers blancs. Un scotch dans lequel tintent de joyeux glaçons à la main et un cigare planté entre les dents, il cherche une activité à organiser. Cet homme a inventé la bonne santé contagieuse et l'entregent, ce qui le propulse au centre de la place.

Ce soir-là, il a décidé d'improviser une petite épluchette de blé d'Inde pour tous les voisins. Paul Martineau transforme une invitation en un ordre. Il a apostrophé mon père lorsqu'il l'a vu descendre de son taxi. Louis avait chaud, Martineau lui a glissé un scotch tintinnabulant dans la main.

— Lafontaine ! Ta femme, tes enfants et toi, vous venez manger du blé d'Inde, ici, à soir. J'en ai acheté une poche. Tout le monde va être là.

Moins d'une heure plus tard, avec les gens des autres chalets, nous nous retrouvons sur son terrain où pousse évidemment le gazon le plus vert de la rue. Sa musique tonitruante nous encadre. Il pleut de la bière, du gin, du scotch, des glaçons, de l'orangeade et du Cream Soda pour les enfants, des épis de maïs, des rires et des blagues dont je ne saisis pas le sens.

Les femmes rient et boivent plus qu'à l'accoutumée. Sauf ma mère qui ne touche pas une goutte d'alcool. Par contre, elle délaisse souvent la paille de son Coke pour émettre un sourire de participation. Je la vois faire mine d'apprécier les maïs dont elle juge les grains trop gros à son goût. C'est ce qu'on appelle une atmosphère détendue. On ne s'occupe pas de nous, les enfants.

À la brunante, Martineau prend l'attitude d'un grand manitou. Profitant de l'absence de ses deux fils, il conseille à ceux qui ont des *kids* d'aller les coucher… et invite les adultes à « quelque chose de spécial ».

Plusieurs paraissent au courant de ce qui va se dérouler et complotent abondamment. Ma mère décrète qu'elle ne peut pas nous laisser seuls dans le chalet. Louis insiste :

— Viens donc, Pauline.

Martineau se mêle de l'affaire :

— On est à côté. Il ne peut rien arriver.

Ainsi, Mireille, Pierrot et moi, nous nous mettons au lit. La fenêtre de notre chambre donne sur la maison des Martineau, mon lit est collé à cette fenêtre. Je ne m'endormirais pas pour tout l'or du monde. Les clins d'œil mystérieux, les airs complices ont trop attisé ma curiosité. Si l'angoisse nous cause des insomnies, la curiosité y tient également une place de choix. Combien de grands secrets ai-je découverts en faisant mine de dormir, titillé par la peur de sombrer et de manquer un événement essentiel ?

Au bout d'une heure ou deux, j'ai les oreilles comme des antennes. Les adultes sortent du chalet des Martineau. Ils parlent fort. Ils ont continué à boire. La moindre phrase s'embourbe dans des éclats de rire sans fin.

Je perçois la voix de ma mère, sa voix légèrement tremblante, oscillant entre les aigus où elle ne se perche pas et les graves où elle dégringole. Elle est désorganisée, scandalisée, elle se retient pour ne pas faire d'esclandre.

— Ça n'a pas d'allure !

Tout contre la haie de cèdres, Irène Martineau la questionne :

— Tu es fâchée ?

— Non, ment Pauline. Mais c'est… c'est contre nature.

Une autre voix féminine, en étouffant mal un rire, se mêle au dialogue.

— Qu'est-ce qu'il y a contre la nature là-dedans ?

— Ça ! La femme… balbutie Pauline. La femme quand elle…

— Quand elle suce la queue de son homme ? claironne Irène Martineau.

Ma mère doit approuver, puisque notre voisine poursuit :

— Si on aime son mari, glousse-t-elle, on lui fait ça. Dans le mariage, il n'y a pas de limites. Pas d'interdits.

— Ouach ! conclut ma mère. On me payerait cher pour que je m'abaisse à ça.

Longtemps, la phrase crue d'Irène Martineau a volé dans

ma tête. Un oiseau aussi étrange qu'attirant. La voix de cette femme la répétait : sucer la queue !

Mon père a-t-il été témoin de ce conciliabule entre femmes ? Il devait rire avec les autres hommes.

Ce soir-là, excités, ils ont fait l'amour. Ma mère a négocié.

— C'est un jour dangereux.

— Bah ! Qu'est-ce que ça fait ? Il y a encore de la place.

Ce soir-là, ils ont peut-être conçu mon frère Olivier.

À la fin de l'été, rue Drolet, une autre surprise : mon père avait entièrement repeint le logement. Ma mère était contente. Elle qui se savait enceinte n'aurait pas à respirer l'odeur de la peinture fraîche.

Il jouait avec nous et jouait des tours à ma mère.

Chaque mois, le propriétaire vient percevoir son loyer. Il s'appelle monsieur Cascarano et surnomme mon frère Bronco en lui ébouriffant les cheveux de sa large main aux doigts très courts. Une palette de ping-pong de l'épaisseur d'un dictionnaire. Depuis son immigration, il a été briqueteur, puis contremaître. À force de travail et d'économies, cet homme est devenu propriétaire d'une série de maisons de la rue Drolet où il s'amène le premier du mois, le lendemain quand le premier est un dimanche.

Monsieur Cascarano se fait un devoir de rencontrer ses locataires. Il s'enquiert de la santé des familles et il donne des nouvelles de sa fille. Sophia étudie. Elle parle bien le français, elle. Elle vient de terminer ses études dans un *high school*. Sophia commence à travailler dans une banque... Sophia va se marier. Chez nous, il récolte 35 $ par mois, des billets qu'il ajoute à un magot volumineux. Il ne se prive pas de le montrer à ma mère, avec fierté, avant de le glisser dans la poche de son habit. Parce que, pour sa visite, il porte habit, cravate et chapeau. Un lourd paletot, l'hiver.

Ce petit bonhomme chauve, au ventre dodu et dont les

narines sont bourrées d'un volcan de poils, se débrouille dans un français approximatif et farcit ses phrases de mots anglais. Il ne maîtrise pas davantage cette langue. En mêlant les deux, il arrive à communiquer. Mieux que s'il n'utilisait que l'italien qu'il continue de parler à la maison. S'il a des fils, il n'en glisse jamais un mot. Mais sa fille, c'est son or.

Cette visite énerve Pauline. D'abord parce qu'elle n'aime pas qu'un étranger pénètre dans notre logement et parce que, ne parlant pas l'anglais et encore moins l'italien, elle déteste entretenir ces brèves conversations. Ainsi, elle, la grande maigre, et lui, le rondelet, bafouillent un langage petit nègre de première valeur. Un jour, à court de sujets, elle avoue que son mets préféré est le spaghetti, particulièrement celui que mon père, les rares soirs où ils vont au cinéma, l'amène manger chez Frank de Rice, rue Peel, près de Sainte-Catherine. Un vrai Italien ne peut pas faire autrement que d'être flatté de son goût et doit connaître le restaurant en question où Jack Dempsey, ancien champion des poids lourds, est venu manger.

Sans hésiter un instant, le proprio secoue sa tête chauve.

— Toi pas savoir *what is uno* vrai spaghetti.

Au grand désespoir de ma mère, il propose de venir mitonner une sauce, le samedi suivant. Il revient, le lendemain, remettre à Pauline la liste des ingrédients qu'elle doit se procurer. Comme ma mère ne déchiffre pas un traître mot de ce qui est griffonné sur le bout de papier, le bonhomme lui conseille de s'adresser à une épicerie-boucherie de la rue Saint-Laurent.

Ma mère n'aime pas courir loin du quartier. La rue Saint-Laurent, qu'elle pourrait atteindre en dix minutes de marche, lui paraît aussi loin que Chicago, le Congo ou la Gaspésie. Elle envoie mon père à ce marché de la Petite Italie. À son retour, elle s'interroge. Monsieur Cascarano est-il devenu complètement fou avec « son vrai spaghetti italien »? Les lourds sacs de papier, que Louis transporte difficilement, contiennent des boîtes de tomates italiennes dont la forme de poire ne lui inspire pas confiance, différents paquets de viande hachée, des côte-lettes de porc, du céleri, des poivrons et du fromage, un énorme morceau de parmesan qu'il faudra râper à la main. Bref, de quoi nourrir une armée. S'ajoutent à cela cinq bouteilles de vin dont elle se méfie au plus haut point. Pas étonnant que le marché ait coûté les yeux de la tête.

Ce samedi-là, Louis prend congé de son taxi.

Au milieu de l'avant-midi, monsieur Cascarano s'amène avec de longs piments rouges, certainement cueillis dans les jardins de l'enfer, à voir le regard de ma mère, et des épices italiennes que le vieux transporte dans un sac brun avec la même délicatesse que s'il s'agissait d'une incroyable poudre magique.

Le temps de déboucher une bouteille de vin, monsieur Cascarano et Luigi, ainsi qu'il rebaptise vivement mon père, s'entendent comme larrons en foire. La cuisine se méta-morphose en un chantier bordélique. Cascarano descend quérir deux chaudrons supplémentaires dans sa voiture. Il remonte avec une autre bouteille du vin qu'il fabrique en écrasant le raisin avec ses pieds que nous imaginons larges comme des raquettes de tennis.

Quelle quantité de vin cette recette exige-t-elle? Je ne l'ai jamais su. Ma mère non plus. Chose certaine, monsieur Casca-rano et mon père se font un devoir d'entamer chaque bouteille, de la déguster en battant de la langue, d'en verser un soupçon dans les chaudrons, de la terminer en se remplissant de grands verres à moutarde, puisque nous n'avons pas de verres à vin à la maison. À nos premières communions, ma mère les em-prunte à ma grand-mère. Pauline, goûtant les vins, les juge un peu forts à son goût et ses joues rosissent. Après trois ou quatre rasades, elle se met à balbutier à son tour.

— Il ne faut pas que j'exagère, avoue-t-elle en repoussant son verre.

Elle a trop peur d'avoir mal au cœur.

Quand Hubert Lachapelle, notre chambreur, fait son

apparition en fin d'après-midi, il croit pénétrer dans quelque orgie romaine.

— Monsieur Lacapella, tu vas manger icitte.

Et Tubert, comme nous l'appelions, se joint à nous et au propriétaire, sans se faire prier. Le vin coule à flots. Le spaghetti est épicé, mais nous l'aimons, malgré la fumée qui nous sort des oreilles. De son côté, ma mère jure qu'elle l'adore et qu'elle ne perdra pas la recette. Les yeux du bonhomme Cascarano brillent de plaisir. Le lendemain, Pauline dira à sa mère que cette sauce-là, dont il lui en reste pour les fous et les sages, ne vaut pas « mon spaghat aux tomates de Frank de Rice ».

Au dessert, Cascarano et Luigi chantent des chansons. Le vieux nous initie à l'opéra. Mon père et lui échangent dans une langue dont nous ne saisissons pas le sens. Mon père m'affuble du surnom de Manuelo Caquillonne. Et ma mère, grâce à un savant calcul, déduit que Sophia Cascarano s'est mariée obligée.

À la fin de la soirée, quand le bonhomme part en emportant un petit pot de sauce pour Sophia, il nous embrasse à tour de rôle. Même mon père. Le temps d'une recette, ils sont devenus frères.

Décidément, Louis peut se dénicher des copains partout. Le vin aidant, il se lie avec une facilité déconcertante.

Un peu avant que nous déménagions, monsieur Cascarano a éprouvé quelque problème cardiaque. C'est Sophia, sa fille, une petite boulotte enceinte jusqu'aux yeux, qui a prélevé les loyers.

— Elle est laide comme un pichou, a décrété ma mère, mais au moins elle n'a pas à se tracasser pour son avenir. Quand le bonhomme Cascarano va crever, sa fille va avoir la galette.

Au milieu de la trentaine, Louis commence à accumuler divers griefs à l'endroit de Dieu. Trop d'injustices affligent les pauvres gens. Et il estime que les vertus du travail valent mieux que la prière.

Pauline et lui ont beau avoir chacun un frère prêtre, ils ne nous harcèlent pas avec la religion. Quand le beau temps s'installe, que les jours s'allongent au mois de mai, plusieurs de mes amis doivent rentrer à la maison à dix-neuf heures précises, dès que le chapelet en famille du cardinal Léger commence à la radio. Chez nous, nous ne faisons que le minimum.

Évidemment, il y a le catéchisme, ce « petit livre dans lequel nous pouvons apprendre tout ce qui nous est nécessaire pour aller au ciel ». Au bout de la table de la cuisine, ma mère me fait réviser mes leçons. C'est le jeu questions-réponses. Mon père, lorsque d'aventure il assiste à la leçon, prend plaisir à débiter les réponses avant moi, qui ne sont jamais tout à fait identiques à celles écrites dans le petit livre. Ma mère lui reproche de me mêler.

— Ça veut dire la même affaire, rouspète Louis.

— Quand la maîtresse va lui poser des questions, Manuel doit répondre ce qui est dans son livre et non dans ta mémoire d'éléphant.

Mon père concède qu'il faut évoluer. Comme si Dieu changeait d'idée, de figure.

À la mort de mon frère inconnu, Clément, qui devait être le parrain, écrit une carte.

Shelter Bay, Qué., 31 janvier 1953

Cher Louis,
Chère Pauline,
Franchement, je n'ai pas été chanceux avec mon filleul. Que voulez-vous, c'est la Providence qui a organisé les choses de cette façon. Cela veut dire que c'est bien arrangé. Je

comprends ta colère, Louis, je sais quelle importance tu
accordes à la vie. Il faut espérer en la Providence qui nous
cache parfois le véritable sens de notre destin. Nous n'avons
qu'à répéter que Sa volonté soit faite. Je sympathise avec vous
et Il priera pour nous.

Cette situation désagréable a dû vous occasionner
quelques dépenses supplémentaires, je vous envoie un petit
chèque pour faire ma part.

Sur ce, je bénis toute la famille.

Clément, ptre.

En accédant à la cure de Shelter Bay, Clément est devenu le
riche de la famille. Lambert l'est peut-être tout autant mais,
comme tous les bons cultivateurs, il cache bien son jeu. Il se
plaint du prix du lait, du coût de la machinerie. Avec d'autres,
il travaille également à la fondation d'une coopérative.

L'année suivante, quand mon père veut acheter un taxi, il
sollicite l'aide de Clément qui lui écrit :

Je m'empresse de répondre à ta lettre car, comme tu me
l'expliques, tu aimerais savoir à quoi t'en tenir afin de
t'arranger autrement si je ne puis te venir en aide.

Cher Louis, je me serais fait non seulement un devoir, mais
un grand plaisir de te consentir un prêt si je ne l'avais déjà
promis à Claudette et Jean-Pierre depuis deux ans. Je leur ai
laissé entendre qu'ils pouvaient compter sur moi au mois
d'avril. Ils veulent s'acheter une maison. Si je leur prête à
eux, c'est parce qu'ils m'ont demandé les premiers et non
parce que je les préfère à toi. Patiente encore, ton tour viendra
et si, dans quelques années, tu as besoin de moi pour une
maison, je t'aiderai volontiers.

J'espère que tu comprendras le pourquoi de mon refus et
qu'on ne sera pas pires amis.

Je suis content d'apprendre que Manuel réussit si bien

dans ses classes. Dis-lui que s'il continue, il fera un curé pour remplacer mon oncle Clément sur la Côte-Nord. Un bon bec en pincettes à Mireille et un gros bonjour à Pierrot. Mes amitiés à Pauline (avec un bon bec itou).

Ton frère qui prie pour vous autres.

La religion devient floue dans la tête de Louis. Nos premières communions donnent lieu à des parties mémorables. Nous qui ne recevons personne au cours de l'année, nous voyons la maison envahie. Les oncles, les tantes, des deux côtés. À tour de rôle, Mireille, Pierrot et moi héritons d'une montre et d'un missel. Nous buvons du rosé d'Anjou et mangeons des canapés, sans sermon inutile.

En 1956, un événement douloureux ébranle la famille et, plus particulièrement, mon père. Léa, sa plus jeune sœur, celle qu'il aime tant, est atteinte d'un cancer du sein. À vingt-huit ans. La maladie progresse à un rythme effarant. Je ne sais pas laquelle de mes tantes lance un appel : nous devons faire une neuvaine.

Sans être les plus grands dévots, neuf soirs de suite, Mireille, Pierrot et moi nous réunissons dans la chambre de Tubert, qui a l'art de mener des veillées de prières. À quel autre endroit pourrions-nous nous réunir ? Tubert n'est-il pas celui qui, dans ses temps libres, fabrique des chapelets ? Ces soirs-là, exceptionnellement, mon père commence à travailler un peu plus tard.

D'un soir à l'autre, le cardinal énumère les mystères joyeux, douloureux ou glorieux. Il imprègne nos oreilles de « Je vous salue, Marie ». Dans ma mémoire, cette prière n'existe pas sans que la voix de Paul-Émile Léger lui procure son élan grasseyant et sa solennité.

Mystères douloureux. Vie triste. Toutes les ramifications de la famille Lafontaine, à la même heure, courbent la tête et répondent au cardinal de la radio. En groupe, chacun dans son foyer, ma mère répète que nous devons prier le bon Dieu. Louis ne renchérit pas. Docile, il se joint aux autres. Son silence est éloquent. Il fixe ses souliers, le plancher, ferme les yeux.

Tous les soirs, au cours de la dernière dizaine, il étouffe mal un sanglot et quitte précipitamment la chambre de Tubert, nous abandonnant à nos mots automatiques qui flottent inutilement quand il n'est pas là.

Pour nous calmer, Pauline chuchote :

— Votre père n'accepte pas. C'était sa sœur préférée. C'est pour ça qu'il faut espérer un miracle.

Pour moi, le mot miracle ne signifie pas grand-chose. Ça ressemble à quoi ? Et la mort, ça vient comment ? La mort d'une tante jeune, belle, aux yeux et aux cheveux bruns comme ceux d'une Italienne ? Son sourire, sur la photographie posée devant la radio, avec ses deux petits garçons dont le dernier ne marche pas encore.

À huit ans, le cancer ressemble à un chevalier invisible et méchant.

Après la perte du bébé mort-né, Louis n'était pas dans son assiette. Celle de Léa le rend noir. Il a beau s'accrocher pour tenir son rôle auprès des vivants, il sent que ça ne tourne pas rond dans la vie.

Ce n'est pas que la période de la grande patience, c'est aussi celle du cœur qui se brise, du courage qui s'effiloche.

À force de conduire les voitures des autres, Louis prétend que le taxi, à Montréal, est une véritable petite mine d'or... à condition d'être propriétaire d'un permis et d'une auto. Plus le propriétaire possède d'automobiles, plus il fera de profits. Aiguillonné par ma mère, il se transforme en homme d'affaires. Son idée est simple : il achète un taxi et il engage un chauffeur qui le conduit le jour, pendant que, lui, il continue de travailler chez Pierre Mercier. En soirée, il prend le volant. Louis s'imagine qu'il ne sera pas difficile d'employer un autre homme pour prendre sa relève, la nuit. Ainsi, le taxi roulera et rapportera jour et nuit. De son côté, il conserve son salaire de base et travaille quinze heures d'affilée.

— Faire de l'argent pendant que je dors ! Saint-Cap que ce serait la belle vie. Pas vrai, Pauline ?

Son frère Clément lui ayant refusé un prêt, Louis contacte la banque. On lui accorde le montant, à condition qu'un bon endosseur signe pour lui. Clément accepte. Les intérêts sont évidemment plus élevés. Quelle fierté nous anime le jour où mon père gare devant la porte sa Plymouth Sedan 1955 noire, flambant neuve. Les yeux de Pauline brillent presque autant que le chrome de l'automobile et Dieu sait si, à cette époque, les constructeurs ne lésinaient pas sur le chrome.

Le plan de mon père n'est pas mauvais. À condition de ne jamais être malade — il jouit d'une santé de fer — et de ne pas rencontrer de pépins mécaniques. Une auto neuve est garantie. Tout irait bien si le chauffeur de nuit ne se mêlait pas de jouer au cow-boy. Cet homme réussit à s'endormir au volant en pleine ville et à provoquer un accident dans la côte Sherbrooke. Bref, tout juste quelques semaines après avoir pris la route, le taxi de mon père est complètement démoli. Les assureurs se font tirer l'oreille. Ils ne veulent pas payer, le chauffeur étant responsable et probablement en état d'ébriété.

C'est la catastrophe. Suivent plusieurs semaines de soucis. Louis n'a plus de voiture, mais il doit régler les paiements hebdomadaires. Pour gagner les cent dollars de la traite, Louis travaille pour un autre propriétaire jusqu'à ce qu'il atteigne son objectif. Certaines nuits, il dort deux heures. Cela importe moins que le fait d'accomplir sa mission. Un peu comme s'il portait sa famille et son honneur au bout de ses bras.

Le contentieux se règle et mon père peut enfin se procurer une nouvelle Plymouth Sedan 1956. Celle-ci est bleu et blanc. Ma mère préférait la noire. Devant l'urgence de la situation, il n'a pas eu le loisir de choisir la couleur.

En cette période de grande fatigue, il doit s'aménager un moment pour la sieste. Chez Pierre Mercier, à midi, il mange en vitesse et roupille un peu. Il tombe comme une poche, sombre dans le mou, un temps qui flotte au-dessus des arbres, du vent ou de n'importe quelle bourrasque de la vie.

Un jour, son patron le découvre, endormi sur une civière. L'homme n'est pas content. Il oublie que, normalement, Louis devrait être parti manger. Il le réveille brusquement, lui reprochant que son travail en soirée le rend moins efficace. Sous l'effet d'une colère, même à moitié endormi, mon père réplique qu'il est prêt à sacrer son camp.

À partir de là, il devient chauffeur de taxi à plein temps, ce qui signifie fréquemment vingt-quatre heures dans une journée. Commence une période pendant laquelle il passe à la maison en coup de vent, épuisé par des aventures qu'il nous raconte au bout de la table.

Au fil de ses péripéties, des personnages colorés meublent notre monde. Sans les rencontrer, nous apprenons à les identifier. Ils ont des figures, des gestes, des vêtements, des habitudes. Certains d'entre eux font du taxi et s'arrêtent comme lui au relais de la rue Mansfield. Crevier, le bougonneux. Le roi des combines. Il amène mon père à vendre des billets de hockey. Grâce à lui, nous mangeons du steak de chevreuil, qui goûte le vieux sapin, selon ma mère. Chauvette a un fils handicapé. Il conduit sa femme et son garçon à l'Hôtel-Dieu où le malade subit des traitements qui coûtent les yeux de la tête. Lepic emprunte de l'argent à tout un chacun.

Et les clients ?

Une nuit, il ramasse une vieille femme ivre morte à la porte d'un cabaret. Il l'étend sur le siège arrière et ne s'empêche pas de faire monter des clients solitaires. Il roule ainsi pendant une heure trente. Seul le dernier client se rend compte de la présence de la vieille.

— Il faut que j'aille la conduire chez elle.

Le client hausse les épaules et s'assoit sur le siège avant, plus pressé que scandalisé.

Un jour, un restaurateur l'enjoint de livrer une pizza, la voiture de son commissionnaire étant en panne. Louis se rend à l'appartement indiqué. La porte est entrouverte. Intrigué, il jette un œil à l'intérieur et voit la cliente nue, étendue sur le lit. Il choisit de ne pas entrer. S'il avait poussé la porte, s'il était tombé dans les draps de cette femme, aurait-il rapporté cette histoire à la maison ? Pauline est scandalisée :

— Il y a des femmes qui sont prêtes à toute.

Comme nous, elle en redemande. Débordée à la maison, elle vit par procuration. Ce que mon père raconte en mangeant son pâté chinois, à midi, ou en mettant du ketchup sur le bœuf à la mode, le soir, prend l'allure des feuilletons de la radio.

Avec l'arrivée d'Olivier, le logement devient trop étroit. La chambre de Tubert serait nécessaire, mais il nous fait remarquer que nous sommes chez lui. Et puis, les temps ont changé, le Plateau n'est plus ce qu'il était. Selon ma mère, le quartier devient dur. Trois enfants en âge scolaire mériteraient mieux.

Un frère de Pauline, Jacques, le fourreur, vient de se marier. Il habite Ahuntsic. Un dimanche après-midi, il nous invite. Au retour, maman en est malade.

— Un beau logement neuf. Les loyers sont abordables.

Ma mère n'a plus qu'une idée : quitter la rue Drolet.

— On vit les uns sur les autres, argumente-t-elle.

Louis n'est pas difficile à convaincre. Il pourrait vivre n'importe où. Garer son taxi rue Drolet ou rue Cartier, près de Fleury, cela n'a aucune espèce d'importance.

Pour Pauline, Ahuntsic, c'est le paradis rêvé.

CHAPITRE 5

Les détours du renard

Ce matin, dans le soleil de novembre, Andrée et moi allions acheter une bricole au centre-ville. Pour me rendre à Montréal, je préfère le vieux pont Victoria, le plus ferreux, le plus bruyant et, de tous les ponts qui enjambent le fleuve, celui sur lequel se produit le moins d'accidents. Juste avant que nous atteignions le tablier, un renard a traversé la route devant la voiture. Un beau renard roux, le corps délicat, le museau et les oreilles pointus, la queue panachée, magnifique. Une apparition. Il rejoignait un de ces morceaux de nature sauvage qui côtoient les écluses.

Andrée a souri.

— Un renard. Ça nous réconcilie avec le temps. Si près de la ville, on s'attend à croiser une mouffette ou un rat, pas un renard. Ça fait du bien.

Ce fugueur impénitent m'a ramené à toi, le transplanté dans la ville grouillante, où tu as survécu parce que, justement, tu possédais instinctivement le sens des routes, qu'elles soient autoroutes, rangs de campagne ou rues. Tu savais suivre tes itinéraires sans y laisser ta peau. Tant que tu roulais, tu vivais. Tant qu'il court, le renard vit.

Notre déménagement à Ahuntsic ne t'a pas transformé. Nous, si.

Ahuntsic est bien différent du Plateau-Mont-Royal. Les maisons de briques n'ont pas l'imposante stature de celles en pierre grise de notre ancien quartier. Elles sont plus fragiles aussi. Sans escaliers extérieurs, c'est à l'intérieur des bâtiments que tout se concentre. Devant la porte pousse du gazon. Un luxe. Les enfants, n'ayant pas le droit d'y marcher, s'en moquent. Ces carrés verts, ornés de petites clôtures, ne sont que des décorations pour la vue et l'orgueil des adultes. Par contre, nous ne nous gênons pas pour occuper la rue, plus large, moins encombrée et achalandée que la rue Drolet. Nous pouvons y jouer au hockey sans risquer de nous faire happer par une voiture.

Le propriétaire et sa famille habitent dans le logement du bas. Cet homme travaille de nuit dans une boulangerie. Le jour, il dort. Une phrase devient alors le leitmotiv de ma mère :

— Pas trop fort !

Dès que nous ouvrons la porte, elle nous assomme de son éternel : « Pas de bruit dans l'escalier. »

Le propriétaire n'a rien des boulangers traditionnels. Il est chétif, courbé et gris. Sa femme, qui converse régulièrement avec ma mère, traite mon père de « votre gros ». Évidemment, si on les compare, Louis a l'air en meilleure santé que son homme. Plus pauvre, mais en meilleure santé.

Pendant les trois ans et demi où nous avons vécu rue Cartier, près de Fleury, des événements majeurs se sont produits. Des changements. Des années de conscience. J'ai neuf ans, dix ans, onze ans et je me rends compte que tout n'est pas l'effet du hasard, que j'existe en fonction des autres, de mes limites, de ce qu'on m'offre, de ce que je développe et de ce que je peux acquérir, par intelligence ou par curiosité. Certains rêves prennent forme et d'autres meurent. Je rêve de devenir un joueur de hockey, un grand gardien de but. En me comparant aux joueurs de l'école, je découvre que je suis très ordinaire. Je n'ai pas l'étoffe. Pourtant, je rêve intensément, si fort que je trouve injuste que celui qui n'espère pas devenir un grand athlète soit plus doué que moi. Pourquoi ne sommes-nous pas construits en conformité avec nos rêves ?

Mon père n'exprimait pas ses rêves. Il s'adaptait. Ainsi, pour lui qui vit de la route, les distances se mesurent autrement. Tous les étés, grand-mère Anna s'installe à son chalet de Sainte-Rose. Avec la construction de l'autoroute des Laurentides, se rendre chez elle prend « dix minutes, un pet », comme dit mon père pour nous faire rire. Il a raison. L'avènement de cette autoroute entraîne le déménagement des frères Deneault à Fabreville, nouveau nom de Sainte-Rose.

À Ahuntsic, s'il se satisfait de faire plaisir à ma mère, Louis nous entraîne dans un autre tournant de sa vie. Parfois, il resplendit de bonne humeur. Quelques heures plus tard, il croule dans la plus grande dépression.

Je me souviens de ce Noël de 1958. Comme tous les ans, nous sommes invités chez l'oncle Jean-Marcel, mon parrain. Avant que nous nous rendions là-bas, mon père désire faire un peu de taxi. Le jour de Noël est un des plus payants. Plusieurs chauffeurs prennent congé et les voitures disponibles sont plus rares.

En se rasant, mon père chante des airs de Noël à tue-tête. Ma mère lui répète :

— C'est trop fort. Le propriétaire doit dormir.

— Dormir, le jour de Noël ? Saint-Cap, il faut être malade.

Et Louis entonne un autre chant avec plus de puissance. Il essaie des effets de voix, se perd entre quelques fausses notes, calcule mal son souffle. Il se reprend de plus belle. Pauline bougonne parce qu'il ne lui obéit pas. La situation est à la fois drôle et gênante. Angoissante. Certains éclats de joie excessive annoncent un mauvais présage.

Dehors, Louis fait démarrer son taxi. Une demi-heure plus tard, il revient, enragé. Le radiateur de sa voiture chauffe. L'antigel, en bouillant, se transforme en une substance aussi épaisse que de la mélasse. Un chauffeur, privé de son taxi, devient plus malheureux qu'un chômeur. Non seulement il perd son instrument de travail, mais il doit débourser de l'argent pour le faire réparer.

Des années de prise de conscience, vraiment. C'est à Ahuntsic que, pour la première fois, j'ai vu un homme pleurer.

Plus que jamais, je m'endormais tard, l'oreille à l'écoute des angoissantes transformations. Je changeais ; la vie se métamorphosait.

La télévision, l'imposante Fleetwood, le meuble indispensable, est devenue le centre d'attraction du salon. Notre arrivée à Ahuntsic a été célébrée par l'achat d'un téléviseur et par l'acquisition d'un mobilier de salon. Deux causeuses et un fauteuil placés en fonction de l'écran noir et blanc, une table à deux étages de forme abstraite, servant à encombrer le centre du salon et à porter un gros cendrier vert dont personne ne se sert parce qu'y déposer une cigarette relève d'un mouvement de gymnastique inutile. Pour ma mère, l'allure de l'appareil demeure primordiale, le nôtre est un meuble de bois pâle, tout à fait moderne. Elle ne vient s'asseoir que pour suivre les téléromans. Par ce théâtre de poche, le monde entre chez nous. Nous découvrons des animaux, des fleurs et des plantes que nous n'aurions jamais imaginés auparavant. Grâce à Fernand Seguin, nous expérimentons des phénomènes scientifiques. Le reste du temps, le petit écran nous propose des histoires. Auprès d'elles, celles de mon père paraissent démodées. Il a beau en rapporter de ses clients ou de ses complices du taxi, il ne possède pas le ton, le mouvement ou le cachet qu'offre la mise en scène télévisuelle. Rapidement, nous contestons les vérités que nos parents apportent à la table. Quand ils ne nous croient pas, nous répliquons occasionnellement : « C'est le prof qui l'a dit à l'école », mais le plus souvent nous tranchons : « Ils l'ont montré à la télévision. » Comment Louis et Pauline pourraient-ils élaborer des arguments plus forts que celui-là ? Si la télévision l'a présenté, si la télévision l'a dit, c'est la vérité.

Par rapport à la télé, celui qui accuse le plus sérieux retard est Louis. Son taxi le tenant hors du foyer, il peut difficilement s'insérer dans un dialogue sur les téléromans. Quand il s'assoit devant l'appareil, trop fatigué pour suivre une émission, il s'endort. Il juge les films trop longs et, quand il est en forme, il n'a pas le temps. Son taxi l'appelle.

Moi qui n'aime pas m'endormir, le printemps m'offre une raison supplémentaire de combattre le sommeil. La télévision présente les séries éliminatoires de la coupe Stanley. En ce printemps de 1957, Maurice Richard crève l'écran.

Chaque soir de match, je négocie ferme avec ma mère. Elle allègue que je serai fatigué, le lendemain, que je ne suivrai pas bien en classe. Je suis tenace. Je n'ai pas manqué une seule partie, bien que chacune d'entre elles ait été l'aboutissement d'une discussion serrée. D'autant plus épique que Pierrot et Mireille n'affichent aucun intérêt pour le hockey et qu'Olivier est trop jeune.

Le Survenant, La Famille Plouffe et les matchs de hockey sont les moments les plus importants de la vie et mon père ne les vit pas avec nous. Il travaille. Nous ne faisons plus tout à fait partie du même univers. Je le sens confusément d'abord, puis de plus en plus clairement… jusqu'à me tromper dans l'excès contraire, quelques années plus tard.

Même dans les jeux, nous ne paraissons plus sur la même longueur d'onde. S'il m'a appris à jouer aux dames et aux cartes, les nouveaux jeux lui sont totalement étrangers. Particulièrement le *Monopoly*, trop compliqué et dont les parties sont trop longues pour le temps qu'il peut y consacrer. Il a quarante ans, j'en ai dix. Il devient vieux.

Pour la première fois, je le vérifie en ce début d'hiver. Le propriétaire accepte que nous fassions une patinoire dans la cour arrière. Dès les premières neiges de décembre, aux jours froids, mon père prépare le sol, l'arrose copieusement.

Le lendemain, la glace est dure, vive. Nous enfilons nos patins. Mon père nous accompagne. En cette soirée, il a pris congé. Patins aux pieds, hockey dans les mains, nous descendons l'escalier de fer en colimaçon. Je me lance le premier sur la patinoire. Mes lames mordent à peine la glace. Je maintiens mon équilibre grâce à mon hockey. Mes chevilles ont du mal à établir une stabilité. Pierrot tombe sur les genoux. Il tente vainement de se remettre debout. Mireille, trop raide, se dirige péniblement vers la neige des côtés pour s'y asseoir. Enfin, Louis pose un patin sur la surface glacée. Aussitôt, ses deux pieds quittent le sol. Il se débat, gesticule inutilement et s'écrase lourdement sur le coccyx.

Par la fenêtre de la cuisine, Olivier accroché à son cou, Pauline n'a rien manqué de la scène. Existe-t-il une situation plus comique que quelqu'un qui trébuche sur une plaque de glace ? Elle rit aux éclats. Nous aussi.

Louis, humilié, éprouve toutes les misères du monde à se relever. Il perd patience, se tord de douleur, sacre, n'arrive pas à se remettre sur pied. Dès qu'il recouvre son équilibre, il s'écroule à nouveau. Fâché de voir ma mère rigoler et de nous entendre rire, il entre dans une colère noire. Nous ne savons plus comment réagir.

Il ne sait plus patiner, il perd son sens de l'humour, il vieillit. Sonné, en se tenant le bas du dos pendant les jours qui ont suivi, il a pris de l'âge. Considérablement. Quatre fois dix ans, c'est une marge énorme.

Si je prends conscience que je ne deviendrai pas un vrai joueur de hockey, désormais, mon père ne pourra pas me faire croire qu'il aurait pu en être un. La tare est héréditaire. Je lui en veux de m'avoir légué cette absence de talent. De ne pas m'encourager à la surmonter. Je ne serai jamais à la hauteur de mes ambitions démesurées et enfantines parce que mon père ne m'a pas transmis les outils pour les réaliser. Il ne me reste plus qu'à continuer de rêver.

D'un autre côté, je l'avoue, je n'étais pas nécessairement frustré que tu ne sois pas là pour partager mes rêves. Dans une certaine mesure, cela m'aurait semblé indécent, tant ils me paraissaient étrangers à ton existence. Je préférais échanger avec mes amis qui vivaient la même réalité, les mêmes illusions. À cette époque, ton fatalisme, ton attitude trop réaliste risquaient de casser mon imaginaire. Je rangeais soigneusement les jeux que j'inventais. Je ne ressentais plus le besoin de les partager avec toi. J'entretenais même la crainte que tu les écrases. Si je m'inventais une saison de hockey de papier, avec des joueurs dessinés, des statistiques complètes, je savais ranger mes outils avant que tu arrives. Tu aurais pu me questionner sur mes activités, me juger un peu fou. Qu'est-ce que tu écris dans ce cahier ? Qu'est-ce que tu fais ? Ton indifférence obligée, ou ton manque de temps, ou ta discrétion me convenaient. Pour tout dire, j'estimais que ta sensibilité était à mille lieues de la mienne.

La preuve ?

Ce jour de Pâques où nous avons acheté des poussins. De nombreux marchands trouvaient leur compte dans ces ventes qui torturaient de braves petits volatiles en les teignant de différentes couleurs. Comment les scientifiques réussissaient-ils à reproduire des poussins bleus, mauves ou verts ?

Au bout de quelques semaines, les quatre poussins qui avaient réussi à survivre devenaient encombrants. Selon ma mère, ils puaient, piaillaient, répandaient leurs cochonneries autour de leur boîte et nous réveillaient à cinq heures du matin. Autant l'avouer, nous nous en occupions moins qu'aux premiers jours. Il a donc été décidé de les apporter chez l'oncle Lambert.

Le dimanche suivant, nous nous sommes amenés à la ferme avec notre espèce de cadeau. C'était l'heure du train. J'ignore pourquoi l'oncle Lambert, au lieu de les installer dans le poulailler, a jugé qu'ils pouvaient circuler librement dans l'étable. Je revois encore les quatre petites bêtes hésitantes, sortir de la boîte, fouiller d'un bec timide à travers les brindilles de foin. Le mien, un vert pâle légèrement plus aventureux, se dirige vers une stalle où un jeune veau indifférent attend qu'on le nourrisse. Innocemment, mon poussin vient picorer les ergots du veau. Ce dernier lève la patte et, d'une petite ruade, assomme complètement mon poussin qui ne se relèvera plus.

Je suis effaré. Mon père et mon oncle, en avalant des gorgées de bière, rient aux éclats. L'oiseau, les pattes en l'air, ne bouge plus du tout. À brève échéance, les autres poussins connaissent un destin semblable. Ils participent, sans le savoir, à un concours de démolition.

Sur le chemin du retour, je fais semblant de dormir sur le

siège arrière. Mon père raconte l'anecdote à Pauline comme s'il s'agissait d'une bonne blague.

— Es-tu allé au parc Belmont ?

Question banale, certes, mais c'est la question de l'été, celle qui revient le plus fréquemment dans les conversations avec nos amis. Parmi les jours bénis des grandes vacances, le plus important est celui où nous irons dans les manèges du fameux parc Belmont.

La question, nous la retournons à ma mère :

— Maman ! Quand est-ce qu'on va au parc Belmont ?

— Demandez à votre père !

Pauline et Louis se renvoient la balle. Notre vœu ne sera exaucé que lorsque mon père prendra une journée de congé. Il se décide habituellement vers la fin du mois d'août, quand tous les autres sont déjà allés au célèbre parc d'attractions et que nous sommes désespérés.

Louis ne nous a accompagnés qu'une seule fois. Les autres années, il se contentait de nous y conduire. Ma mère et lui se fixaient rendez-vous à la grande porte à une heure précise. C'était énervant. La journée s'écoulait dans la peur de le manquer et d'être forcés de revenir à pied. Ou en autobus, l'enfer, selon ma mère. La plupart du temps, c'est nous qui attendions comme des piquets. Mon père justifiait son retard par la circulation ou par un client qui l'avait entraîné à l'autre bout de la ville.

De toute manière, les endroits de ce genre, avec leurs bruits étourdissants, ne lui plaisent pas. À quarante ans, il est solide, large, lourd. Par son cou de lutteur, avec son pas lent, il ne ressemble à rien d'autre qu'à un terrien.

L'eau n'est pas son élément. Quand nous allons au chalet de ma grand-mère, s'il doit embarquer à bord du yacht de l'oncle Julien, il se tient fermement à un côté de l'embarcation. Il n'arbore pas la souplesse des autres. Il s'assoit sur son banc, un

118

peu figé, comme si le tour de bateau n'était qu'un mauvais moment à passer. Dans les airs, son attitude est misérable. Il souffre du vertige. Se sentant en déséquilibre, il panique.

Son unique visite au parc Belmont reste mémorable. Pourquoi a-t-il accepté, lui qui détestait les foules ? Pour nous faire honte. Purement et simplement !

Cette année-là, ayant atteint la taille réglementaire, je peux enfin entrer dans l'enclos des autos tamponneuses. Louis s'installe dans une voiture concurrente. J'éprouve le plaisir de le surprendre en lui entrant dans le côté, alors qu'il s'apprête à éviter un autre participant. Il ne peut pas se mettre dans la tête que des autos soient fabriquées essentiellement pour se rentrer dedans.

Nous allons d'un manège à l'autre. Le plus souvent, ma mère nous accompagne et mon père garde Olivier. Au début de l'après-midi, nous aboutissons devant l'Araignée. Ce manège, composé de barquettes dans lesquelles trois personnes prennent place, fonctionne à peu près comme les autres attractions. Quand il se met à tourner, les barquettes s'élèvent et descendent brusquement en tournoyant sur elles-mêmes. Le malheur : nous ne l'avons pas encore vu en action. Mon père s'informe auprès du machiniste :

— C'est comment l'Araignée ?

— Tranquille, répond l'autre en mâchouillant un cure-dent.

Louis s'assoit dans une barquette avec Mireille et Pierrot, je m'installe dans une autre en compagnie de ma mère et d'Olivier. Le manège démarre. Mon père se met à hurler. Il crie tellement fort que le parc Belmont au complet suspend ses activités. Tout s'immobilise, sauf l'Araignée qui nous étourdit de plus belle. Louis hurle tous les sacres, rugit qu'il va faire une crise cardiaque et menace le machiniste de mort. C'est la seule fois de ma vie où j'ai vu un manège s'immobiliser au milieu d'un tour, laisser descendre les occupants d'une barquette et se remettre en route.

Quand nous nous rassemblons près d'un vendeur de barbe à

papa, mon père vomit dans une poubelle. Je voudrais être sur une autre planète. N'importe où, dans la gondole du parc Lafontaine ou chez les cannibales. Pour ajouter au drame, ma mère l'engueule vertement. Ma honte atteint son paroxysme.

Les avions sont également ses ennemis mortels.

L'oncle Clément lui déniche un contrat. Après Shelter Bay, il a été nommé curé à Forestville. Il s'ennuie. Tous ses bons amis vivent à Shelter Bay. L'un d'entre eux, propriétaire d'une compagnie de transport, cherche un chauffeur capable d'aller quérir deux camions lourds à Toronto. Mon père s'y rend par autobus. Le lendemain, deux énormes camions s'arrêtent rue Cartier, le second étant grimpé sur le premier. J'éprouve une légère poussée d'orgueil. Mon père est assez astucieux pour conduire deux camions d'un coup. Après une nuit de repos, Louis poursuit sa route vers Shelter Bay.

Dans l'avion le ramenant de Baie-Comeau, il est malade comme un chien. Là, il a eu beau hurler, menacer le monde entier, l'avion ne rebrousse pas chemin.

À son retour, quand il nous pleure sa mésaventure, je veux mourir.

Louis est à genoux. Il n'implore pas le ciel de lui conserver les pieds sur terre. Cette année, il a décidé de faire ses Pâques. Pour quelle raison? Il n'est pas un homme de prières. Espère-t-il découvrir une forme de paix? Peut-être une complicité, qui sait?

Le confesseur ouvre sa petite fenêtre grillagée. C'est un vieil homme qui garde sa tête entre ses mains. Il n'est qu'une oreille, celle de Dieu à l'écoute des péchés.

Après les formules habituelles, Louis souffle :

— Mon père, je m'accuse d'empêcher la famille.

L'oreille s'agite. Elle est également dotée d'une bouche.

— Qu'entendez-vous par « empêcher la famille »?

— En ne finissant pas ce que je commence.

Louis perd deux ou trois jours d'ouvrage. Et surtout, parce que, à son retour, il sent la tonne à plein nez.

Dans cette station-service, comme dans toutes les autres, incluant celle où j'ai travaillé l'été de mes seize ans, il existe un petit recoin, ordinairement mal éclairé et dont la porte ferme quand elle le veut bien. Là, sur des tablettes sales, s'entassent des boîtes de boulons, des outils désuets, des bougies douteuses et des accessoires de tout acabit. Une bouteille de bière s'y dissimule facilement. Les clients assidus, comme mon père, viennent boire et discuter, pendant que le patron, avec une extrême lenteur, touche à tout et fait avancer ses multiples occupations. De temps en temps, il vient prendre sa gorgée, histoire de montrer que la clientèle compte pour lui.

D'un problème à l'autre, mon père a développé une amitié avec le garagiste qui tient la station-service, à l'angle de Sauriol et de Papineau. Un bonhomme sale, courbé, qui porte une éternelle veste de laine sur son dos. Cigare vissé au coin de la bouche, il rumine constamment quelques bribes de phrases. Il a fait la guerre et cette expérience l'a marqué. C'est ce que mon père a conclu à force de le voir se méfier du moindre badaud et mener ses petits combats contre tout un chacun. Papa aurait dû s'en méfier, lui aussi. Quintal possède un revolver et une carabine. Pas pour la chasse, pour régler le sort de quiconque tenterait de lui voler un dollar. Il grogne. Nous l'appelons le bonhomme Quintal. Je ne me souviens pas de son prénom. Je sais seulement qu'il faisait un peu peur.

Comment Louis est-il devenu le complice d'un tel homme ? Je l'ignore autant que ma mère ne le comprend pas. Pour elle, les seules complicités possibles doivent rester dans la famille. Hors de la famille, point de contacts véritables et honnêtes.

Chez mon père, c'est exactement le contraire. Il faut multiplier les bons amis, leur prêter sincérité et honnêteté. Le désenchantement viendra bien assez vite. Louis choisit la naïveté du moment chaud, de la même manière que Pauline opte pour la méfiance, froidement.

Mon père était un homme qui croyait en la vertu de la poussière qui retombe. En se laissant empoussiérer, on finit par avoir la gorge sèche, excellente raison de boire le fleuve, suffit qu'il ait goût de bière ou d'alcool.

Un scénariste spécialisé dans les mélodrames modernes imaginerait des scènes dures, méchantes. Il montrerait le mécanicien malhonnête réparant mal le problème de radiateur du taxi de mon père. Son but : lui faire détester son métier. Pour perdre un client ? Non, pour que l'homme devienne son associé et pour pouvoir le ruiner complètement, s'il a l'allure d'une bonne poire. En affaires, Louis Lafontaine n'était rien d'autre.

La Plymouth de mon père souffre d'une maladie chronique. Selon ma mère, elle est carrément mal réparée. Louis désespère de perdre son temps au garage. Au volant de son taxi, il surveille constamment l'aiguille de la température du moteur. Combien de fois s'immobilise-t-il, au coin d'une rue, un nuage de vapeur jaillissant de son capot ? Combien de fois se voit-il dans l'obligation de s'excuser auprès d'un client et de le confier à un autre taxi ?

Certaines semaines se terminent par un déficit lamentable. Quintal change le thermostat, les boyaux, la marque d'antigel, le radiateur au complet. Un jour, il décrète :

— C'est un problème électrique.

Ou :

— Les courroies sont trop lousses.

Puis :

— Le ventilateur ne suffit plus.

Tout y passe. Louis devient agressif. Il cherche, lui aussi. Il sait comment fonctionne le système de refroidissement d'une auto. Mais le sien ? Il jurerait que, dès qu'il quitte sa voiture, un malfaisant en profite pour verser une pinte de mélasse dans son radiateur. Il a peur de brûler son moteur, de perdre son taxi dont il n'a pas terminé les paiements.

Bonne âme, Quintal lui conseille de vendre son permis et

de s'associer à lui, au garage.

À la surprise générale, mon père rentre à la maison, un vendredi après-midi, avec 5000 $ en poche. Pauline pâlit.

— Qu'est-ce que tu as fait, Louis ? Qu'est-ce qui t'a pris ?

— J'en avais assez.

Mon père a vendu son permis de taxi. Il avait vaguement évoqué cette hypothèse, mais aucune décision commune n'avait été prise. Il a agi de son propre chef. Ma mère est en colère.

— Comment on va vivre, nous autres ? Cinq mille piastres, ça flambe le temps de le dire.

— Je vais payer une partie de la voiture. Mille piastres. Le reste, je l'investis dans le garage de Quintal.

— Ce maudit garage-là !

Louis conserve son calme, se défend, comme toutes les fois où il commet une gaffe.

— Oublie pas les avantages. Je ne serai pas loin de la maison. Je ferai des heures plus convenables. Saint-Cap ! Je suis mauditement tanné de travailler toute la journée et une partie de la nuit.

S'il n'est pas un mécanicien chevronné, son expérience des véhicules va lui permettre de s'occuper de l'entretien général.

— J'ai vu tous les problèmes imaginables.

Ma mère se méfie davantage de Quintal.

— Je vais être son associé.

— Pour 4000 $?

Ainsi, Louis est devenu garagiste et associé de cet homme étrange.

Il travaille à deux pas de la maison. À midi, pour différentes raisons, il ne vient pas dîner pour autant. En retournant à l'école, je dois lui apporter un sac de papier brun contenant ses sandwiches. En qualité d'associé, il ne compte pas ses heures.

Louis a renoué avec les chemises bleues. Il sert l'essence. Dans l'atelier, il fait les changements d'huile, les graissages. Il reçoit un salaire. Bref, il a remplacé un employé régulier. Peu d'employés fournissent une cotisation de 4000 $ lors de leur embauche. S'il n'en a existé qu'un, Louis Lafontaine a été celui-là.

Je le vois davantage, bien que je ne m'attarde pas à la station-service. Quintal, avec ses yeux par en dessous et ses bricolages graisseux, me surveille, je le sais. Et il écoute la moindre conversation que j'ai avec mon père.

Un jour, Pierrot et moi trouvons une balle de revolver ou de carabine. Je ne sais plus où ni comment. À bicyclette, nous nous rendons au garage la porter à mon père. Quintal s'en empare. Les balles, il en a vu des tonnes.

— La guerre… marmonne-t-il.

Avec une pince, il arrache le projectile, comme si c'était une dent, ne conservant que la douille pleine de poudre. Il examine l'objet un instant. Mon père, Pierrot, moi, un autre employé et un client le suivons des yeux. D'un geste expert, le bonhomme nous signifie de nous éloigner. J'ai envie de me cacher derrière une voiture au capot ouvert, je ne le fais pas. Je ne veux pas être le seul peureux de la place.

En mâchouillant son bout de cigare, Quintal coince la douille dans un étau et, d'un violent coup de marteau, il la fait exploser.

— On ne sait jamais, souffle-t-il entre ses dents.

Il grommelle quelques phrases de cette nature, quand mon père s'informe du contrat notarié qui doit valider leur association.

À la maison, ma mère grogne. Elle n'a pas confiance. Pendant des semaines, elle harcèle mon père.

— Les papiers officiels, j'ai hâte de les voir.

Elle n'en a pas vu la couleur. Deux ans plus tard, le garage était en faillite. Mon père a perdu ses 4000 $. Il n'avait plus de taxi, plus rien.

Cependant, avant cet aboutissement qui allait modifier notre vie, des événements troublants se sont déroulés, de ceux qui, par petits bonds, vous minent le cœur.

Un jour, très exactement le 1er avril 1958, j'ai voulu assassiner mon père.

Ce midi-là, exceptionnellement, il dîne à la maison. La neige a fondu. Dans la rue, je peux pratiquer mes deux activités préférées : le hockey-bottines et la bicyclette. Ma bicyclette. Je l'astique sans arrêt. À brûle-pourpoint, mon père me lance :

— Aimerais-tu que je pose une sirène sur ton bicycle ?

Je le fixe, les yeux ronds comme ceux d'un poisson. Il explique :

— Au garage, ce matin, j'ai changé la sirène d'une auto de police. L'ancienne fonctionne juste un peu moins fort.

Moi, c'est mon imagination qui fonctionne à plein. Je me vois, une sirène vissée sur mon guidon, parcourant les rues. Pierrot, devant son assiette, me regarde m'emballer.

— Viens au garage, après l'école. Je vais l'installer.

L'après-midi, dans la cour de récréation, je me vante sans pudeur. Tout le monde n'a pas la chance d'avoir un père garagiste. À quatre heures et demie, je me présente à la station-service à la tête d'un bataillon vélocyclé composé de deux copains et de mon frère. Dans une des larges portes ouvertes pour faire entrer l'air chaud, je proclame fièrement :

— Je suis là.

À l'intérieur de l'atelier, les bruits du travail s'estompent comme par magie. Quintal, l'employé de jour et mon père se tournent vers moi. Ils s'avancent un peu pour m'examiner. C'est gênant. Louis a un sourire aux lèvres. Il s'allume une cigarette.

— Tu viens pour ta sirène ?

J'acquiesce en glissant un œil complice, signifiant une espèce de « je vous l'avais bien dit, hein ! », vers mes copains. Mon père tire une longue bouffée de sa Player's.

— Une sirène, ça vit dans l'eau. Poisson d'avril !

J'entends encore le rire du bonhomme Quintal. Le même

rire que lorsque j'avais fait exploser le pneu de ma bicyclette une semaine plus tôt. Un ricanement sec, suivi d'une toux grasse, pleine de fumée de cigare. L'employé, mon frère et mes copains rient en chœur. Moi, le poisson humilié, je rentre à la maison. Ai-je déjà pédalé plus vite ?

Je traverse la cuisine et ma mère, au courant de l'histoire, m'agace à son tour.

— Tu as mordu à ça !

Je ne lui réponds pas. Réfugié dans ma chambre, je martèle mon oreiller en braillant.

Ce jour-là, j'ai tué mon père des centaines de fois.

Quelques semaines plus tard, à son tour, il a tenté de m'assassiner. Il s'y est pris d'une curieuse manière, un dimanche après-midi.

Sur le chemin de l'école, plusieurs gars de ma classe grillent des cigarettes. Je trouve le geste beau. Souvent, avec un crayon, je mime l'homme qui fume. Mais je n'ai pas envie de m'énerver en me cachant. Le dimanche, au repas de midi, je prends le taureau par les cornes. Entre deux bouchées, je glisse :

— Je veux avoir la permission de fumer.

Ma mère tranche :

— Ce n'est pas bon pour la santé.

— Tu fumes, toi.

— Parce que je n'ai pas la volonté d'arrêter. Je ne veux pas que tu commences ça. Tu n'as pas essayé au moins ?

— Jamais.

C'est la vérité. Louis doit échanger une œillade avec ma mère. Je ne le vois pas. Au dessert, il me conseille simplement :

— Fais-toi pas prendre par le tabac, Manuel. Mauvais pour les poumons. Tu m'entends tousser, le matin. Ça me prend deux ou trois cigarettes avant de m'en remettre.

La logique, je ne la saisis pas. Par contre, j'ai une autre idée.

— Il paraît que la pipe, c'est mieux.

— En as-tu une ?

— Je peux m'en acheter une.

Ma mère questionne Mireille et Pierrot. Ils jurent qu'ils n'ont pas envie de fumer. Les lâches ! Qu'ils mangent leur dessert, moi, je pense à ma pipe.

L'après-midi, je me rends au restaurant du coin. On y vend des petites pipes dans le fourneau desquelles on peut introduire une cigarette. Quand je la montre à mon père, il sourit.

— Bon ! Tu t'es équipé.

Laborieusement, il prend des mégots de ses Player's et des Matinée de ma mère dans le cendrier, il les défait et bourre ma pipe de tabac jaune. Il l'allume.

— Ça fume, me déclare-t-il en me tendant ce minuscule calumet de la paix.

Assis dans le salon, devant *Pépinot* qui commence à la télévision, je fume ma première pipée. Mon père me regarde du coin de l'œil en buvant une bière. Les aventures de Pépinot et Capucine, Panpan et l'Ours ne l'intéressent pas du tout. La mienne, par contre, il la suit avec attention.

Après une pipée, je défais de nouveaux mégots, remplis le fourneau et reviens aux marionnettes. L'émission me semble de plus en plus nébuleuse. Je me force les yeux pour empêcher les personnages de se dédoubler. La télévision se met à tourner, à prendre les formes les plus saugrenues. Le teint vert, je me lève. J'éprouve beaucoup de difficultés à rejoindre les toilettes.

Au souper, la cuisse de poulet, les patates pilées et les petits pois bougent encore. J'ai mal au cœur, à la tête et plus du tout envie de fumer. Mon père rigole. Ma mère le rabroue.

— Toi, avec tes idées.

— Maintenant, il sait ce que c'est, fumer.

Je n'en suis pas mort. Il me faudra quelques mois avant de recommencer. En cachette.

Louis ne fume pas en cachette, il boit. Quand il rentre à la maison, maman fulmine.

— Tu sens la tonne.

Ils ont des discussions sur le sujet.

— Ton maudit garage !

Comme elle le fait avec nous, ma mère reproche à mon père ses mauvaises fréquentations. La discussion devient plus venimeuse lorsque les 4000 $ reviennent sur le tapis.

— Tu vas voir, tu vas tout perdre, prophétise-t-elle.

Pour rien au monde, mon père ne veut essuyer un autre échec. Par contre, il constate de jour en jour que la clientèle de la station-service n'augmente pas, que le bonhomme Quintal ne le présente pas comme son véritable associé, qu'il n'est pas consulté quant à la gestion de l'entreprise.

À travers ces orages, l'oncle Clément apparaît dans le portrait. Son ombre le précède, camouflée dans des sous-entendus. En quelques jours, son nom surgit dans les conversations entre mon père et ma mère. En me voyant dresser l'oreille, ils baissent le ton. Le téléphone sonne plus souvent. Les sœurs de mon père, Claudette, Gilberte, Denise, refont surface. Étrange ! Un ton de confidences. Une rumeur indécise. Jusque-là, son nom avait été associé aux questions d'argent. Les emprunts. Et cette espèce de promesse qu'il a faite à ses frères et sœurs : payer une partie des études du premier neveu qui fera son cours classique. Cela a occasionné des disputes entre la tante Carmen, qui a un fils, et l'oncle Lambert, qui en a deux. Des accrochages familiaux ordinaires. Clément en était l'artisan, pas si innocent que cela. Pourquoi installer une telle concurrence ? Espérait-il instaurer une relève dans la branche ecclésiastique ? Pour nous, Clément était une sorte de missionnaire de la catégorie des Pères Blancs en Afrique, la Côte-Nord se mêlant au Congo de Tintin.

Clément, l'impressionnant Clément ! J'intercepte des signes. Je suis aux aguets. La chambre que je partage avec Pierrot est voisine de la cuisine. Le soir, Louis et Pauline chuchotent. Ce doit être grave. Et ce n'est pas de l'ordre de leurs malentendus habituels, puisqu'il n'y a pas d'esclandre.

Un jour, je rentre de l'école, Clément est là. Assis dans la cuisine, devant un verre de bière, les yeux dans l'eau. Mon père travaille et ma mère s'active nerveusement à son souper.

Désormais, mon oncle apparaîtra régulièrement. Le scénario de ses visites se ressemble.

Nous entrons de l'école, Clément, assis à la table, vide des verres de bière. Il converse sans arrêt. Il manifeste exagérément son plaisir de nous voir, me gratifie d'un coup de poing sur l'épaule, ébouriffe les cheveux de Pierrot, minouche Mireille. Trop joyeux ! Il articule avec trop d'attention, d'une voix trop forte au goût de Pauline.

Après sa séance d'exaltation, il glisse la main dans sa poche et en sort des billets froissés. En ma qualité d'aîné, je dois courir à l'épicerie du coin acheter six bières froides, un paquet de cigarettes. Pendant que nous nous blottissons devant la télévision, notre oncle curé vide consciencieusement les bouteilles en fumant. Il se répète frénétiquement. Magnanime, il permet à ma mère de poursuivre son ouvrage.

Quand mon père rentre du travail, il faut aller quérir d'autres bières. Une caisse. Je suis le commissionnaire attitré. Rien n'est plus dérangeant que cette commande doucereuse :

— Mon beau Manuel, tu es en forme, toi. Tu deviens costaud. Tu es capable de transporter une caisse de douze. Vingt-quatre, est-ce que c'est trop pesant ?

Il a des dollars dans les mains. J'abandonne mes devoirs et je repars.

À mon retour, il s'attarde dans notre chambre, cherche à savoir ce que je fais, divague un peu, tangue avec un sourire. Il saisit mon frère Olivier, qui n'a que trois ans, tente de le soulever au bout de ses bras. Inquiète, maman surveille l'opération.

Mon oncle prend un temps fou pour aller pisser. Quand il s'enferme dans la salle de bains, ma mère nous parle tout bas, souvent par gestes, nous fait des airs, démontrant combien il est pénible d'avoir à subir un homme qui boit une bonne partie de la journée. Elle nous enjoint d'agir comme si on ne voyait rien.

Grâce à mes soirs de veille, son histoire s'éclaircit.

Clément revient d'un cauchemar. Il n'en est pas tout à fait rescapé. Il n'a pas accepté de perdre sa cure de Shelter Bay. En sept ans, il s'y était fait des amis. La ville se développait à un rythme très intéressant, malgré l'incendie tragique de 1955. Incendie qui a duré tout l'été. Il s'entendait à merveille avec monseigneur Labrie, l'évêque du diocèse.

— Pourquoi a-t-il démissionné ? Pourquoi ? Peux-tu me le dire, toi, Pauline ?

Il pleure. Il évoque des raisons politiques très éloignées de mes préoccupations.

— Couturier, qu'est-ce qu'il vient faire là, l'écœurant ?

— Clément !

Pauline tente de le contenir. Elle n'est pas très pratiquante et elle imagine volontiers les manigances du clergé, mais cette façon de traiter un évêque lui paraît déplacée. Comme si le ciel pouvait nous punir.

— J'ai été assez puni comme ça, pleurniche mon oncle. J'ai payé mon droit de l'insulter.

Pourquoi l'a-t-on envoyé à Forestville ?

Clément Lafontaine n'est plus l'homme convaincu et convaincant qu'il a été. Mon père, que l'alcool rend volubile, et lui, à qui il donne des larmes, discutent jusqu'aux petites heures du matin. Aux portes de la nuit, je n'ai pas à me forcer pour entendre Clément se lamenter.

— C'est ma mère qui a voulu ça. Elle me répétait : « Tu seras mon prêtre, Clément ! » Je le suis devenu, maman. Je ne défroquerai pas… non, je ne défroquerai pas. Juste pour vous faire plaisir. Pour porter ma croix jusqu'au sommet du Calvaire.

Mon père bredouille :

— Ils ont organisé notre vie, Clément.

Mouillée par ses pleurs, un fleuve aussi large que la mer, la voix de l'oncle s'enfle. Il s'imagine au ventre d'une cathédrale naviguant vers l'île d'Anticosti.

— Faut les aimer quand même, mon Louis. Faut les aimer. Notre père, notre mère. Des cadeaux du bon Dieu. Honore ton père et ta mère. Un commandement du bon Dieu. C'est l'époque qui voulait ça. Toi, tu ne feras pas ça à tes enfants. Nous autres, on a été les victimes. Il faut en faire notre sacrifice et l'offrir à Dieu.

— Fais-moi pas chier avec Dieu.

— Louis ! s'indigne ma mère qui n'a bu que du Coke. Arrête. Si ç'a de l'allure ! Il faudrait aller se coucher, là. Il approche deux heures du matin.

— Dieu parsème notre route de saudites épreuves. Faut les accepter, Louis, si on a la force de résister, de poursuivre notre foi, de…

Ses sermons s'abîment ainsi au milieu d'une phrase. Après un séjour à l'institut Albert-Prévost, il loge dans un couvent tenu par des religieuses. Il ne rentre pas toujours y dormir. Il multiplie les fugues. Chez nous, il dort dans le lit de Pierrot, lit au-dessous du mien.

Une nuit, il est malade. Il veut se rendre aux toilettes, ouvre la porte de la garde-robe. En ressort et glisse sur des jouets de mon frère. Il vomit au milieu de la chambre. Tourné contre le mur, les yeux ouverts dans la nuit, je ne bouge pas. Ma mère ramasse les dégâts. Clément, de sa voix grave, tente de chuchoter de longues excuses, n'y parvient pas, se rendort. Je me retourne, ma mère me regarde. Elle n'en peut plus.

Un jour, j'entends Louis, excédé, confier à Pauline :

— Je vais lui dire de ne plus revenir, Saint-Cap. Il est en train de nous mettre à terre, lui.

Le lendemain, quand je reviens de l'école, mon oncle est là. Je reprends mon rôle d'estafette et fais la navette vers l'épicerie. Je crains la réaction de mon père. Que fera-t-il à son retour ? Y aura-t-il une dispute ? Une bataille ? Je suis nerveux.

Louis rentre. Au début, il est un peu froid. Après quelques bières, il redevient chaleureux. C'est plus fort que lui, il ne peut pas bousculer un homme qui a un genou à terre.

Au milieu de la nuit, la voix de Clément traverse le mur.

— Je l'ai baptisée à Saint-Paul-du-Nord. Toute sa famille a déménagé à Shelter Bay en même temps que moi. C'est à croire qu'elle me poursuivait. Je lui enseignais le catéchisme. Si vous aviez vu ses beaux yeux bleus, des morceaux de ciel. C'était seulement une petite fille et elle me mettait le cœur en charpie. À Forestville, elle a voulu travailler au presbytère. Comment j'aurais pu refuser ? Je savais qu'elle venait me tenter. Oh ! Les nuits ! Les nuits, je ne dormais plus. Je la voyais. Elle entrait par la fenêtre, elle sortait du mur, d'un tableau de la Sainte Vierge. Elle venait vers moi, me tendait les bras. Elle avait des tresses, la peau brune, une vraie Espagnole. Et des yeux bleu ciel. Le paradis. On a du sang espagnol, tu sais ça, Louis ?

Je ne perçois pas la réponse de mon père. Il doit bouger la tête, à moitié noyé.

— Si vous saviez combien de temps j'ai attendu. Si vous saviez comment j'hésitais. J'avais l'impression de descendre l'escalier des enfers. Un jour, sa mère est venue m'apprendre que les gens jasaient. Dans les petits villages, tout le monde se connaît. Les rumeurs courent. Elle m'a annoncé que sa fille ne viendrait plus travailler pour moi. Pourtant, je n'avais rien fait. Est-ce que mes yeux racontaient tout ? Est-ce que ça se peut, ça ?

Mon père décapsule une bouteille, deux bouteilles de bière. Lui et ma mère sont muets.

— Quand je l'ai croisée au magasin général, elle était gênée. Elle m'a juste dit qu'elle serait prête à revenir n'importe quand. Je n'en pouvais plus. Je me morfondais. Ce matin-là, j'avais reçu une lettre de monseigneur Couturier. Il me désignait un nouveau vicaire que je devais initier aux affaires de la paroisse. Il voulait encore me remplacer. Alors, comme un fou, je lui ai proposé de partir. Elle a accepté, sans me demander d'explications. Elle a tout compris. Je sais que je n'aurais pas dû. On a cru que je l'avais forcée. C'est pas vrai. Croyez-moi, mon Dieu, c'est pas vrai.

À quatre heures du matin, le lendemain, les policiers avaient repéré la Oldsmobile noire de mon oncle devant la porte d'un motel, près de Québec.

— Couturier a donné mon numéro de plaque au premier ministre. C'est lui qui m'a fait arrêter. J'étais pas une menace publique, pas un bandit. J'étais seulement couché à côté d'elle. Je ne l'ai pas touchée. Je le jure. Je veillais sur son sommeil.

— On te croit, souffle mon père.

Vraisemblablement, Louis et Pauline sont au courant. Ils savent que Jean-Pierre Garand, grâce à ses contacts politiques, lui a évité la prison. Alléguant que Clément souffrait d'une sérieuse dépression nerveuse, il l'a fait interner à Albert-Prévost.

— Un jour, les prêtres auront le droit de se marier et on va pardonner aux hommes comme moi d'avoir des tentations. Tout ce que je souhaite, c'est que maman n'apprenne pas ça. Je veux qu'elle meure en paix. Elle le mérite.

Personne n'a soufflé mot de l'affaire à ma grand-mère Eugénie, qui, placée dans une institution, vivait sur une planète étrangère.

J'écoute le silence complice de mes parents. Ils savent que Dieu ne ressemble pas vraiment à ce qu'on leur a raconté. Mon père fraternise.

Des échanges mystérieux s'effectuent. Pendant quelques jours, Louis circule au volant de la grosse Oldsmobile noire de mon oncle et lui cède sa Plymouth. Après ce que j'ai entendu, j'imagine mon oncle Clément poursuivi par la police. À moins qu'il veuille rejoindre de nouvelles conquêtes.

À force d'être bousculée par ces événements, aussi inattendus qu'étonnants, qui s'emmêlent aux émissions de télévision, mon imagination déraille un peu.

L'été de 1959 s'achève. La station-service, où mon père est un faux associé, se dirige irrémédiablement vers la banqueroute. Quintal ne peut pas lui verser sa paye à la fin de chaque semaine. Un employé est mis à pied. Louis s'inquiète, boit. Pauline se débat.

Le jour de la fête du Travail, le 7 septembre, l'oncle Clément nous accompagne au chalet de Sainte-Rose. Visite rituelle, mais marquante. Avec la fête du Travail, l'été prend fin, l'école recommence et grand-maman Anna revient à Montréal, rue Christophe-Colomb. Il faut fermer le chalet. Clément, en étranger volubile, devient encombrant. Il boit avec mon père, Julien et Guy, les frères de ma mère. Ma grand-mère voit cela d'un mauvais œil. Surtout quand il se met à danser au milieu de la place.

— Duplessis est mort ! J'ai juré que je danserais sur sa tombe.

Il crée un malaise. Voir ainsi un curé se réjouir de la mort du premier ministre du Québec nous trouble. Pour Anna, la situation est simple : cet homme, qui se dit en voie de guérison — elle connaît toute son histoire par ma mère qui l'appelle tous les jours, après le dîner —, est complètement fou.

Le lendemain, ma mère nous apprend qu'un jour, Clément s'est rendu au bureau du premier ministre et qu'il y a été reçu comme un chien dans un jeu de quilles.

— C'était lors de l'incendie de Shelter Bay. Il voulait que le gouvernement aide ses paroissiens. Duplessis avait d'autres vues. Et puis, il devait savoir que les Lafontaine n'ont jamais été de son bord.

Comme si Duplessis pouvait tout deviner. Pauline évite soigneusement de nous révéler le rôle de Duplessis dans l'arrestation de mon oncle que nous sommes censés ignorer.

Devant l'urgence de la situation, Louis décide qu'il ne veut plus de patron. La seule manière de travailler sans patron est d'ouvrir un commerce. Et il se sent prêt à le faire. Malheureusement, ses 4000 $ ont fondu dans la poche du bonhomme Quintal. Cet automne-là, nous sommes pauvres comme Job.

En fait, mon père est prêt à travailler dans n'importe quoi, il suffit qu'on lui fasse confiance. Concrètement, ça signifie : lui prêter de l'argent pour démarrer. C'est là que le rôle de l'oncle Clément acquiert de l'importance. Sa situation financière est exécrable.

Il désire évidemment récupérer son argent que, à la suite de sa mésaventure, les autorités de son diocèse ont gelé, là-bas, sur la Côte-Nord. L'évêché ne veut pas qu'il file avec son pécule. Pour toucher cet argent, il n'a d'autre choix que de le prêter. Ainsi, il pourra lentement récupérer son capital, accompagné de petits intérêts. Bref, il ne dépendra plus de la bonne volonté de son évêque tant détesté.

Les après-midi, Pauline parcourt les petites annonces des journaux. Le soir, Clément, tenant le rôle de Louis, s'installe au téléphone de la cuisine pour s'informer. Fameux prédicateur, il sait tenir des discours. Sa grosse voix porte loin. Il peut également dire n'importe quoi et paraître brillant.

Ma mère oriente ses recherches vers les stations-services à vendre. Le malheur, c'est que Clément ne connaît rien de la routine d'un garage. Les questions qu'il pose, d'une voix assurée, n'ont aucun sens dans la bouche de quelqu'un qui est censé travailler dans ce genre de commerce.

— La caisse enregistreuse est comprise dans le prix ? Où est-elle ? Au bout des pompes ?

Mon père se tient la tête.

— Non, non, c'est pas ça, chuchote-t-il.

D'un geste, mon oncle lui ordonne de se taire. Il joue à l'homme d'affaires sérieux. La situation est absurde ; les interventions de mon père contrecarrent les plans de l'oncle curé. Ils se chamaillent comme de jeunes chiens. Ma mère intervient avant que la situation s'envenime trop.

Après quelques semaines de démarches épuisantes, après une foule de conversations téléphoniques, de ténébreux calculs et des discussions acharnées, ce trio singulier hésite entre l'achat d'une station-service Texaco de Rosemont et une petite épicerie, sise rue Saint-Hubert, dans le quartier Villeray. Lors des visites, mon oncle accompagne mon père et ma mère.

Ma mère a le dernier mot. Elle apostrophe mon père.

— Dans un garage, je ne peux rien faire. Tu vas devoir te débrouiller tout seul. Dans une épicerie, je vais pouvoir travailler. Et les enfants vieillissent…

Artisan de notre changement de vie, Clément l'approuve. Il voue une confiance illimitée à Pauline.

Finalement, malgré le désarroi de ma mère qui pleure son Ahuntsic, nous déménagerons dans Villeray.

L'épicier du coin, ce sera mon père.

Un peu comme Superman venant d'accomplir une périlleuse mission, l'oncle Clément reprend sa soutane et s'envole vers la Côte-Nord où monseigneur Couturier, son ennemi hiérarchique, lui offre une nouvelle cure. Il est guéri. C'est ce qu'il jure de sa voix tonitruante, en levant son verre à la santé de l'avenir du Québec.

— J'ai confiance. Duplessis disparu, ça ne peut pas faire autrement que d'aller mieux.

CHAPITRE 6

Le pont des orages

Je cherche des distractions. Je l'admets, Louis. Je me l'avoue. Parvenu à cette étape de notre livre, je fuis. N'importe quoi pour m'éloigner, pour éviter l'écriture, l'écran de mon ordinateur. J'ai passé dix jours sur l'île de Vancouver, la pluvieuse, où le temps a été étonnamment magnifique. J'y ai donné une série de conférences dans les écoles, afin que se maintienne l'influence de la langue française, une cause désespérée qui me tient à cœur. Le Salon du livre de Montréal a suivi. J'y suis allé tous les jours, loin de mon Mac. J'use l'automne, en fait, j'égrène novembre. J'arrive au novembre de notre récit.

Les distractions. Ces manières de faire le vide autour de cette histoire, de faire le plein d'énergie pour la poursuivre un peu, d'éviter de me précipiter dans la narration enflammée ou larmoyante. Principalement en abordant ce chapitre qui demeure, pour moi, celui des grands chambardements, de l'éloignement. De toute notre famille, j'ai été le plus absent, celui qui fuyait. Deux ans au collège, pensionnaire, d'autres déplacements chaque fois que l'occasion se présentait, mes occupations, puis mon véritable départ. Dix longues années de combat pour toi, pour maman, pendant lesquelles j'étais fréquemment ailleurs.

Je sais que se dressera ici l'époque douloureuse où nos relations se sont gâchées. En ces années-là, l'âge nous donnait des ailes qui se fanent si on ne s'en sert pas à quinze, seize et dix-sept ans. Pour moi, juste avant Pierrot et Mireille, il suffisait de forcer la porte et de s'absenter. Pour toi, piégé par l'épicerie, ce n'était plus possible. Tu devais rester au poste, vigile malheureux et entêté, pour affronter l'adversité avec honneur.

La radio, la télé, les journaux annonçaient, sur des rythmes de plus en plus endiablés qui n'avaient rien à voir avec les chansonnettes que tu fredonnais naguère, le début d'un temps nouveau. En novembre 1959, ça se sentait. Coïncidence, j'avais douze ans, l'âge où tout s'amorce. Je m'apprêtais à sauter dans l'adolescence, à me mesurer à un univers neuf, dans un quartier où, par surcroît, je n'avais pas de passé, que de l'avenir.

Aujourd'hui, aucune expression n'exprime avec autant d'acuité le sens du terme « lieu commun ». Temps nouveau et lieu commun se rejoignent au croisement de ce qui n'est, avec le recul, qu'un temps variable sur un déplacement obligatoire. Un déménagement. Mais quand on le vit jusqu'au cou, on a l'impression qu'il faut pousser avec l'audace de notre jeune énergie pour que le changement se produise. Je fixais un horizon aveuglant, rempli de nombreuses incertitudes. J'avais des questions. Par exemple : le matin, quand je me lève, pourquoi mon pénis est-il dressé et durci ? Au milieu de la nuit, pourquoi ma culotte est-elle mouillée ? Pourquoi ai-je un mamelon gonflé ? Je croyais que ce n'était que l'affaire des filles. Autant de questions que je n'osais pas poser et que tu ne provoquais pas, sauf en ce qui concerne le mamelon, si visible en maillot de bain.

— J'ai eu ça, moi aussi. C'était douloureux. Ça finit par s'arranger. Tu ne t'en souviendras plus le jour de tes noces.

Temps nouveau. En devenant l'épicier du coin, tu n'as pas choisi la nouveauté. C'est le type de commerce qui, le premier, sera englouti par la vogue du grand, du gigantesque, de la nouvelle échelle.

Si je cherche tant les distractions, c'est peut-être tout simplement parce que je veux éviter la séquence des orages. Je souhaite une neige précoce, un décembre blanc. La neige arrondit les reliefs, ralentit les chutes.

Pourquoi cette épicerie de la rue Saint-Hubert me laisse-t-elle, aujourd'hui, l'image d'un navire fantomatique ? Un bateau délirant qui se déchirait les flancs au moindre rocher, tout en évitant tant bien que mal les écueils fatals. La mer ne se calmait jamais. Tu étais un capitaine dérouté, désorienté et imbibé. Tu avais tes raisons. Qui n'a pas les siennes ? Parfois, les raisons s'entrechoquent implacablement. Les clapotis de l'alcool te gardaient en vie et nous tenaient en éveil. Tu supportais difficilement le gonflement des jours, tu avais le mal de terre, le mal de mer, le mal de père.

Chez nous, ce commerce a instauré la saison grise, épaisse, le tonnerre, les éclairs. Pleine de tes naufrages aussi, puisque ta vie contrastait avec la légèreté de nos voyages. Toutes les vagues nous emportaient. Pour rien au monde, nous ne voulions demeurer immobiles. Tes enfants t'imitaient en quelque sorte. À une époque différente, nous revivions ce que tu avais été, par nécessité. Nous, nous allions d'un coup de foudre à l'autre. Mireille, Pierrot et moi n'avions plus le même nord, ni la même boussole. Nous troquions la Polaire contre des étoiles filantes.

Dans l'épicerie, ton âme de nomade étouffait. Esclave d'un horaire, tu étais cloué à un lieu. Rapidement, tu t'es senti enchaîné par l'humeur affable obligatoire.

— Je suis comme un animal de cirque. Saint-Cap ! Je suis l'ours de Saint-Norbert. On ne me lance pas des bouteilles de Coke.

Par compensation, tu avalais de longues goulées de la Molson que tu cachais sur le dessus du présentoir des viandes, derrière un découpé cartonné vantant la fraîcheur de la saucisse Maple Leaf. La bouteille omniprésente parce que, pour l'ours de l'épicerie, le seul moyen de fuir était d'emprunter la porte du frigo.

Dans tout ce que tu ne devais pas révéler, tu divulguais ta peur de ne pas être aimé et de mourir. Tu réagissais de la façon la plus suicidaire. Tu es devenu un buveur de fond.

En quelques semaines, quelques heures, tu as tissé ton réseau, expérimenté les mille et une manières de te procurer la flasque d'alcool qu'on ne prend pas pour le goût ou la détente, mais pour y piéger l'effet. Les commis du magasin de la Régie des alcools m'ont rapidement repéré. En me voyant entrer, le matin, le plus vieux ou le mieux éveillé allait quérir le petit blanc et me le mettait dans un sac, même si j'étais beaucoup trop jeune. Cinquante cachettes que maman, fameux chien de piste, détectait systématiquement. Sa chasse à la bouteille n'était cependant qu'une partie de cette longue lutte contre la petite misère.

— Allô, épicerie Chez Paul.

« Chez Paul », du nom de l'ancien propriétaire, Paul Verrette. Pour la transmission des papiers, c'était plus simple de ne pas changer le nom d'un commerce. Verrette a souligné que la clientèle étant habituée à un nom, il valait mieux ne pas désorganiser les gens. Mon père a également hérité de sa caissière, madame Turmel, dont la lenteur du parler et des gestes l'exaspère. À la moindre sonnerie du téléphone, elle décroche l'appareil et prononce un « Allô, épicerie Chez Paul » interminable. Le livreur à bicyclette des premiers mois est un blond dans la vingtaine au nez cassé. Il fait de la boxe amateur et m'intéresse par la narration de ses combats. Sa vantardise ne prend pas, je détecte rapidement l'attitude d'un perdant de service. À vingt-deux ans, il ne se bat presque plus, servant de partenaire d'entraînement aux meilleurs qui ne se privent visiblement pas de le tapocher.

L'épicerie Chez Paul demeure le lieu de mes premiers vrais contacts avec le monde. J'entends par là : un monde différent de celui que l'on se permet de choisir, comme on choisit ses fréquentations ou les activités que l'on veut faire. À l'épicerie, nous sommes envahis. Le client entre librement, achète et devient notre raison d'être, notre moteur vital. L'épicier qui veut surnager doit se plier à ses exigences. Dans le domaine alimentaire, et plus particulièrement dans celui de la bière, il devient son esclave. À la longue, la clientèle régulière finit par connaître la famille de l'épicier du coin. Sans être des personnages aussi en vue que le député, l'artiste ou les lutteurs, entre autres les frères Rougeau, qui habitent le quartier, nous ne circulons plus anonymement.

Dans quelques rêves fugaces, Louis a pu croire que cette épicerie deviendrait un commerce familial. Il nous voit : Mireille à la caisse, Pierrot plaçant des boîtes de conserve sur les tablettes, Olivier, avec les années, démêlant les bouteilles vides, moi, livreur et futur gérant, Pauline, acheteuse, lui, boucher. Il a l'imagination fertile. À ses heures. Parce que, pour nous, il entretient également des rêves opposés et nous répète fréquemment que notre seul héritage est l'instruction. Il désire que nous poursuivions des études pour, justement, pratiquer un métier payant, « une profession », renchérit Pauline, nettement plus ambitieuse, dans laquelle nous ne serons jamais sous le joug de qui que ce soit.

Pour ne pas rester esclave, il s'agit de maîtriser le savoir. Qui sait peut. À l'épicerie, j'apprends tout. L'univers se distingue de ce qu'on nous présente à la télévision ou de ce que j'ai imaginé, dans ma chambre, au fil de mes jeux où j'inventais des théâtres de carton.

Au cours de la première année, jusqu'à mon entrée au collège en septembre 1960, j'aide le livreur. Louis tient à ce que nous gagnions notre argent de poche. Le vendredi soir et le samedi toute la journée, pendant la période scolaire, je porte les commandes. À l'été, je deviens employé à plein temps, le boxeur amateur s'étant sauvé sans laisser d'adresse. C'est un travail essentiel, à l'épicerie du coin. Un livreur rapide et efficace participe au prestige de l'entreprise. Quand un brave homme revient de son travail et qu'il commande six petites Dow froides, il souhaite décapsuler une bouteille dans les dix minutes suivantes. S'il est comblé, il ne lésine pas sur le pourboire.

Le livreur a l'avantage d'entrer chez les gens. À de nombreux endroits, il porte son panier jusqu'à la cuisine, au fond du logement. Parfois, il prend lui-même les bouteilles vides dans le bas de l'armoire. L'œil curieux, je pénètre dans la vie des clients. Je connais leur décor, leurs horaires, leurs enfants, leurs chats, leurs chiens et leurs petites habitudes. Je respire leurs odeurs, devine leurs humeurs, décode leurs langages. Je deviens le témoin de leurs disputes et, plus rarement, de leurs réconciliations.

À l'épicerie, les clients sont différents. Il y a ceux qui y passent rapidement et ceux qui s'attardent.

Le lieu est divisé en trois parties possédant chacune sa vie propre. L'épicerie en tant que telle est minuscule, presque monstrueusement étroite. À l'avant, dans la vitrine que le soleil inonde les jours d'été, rendant la chaleur insoutenable, règne la caisse enregistreuse, posée sur le bout du comptoir bloquant l'accès aux cigarettes. Sur les murs s'étirent les tablettes contenant les « cannages » et un présentoir réfrigéré de fruits et de légumes. Au centre, il y a l'îlot des pains et gâteaux, un congélateur et quelques tablettes. Les deux seules allées aboutissent au comptoir à viandes, derrière lequel mon père a fait installer une chambre froide. Également derrière ce comptoir se dresse le volumineux réfrigérateur à six portes : une pour les produits laitiers, deux pour les boissons gazeuses, les trois autres refroidissent la bière, toutes les sortes de bières : la Molson, la Labatt 50, la populaire Dow et la timide O'Keefe. Les grosses bouteilles, les petites. Une épicerie qui ne tient pas de bière froide n'est pas viable. La vitrine annonce les deux grandes raisons pour lesquelles le client achète ici : bière froide et livraison gratuite.

Derrière la chambre froide, on accède par une petite porte à l'arrière-boutique, communément appelée le *back-store*. Là sont entreposées les caisses de bière et des conserves. Une porte mène à la toilette. Cette porte communiquait avec le logement que nous avons occupé au cours de la première année. Plus loin, il y a la *warehouse,* qui n'est pas chauffée.

C'est là que l'on met les bouteilles vides classées par compagnie dans des caisses de bois. C'est aussi par là qu'entrent les clients de la rue Saint-André, qui n'ont qu'à traverser la ruelle pour venir. De gros rats y circulent, mais ils ne s'aventurent pas à l'intérieur. Dès l'achat de l'épicerie, un client a offert une petite chatte noire à mon père. En peu de temps, sa Mistinguette est devenue énorme. Elle avait six griffes à chaque patte, de quoi effrayer les rats, les souris et même les mâles de son espèce.

Si quelques clientes s'attardent dans les allées de l'épicerie, c'est dans l'arrière-boutique que se déroulent d'importantes réunions, que s'échangent des opinions éphémères et que, pour un adolescent curieux, se racontent les histoires les plus enrichissantes. C'est là que se tiennent les conversations dignes des tavernes les plus enfumées.

À la fin de leur quart de travail, deux ou trois pompiers s'amènent. Leur uniforme ne leur permet pas de fréquenter la taverne Auger, propriété de l'ancien lutteur Eddie Auger, tout près de leur poste. Chez nous, ils sont tranquilles. Ils peuvent planifier leurs horaires, puisqu'ils occupent leur temps libre à exécuter des travaux de ménage et de peinture, tout en fumant, en buvant et en répétant les dernières blagues. Les employés du garage voisin deviennent aussi des visiteurs assidus. Une petite bière à leur pause, trois ou quatre autres à l'heure de leur repas. Ils ont l'habitude des lieux. Ils entassent les capsules tordues sur le bord d'une tablette et, en partant, paient selon le nombre de bouchons accumulés. Cet argent liquide, c'est le cas de le dire, entre directement dans la poche de mon père. À l'occasion, le règlement d'une bouteille se joue au hasard d'un trente sous lancé en l'air.

— On tire ça? propose Liguori Pagé à mon père.

Louis jette une pièce sur le bloc à viande.

— Pareil, pas pareil.

— Pareil!

Ils décapsulent une bouteille. Pagé est quitte ou paie celle de mon père en plus de la sienne. Ce pompiste raconte une foule d'histoires. Comme mon père, il a vécu dans les chantiers. Ensemble, ils évoquent la vie dans le bois. Fréquemment, la conversation de Pagé bifurque du côté des femmes. Il parvient à me convaincre qu'il a couché avec tout ce qui a des seins dans le quartier. Dès qu'il croise une cliente, il me lance un clin d'œil, émet une appréciation et, subrepticement, fait mine de lui caresser une fesse.

Les frères Grenier, deux costauds, Jean le beau et Damien le laid, apparaissent régulièrement. Ils s'ennuient en ville et rêvent d'acheter une terre dans la vallée de la Matapédia. Ils ont marié leurs propres cousines, deux sœurs, Jean la jolie et Damien la forte. Leur spécialité : narrer avec force détails les bagarres de leur jeunesse, comment ils ont fait les quatre cents coups et en ont échangé beaucoup plus. D'une année à l'autre, ils repeuplent le Québec et se plaignent de ce que les enfants coûtent cher et les éloignent de leur rêve.

Un autre uniforme, celui de Masson, un solide motard de la Police Provinciale. Il s'arrête boire une bière. Il traîne des cauchemars avec lui. D'une voix monocorde, caverneuse, il dresse le bilan des accidents de la circulation dont il est témoin. Un véritable chirurgien de la description. Ses histoires dégoulinent de sang et de cervelle chaude et j'ai mal au cœur quand il s'en va. Lui aussi, je pense. Un jour, probablement écœuré, il quitte la police et devient débardeur dans le port de Montréal. Il s'arrête encore dans l'arrière-boutique.

— Il est devenu zombie, note mon père, signifiant ainsi que le grand Masson ne bredouille plus que quelques mots.

Il maigrit, ne peut plus travailler. Il meurt d'une surdose.

— Il était drogué jusqu'aux cheveux, ajoute Louis. Il se piquait cinq ou six fois par jour.

— Il était si beau dans son uniforme, conclut ma mère, affichant sans retenue son faible pour les costumes officiels.

En vérité, Louis déteste diriger les opérations d'un commerce, si minuscule soit-il. Il voudrait être tranquille, mener sa petite affaire, sans attentes ni obligations. Alors qu'il peut être sociable, avoir du plaisir avec les autres, il n'aime pas être au service de la clientèle. Répondre au téléphone, exécuter les commandes, compter, viser le profit, tout cela lui pèse. Mon père préférerait de loin être parmi ceux qui boivent derrière. Reprendre en quelque sorte sa fonction de *cook* des chantiers, devenir un tavernier.

Pour moi, l'épicerie, c'est le centre du monde. Ce qui s'y déroule, comme ce qui y est rapporté. Et je n'y apprends pas seulement le présent. Peu à peu, du passé surgissent des éclats insoupçonnés. Ainsi, j'entends presque battre le cœur de madame Pichet, je remarque ses yeux brillants quand elle croise le député, Alphonse Poirier, de l'Union nationale. Il s'arrête à l'épicerie de temps à autre. Parmi les coutumes dont a hérité mon père en achetant l'épicerie, il y a celle de lui verser cent dollars tous les ans. Pour conserver « la licence de bière », avait sifflé Paul Verrette. Il n'effectue pas une visite hebdomadaire mais, quand Alphonse Poirier s'amène, c'est le vendredi soir, à son retour du Parlement. Il est rouge, verbeux, parfaitement soûl dans son manteau noir, sous son chapeau qui tient la tempête. Son foulard de soie blanc glisse continuellement. Chaque fois qu'il entre, Simone Pichet arrive dans la minute suivante. Ma mère est persuadée que, de sa fenêtre, elle surveille la porte de l'épicerie tous les vendredis soir. Ils ont eu une histoire dans leur jeunesse. Madame Pichet ne s'en est jamais remise. Ensemble, ils discutent fort, se font des airs complices, se touchent le bout des doigts. Quand il repart en caracolant, Simone, l'air misérable, le regarde aller.

— Il était tellement beau, mon Phonse. J'ai fait des péchés mortels avec lui, murmure-t-elle en s'enveloppant dans la fumée de sa cigarette.

Si elle vient d'atteindre la soixantaine, elle conserve une idée fixe : séduire. Par tous les moyens, en se beurrant de rouge à lèvres, en ébouriffant ses cheveux platine, en fumant avec indolence. Pourquoi achète-t-elle ses soutiens-gorge chez le Juif d'en face ? Sinon pour l'essayage, en feignant qu'il s'agit de la pire corvée.

— Il veut venir ajuster ma brassière. Vous imaginez ça, vous ? Il a des mains partout. Ça prend tout mon petit change pour me défendre.

Elle aime se défendre de cette façon. Le lendemain, elle retourne dans la boutique échanger le soutien-gorge qu'elle n'aime plus. Nouvel essayage, nouvelle défense épique de sa vertu. Ce simple achat dure des semaines et se transforme en une saga dont Simone Pichet relate chaque épisode, non sans orgueil, en plein magasin et avec le plus grand nombre d'auditeurs possible.

Je me rends chez madame Marineau, la digne mère du notaire. J'emprunte la ruelle parce que, chez elle, il faut livrer ses grosses bières par la porte arrière et les envelopper dans un sac. Son fils est si important, si hautain. Dans cette vieille maison, où tout doit être discret et feutré, il règne une senteur d'épices, de poli citronné pour les meubles. Une odeur d'ordre et de propre. Madame Marineau ne pouvant exiger qu'un livreur marche sur les mains, elle dépose les bouteilles vides dans le hangar qui est, lui aussi, très propre. À l'école, j'apprends par un confrère également livreur que la dame reçoit, quotidiennement, six autres grosses bières commandées à une autre épicerie. Et son fils, l'intouchable, reçoit régulièrement la visite de Janine Boileau, la putain du quartier.

Putain, un mot dont je découvre la signification. Décidément, je m'instruis. Je ne sais évidemment pas si Janine Boileau se fait payer lorsqu'elle s'arrête chez le notaire Marineau. Par contre, je n'ignore pas que, malgré son rouge à lèvres qui tache et me fait peur, et bien qu'elle soit dans la quarantaine avancée, elle couche avec plusieurs hommes. Les solitaires ont recours à ses services. Elle a un fiancé régulier chez qui elle écoule une partie de ses soirées… et fréquente occasionnellement d'autres hommes. Son fiancé le sait-il ? Je l'ignore totalement. Par contre, je sais qu'il ne veut pas qu'elle boive.

L'alcool modifie son comportement. La majeure partie du temps, il rentre à la maison ramolli, mange à peine, se couche rapidement et ronfle à en décrocher les tiroirs. D'autres soirs, les moins drôles, il devient agressif.

Le vendredi soir est assez occupé, les clients défilent. Louis boit. Les clients achètent de la viande. Il les sert et boit. S'il s'imagine qu'une cliente lui demande volontairement un produit manquant, il se fâche.

— Pourquoi vous m'asticotez avec ça, madame Poitras ? Vous le savez bien, je n'ai jamais tenu ça de ma Saint-Cap de vie !

La cliente fait demi-tour.

— C'est ça, allez ailleurs, lui conseille mon père, sarcastique.

Madame Poitras sort en claquant la porte. S'il tombe sur une femme qui n'a pas la langue dans sa poche, mon père a droit à une réplique cinglante :

— Certainement que je vais aller ailleurs. Ils en ont chez Mayrand. Et vous pouvez être sûr que je n'achèterai pas rien que ça.

Les bonnes dames, les madame Poitras ou autres, n'ont pas toujours le choix. Si elles partent un soir, si elles boudent pendant trois ou quatre jours, elles finissent par revenir à l'épicerie Chez Paul. Tous les épiciers ne font pas crédit. Elles reviennent, font marquer. Mon père n'ignore pas l'importance des comptes. Il sait pertinemment qu'il conserve une bonne partie de sa clientèle parce qu'il fait crédit.

Un jour ou l'autre, tous ces honnêtes clients profiteront de l'ouverture d'un compte dans une autre épicerie pour ne plus se montrer le nez. Ou ils achèveront de payer ce qu'ils lui doivent par miettes. D'autres déménageront, une nuit, sans souffler mot à personne, pas plus à leur épicier du coin qu'à leur propriétaire.

Les vendredis soir sont donc potentiellement dangereux. Derrière son comptoir de viande, Louis tourne en rond comme

En fin d'après-midi, elle s'arrête à l'épicerie et me demande de lui apporter quatre bouteilles de bière. Je la suis chez son ami. Là, je dois verser le contenu de chacune des bouteilles dans la bouilloire et rapporter les bouteilles vides. Pendant la soirée, devant la télévision, elle sirotera sa bière dans une tasse et, grâce à ce subterfuge, son fiancé croira qu'elle ne boit que du thé.

Un jour, après l'opération bouilloire, une bouteille vide me glisse des mains. Je la rattrape miraculeusement avant qu'elle ne se brise sur le plancher.

— Oh ! Tu m'as fait peur ! s'écrie Janine. Touche mon cœur.

Elle prend ma main et la plaque contre son sein. Le premier sein qu'une femme m'invite à palper. Il est mou, j'ai l'impression qu'il veut fuir ma main, s'aplatir sous la pression. Janine attend une réaction de ma part. Je ne la regarde pas. Je poursuis mon chemin, troublé, vers la porte.

Janine. Ma mère lui prête toutes les maladies du monde. Depuis qu'elle l'a vue monter chez un voisin monstrueux, elle a diagnostiqué chez elle une syphilis.

L'épicerie, un monde qui bat. Mon père s'y démène. On tire le diable par la queue. On rit, on pleure, on part, on revient, on se dispute, on se réconcilie. On fouille, découvrant ce qui ressemble à la vie.

Ça ne fait que quelques semaines que nous avons l'épicerie. Toute la famille s'est entassée dans un petit logement, adjacent au commerce, qui ne compte que deux pièces doubles. Nous faisons du camping. Jamais nous n'avons vécu autant à proximité les uns des autres. Nous sommes misérables. Pauline jure que c'est passager. En vérité, notre existence de sardines durera deux ans. Je ne me plains pas. Pour moi, cette empilade ne s'étendra que sur quelques mois puisque, dès septembre, je serai pensionnaire au Collège de l'Assomption.

Les seuls aspects intéressants de ces acrobaties : le petit loyer et la porte qu'il suffit d'ouvrir pour accéder à l'arrière du magasin. Cela est illégal. Il semble que ce soit pour empêcher les épiciers de vendre de la bière le dimanche, ce qui est également interdit. Cependant, toute loi existe pour être contournée. L'ancien propriétaire, Paul Verrette, maniganceux comme pas un, a mis mon père au courant de la manière d'agir. Il jure que les inspecteurs, qui savent où se trouve leur profit, gardent le silence. Lors de leur passage épisodique, un billet de vingt dollars, habilement glissé dans leur main, les rend extrêmement compréhensifs.

Comme par hasard, quelques jours plus tard, l'inspecteur se présente. Sa visite se déroule comme prévu. Il traverse dans l'arrière du magasin et, en habitué, il jette un œil sévère à la porte.

— Où mène cette porte ? rumine l'homme au manteau noir, comme s'il la découvrait subitement.

Mon père réagit.

— C'est la porte de notre logement.

Il fouille dans sa poche et en sort un vingt dollars chiffonné.

— On la barre le dimanche, poursuit-il, en tendant le billet à l'inspecteur.

L'homme feint d'ignorer son geste et ouvre la porte. Des aboiements retentissent.

Depuis quelques semaines, comme si l'espace n'était pas assez exigu, Pierrot a adopté une petite chienne. Elle n'est pas maligne pour deux sous, mais elle défend bruyamment son territoire.

— Vous avez un chien, constate froidement l'homme en refermant la porte, au risque d'écrabouiller le museau de la bête.

Le visage de Louis s'allonge.

— Oui... il est à mon fils, balbutie-t-il en récupérant un autre billet de vingt au fond de sa poche. Je sais que c'est

150

défendu. Elle ne vient pas dans l'épicerie.

L'inspecteur tient un os. Il soupire profondément. Il hésite. Regarde à gauche et à droite en évitant les deux billets que lui tend nerveusement mon épicier de père. L'homme se racle la gorge, retouche son chapeau, époussette une épaule de son manteau qui n'en a aucun besoin et, finalement, il empoche les 40 $, une véritable petite fortune pour l'époque.

— Ouais... vous aimez votre fils, mâchonne-t-il.

Papa ne répond pas. À quoi bon en rajouter ?

Quelques jours plus tard, un samedi où je n'ai pas accumulé beaucoup de pourboires, je profite d'un moment où je suis seul pour attraper une boîte de Cherry Blossom, malgré le pacte précédemment établi de payer ce que nous prenons. Je compte avaler mon chocolat préféré dans la *warehouse* en plaçant des bouteilles.

Mon père revient. Avant que je m'éclipse, il veut que je place quelques boîtes de jus de tomate sur une tablette.

Quand je m'accroupis, il constate aussitôt cette proéminence anormalement carrée dans mon pantalon. Penaud, je sors la boîte de Cherry Blossom. Il me regarde, déçu, sans colère.

— Pourquoi tu as fait ça ?

Je hausse les épaules, impuissant.

— Si tu ne peux pas payer quelque chose, demande-l[e] Saint-Cap ! Tout ce qui est ici, c'est pour vous autres.

Je n'ai plus tenté de voler mon père.

Tous les jours, les épiceries licenciées ferment leurs p[ortes] dix-huit heures. Au début des années 1960, elles ne p[euvent] rester ouvertes douze heures d'affilée que le vendredi.

Le vendredi, mon père a trois heures de plus pour t[ravailler] réalité, il triche. De nombreux soirs, après la ferm[eture du] commerce, il s'attarde pendant des heures, seul o[u avec un] buveur complice.

151

un ours dans sa cage. Il n'est pas heureux. S'il a mêlé un peu d'alcool blanc à la bière, son humeur devient fragile. Il a les oreilles en porcelaine. Il est prêt à faire le ménage dans son commerce et à mettre à la porte tous ceux qui ne sont pas contents.

C'est un de ces vendredis que mon père s'est tranché le bout de l'index.

Gilles Martin, un client à la veste de cuir et au ventre proéminent, une sorte de Hell's Angel avant l'heure, ne vient pas souvent. Sauf pour acheter une dizaine de tranches de baloney.

En le servant, mon père, trop ivre, ne se concentre pas sur ce qu'il fait. D'une main, il pousse le bout du gros saucisson vers la lame circulaire. Il discute ou regarde n'importe où.

Soudain, fifff! son doigt glisse sous la lame. Le sang gicle. Par un curieux réflexe, Louis attrape le bout de son doigt qui vient de tomber dans le bran de scie du plancher et le garde au chaud au creux de son autre main. Rapidement, il enveloppe son index blessé dans un tablier propre.

Ma mère crie. Les principes religieux sont très loin de ses préoccupations habituelles, néanmoins, elle aboie que ce n'est pas un soir pour manger du baloney.

— Le vendredi est un jour maigre.

Le gros Martin hausse les épaules, l'air désolé. Les crises ne le démontent pas. Il ne doit plus fréquenter l'église depuis longtemps, même si sa femme laisse flotter une minuscule croix dorée entre ses gigantesques seins qui tiennent par miracle dans ses petits chandails serrés.

Madame Turmel, notre caissière, monte immédiatement dans son logement pour ordonner à son mari, le roi du *brandy nose,* de penser très fort à monsieur Lafontaine. Cet ivrogne a un don : il peut arrêter le sang.

Entre-temps, le gros Martin, plus pragmatique, offre d'accompagner mon père à l'hôpital. Il possède une moto et une Buick ninety-eight très chromée. En moins de deux minutes, je vois mon père monter à bord de la Buick qui, grâce à ses *mufflers* Hollywood, a la fâcheuse manie de réveiller toute la rue Saint-Hubert.

L'urgence de la situation ne l'impressionnant pas, Martin a emporté ses tranches de baloney qu'il avale une à une, comme une collation. La vue du sang ne lui fait pas perdre l'appétit.

Horrifiée, ma mère ne cesse de répéter que ce n'est pas correct de manger de la viande le vendredi.

— Le bon Dieu, on a beau s'en moquer, il a le bras long.

Cette fois, c'est au doigt de mon père qu'il s'en est pris.

Après avoir mangé mon *fish'n chips* refroidi, je remplace mon père derrière le comptoir. Un livreur devenu boucher. Et je me débrouille sans me blesser.

À son retour de l'hôpital, mon père serre encore le bout de son doigt dans sa main. Le médecin a admis qu'il ne pouvait rien faire avec cela. Un peu peiné, il décide de le jeter dans la poubelle avec les autres morceaux de viande inutiles.

À l'heure de la fermeture, en venant chercher trois grosses bières pour la fin de sa soirée, monsieur Turmel s'informe :

— Est-ce que le sang est arrêté ?

Mon père répond que oui. Ce qui est normal. En trois heures, à moins qu'il y ait hémorragie, le sang d'une blessure coagule. Mais monsieur Turmel, lui, n'a pas fini de croire en son don. Pour l'occasion, mon père ne lui fait pas payer ses bouteilles de bière.

En palpant son nez en boule de Noël, un tic nerveux, le bonhomme fait des courbettes.

— Ce n'est pas nécessaire, *boss,* répète-t-il.

Comme il doit rire dans sa barbe, monsieur Turmel ! Sa bière, ses cigarettes, il n'en paie pas le tiers. Tous les jours, sa femme glisse deux paquets d'Export' A dans son sac lorsqu'il s'attarde à l'épicerie. Et ses grosses Dow ? Notre caissière n'en facture pas la moitié.

C'est ce que ma mère découvre, deux mois plus tard. Au bout d'une enquête serrée et lors d'une scène aussi mémorable qu'éclatante, elle prend le vieux couple la main dans le sac.

Ma mère fait ainsi d'une pierre deux coups. Elle débarrasse Louis de sa caissière et réduit la masse salariale du quart.

J'ai retrouvé les papiers de l'épicerie, à tout le moins le livre des comptes. Le document servait de brouillon au comptable qui, pour 50 $, faisait la déclaration de revenus et le bilan annuel… avec trois ans de retard. Le casse-tête de ma mère. Elle conservait les papiers dans des boîtes de carton si pleines que les côtés craquaient. Deux ou trois soirs d'affilée — je suppose que c'était après l'appel d'un fonctionnaire gouvernemental ou une ixième lettre —, elle les classait, jusqu'aux petites heures du matin, et inscrivait dans un cahier à colonnes les entrées, les sorties. Des sommes ridicules, même pour l'époque, preuves de leur difficulté à se maintenir à flot.

Dès les premières semaines, Pauline a constaté que les ventes n'atteignaient pas tout à fait le chiffre d'affaires que le vendeur et l'ex-propriétaire lui avaient généreusement attribué. L'inventaire était également composé d'une énorme quantité de produits invendables, de conserves à l'étiquette jaunie, d'un mobilier et d'appareils électriques surévalués.

Selon ma mère, la situation était claire : Paul Verrette, à qui appartenait également la bâtisse au rez-de-chaussée de laquelle logeait l'épicerie, espérait vendre à un prix raisonnable. Comment mes parents auraient-ils pu l'acheter autrement ? Ce montant était largement supérieur à la valeur réelle du commerce. Après des vacances d'une année en Floride, il reviendrait, bien bronzé et reposé. Mes parents ayant fait faillite, il reprendrait son épicerie.

— C'est pour ça qu'il a conseillé de ne pas changer de nom. Il va frapper un nœud. On va se battre.

Pauline déteste Paul Verrette. Elle jure que nous ne nous résignerons pas à la faillite. L'épicerie se transforme alors en un champ de bataille financier. Quotidiennement, il faut arracher quelques dollars à ce travail pour vivre, payer les factures du roulement et rembourser une partie de la dette. Louis élabore toutes sortes de stratagèmes. Par exemple, si le laitier a un peu d'argent liquide, mon père lui fait un chèque de cent dollars en échange des billets. Louis dépose cet argent à la banque pour couvrir un paiement. Il souhaite vendre pour au moins cent dollars de marchandise pour que le chèque ne soit pas retourné. Les lundi, mardi et mercredi étant catastrophiques, mon père se cherche quotidiennement un nouvel allié pour le dépanner. Et la lutte reprend de plus belle, plus stressante, sans répit.

J'ai treize ans. En septembre 1960, j'amorce ce cours classique qui coûte les yeux de la tête. Surtout pour les gens qui n'ont pas beaucoup d'argent, mes parents, par exemple. Aucun de mes cousins n'étant allé plus loin que les Éléments latins, je suis le suivant sur la liste des bourses de l'oncle Clément. Je serai pensionnaire.

Le soir de la rentrée, les autos des parents des élèves peuvent stationner dans la cour du collège. Maman est venue placer mon linge dans ma petite commode, au dortoir. Toute la famille nous a suivis : Mireille, Pierrot, Olivier et toi. Tu fermais la marche.

Nous nous attardons dans ces lieux que je n'ai vus que le jour où je suis venu passer les examens d'admission. Nous ne savons plus comment nous quitter. Nous sentons confusément que nous traversons une étape importante.

Je vous reconduis à la voiture, ta Plymouth qui prend de l'âge. La corrosion ronge le bas des portes. Les autres automobiles de la cour sont plus récentes, je ne les examine pas. J'ai le cœur ailleurs.

Vous montez dans l'ancien taxi. Avec trop de rapidité à mon goût. Mireille emprunte ma place habituelle, sur le siège arrière, derrière toi, le chauffeur. Je fais le dur, le fort. Maman se rend compte que personne ne m'a embrassé. Je monte à mon tour pour m'exécuter. Je donne la main à Oli et à Pierrot,

En fin d'après-midi, elle s'arrête à l'épicerie et me demande de lui apporter quatre bouteilles de bière. Je la suis chez son ami. Là, je dois verser le contenu de chacune des bouteilles dans la bouilloire et rapporter les bouteilles vides. Pendant la soirée, devant la télévision, elle sirotera sa bière dans une tasse et, grâce à ce subterfuge, son fiancé croira qu'elle ne boit que du thé.

Un jour, après l'opération bouilloire, une bouteille vide me glisse des mains. Je la rattrape miraculeusement avant qu'elle ne se brise sur le plancher.

— Oh ! Tu m'as fait peur ! s'écrie Janine. Touche mon cœur.

Elle prend ma main et la plaque contre son sein. Le premier sein qu'une femme m'invite à palper. Il est mou, j'ai l'impression qu'il veut fuir ma main, s'aplatir sous la pression. Janine attend une réaction de ma part. Je ne la regarde pas. Je poursuis mon chemin, troublé, vers la porte.

Janine. Ma mère lui prête toutes les maladies du monde. Depuis qu'elle l'a vue monter chez un voisin monstrueux, elle a diagnostiqué chez elle une syphilis.

L'épicerie, un monde qui bat. Mon père s'y démène. On tire le diable par la queue. On rit, on pleure, on part, on revient, on se dispute, on se réconcilie. On fouille, découvrant ce qui ressemble à la vie.

Ça ne fait que quelques semaines que nous avons l'épicerie. Toute la famille s'est entassée dans un petit logement, adjacent au commerce, qui ne compte que deux pièces doubles. Nous faisons du camping. Jamais nous n'avons vécu autant à proximité les uns des autres. Nous sommes misérables. Pauline jure que c'est passager. En vérité, notre existence de sardines durera deux ans. Je ne me plains pas. Pour moi, cette empilade ne s'étendra que sur quelques mois puisque, dès septembre, je serai pensionnaire au Collège de l'Assomption.

Les seuls aspects intéressants de ces acrobaties : le petit loyer et la porte qu'il suffit d'ouvrir pour accéder à l'arrière du magasin. Cela est illégal. Il semble que ce soit pour empêcher les épiciers de vendre de la bière le dimanche, ce qui est également interdit. Cependant, toute loi existe pour être contournée. L'ancien propriétaire, Paul Verrette, maniganceux comme pas un, a mis mon père au courant de la manière d'agir. Il jure que les inspecteurs, qui savent où se trouve leur profit, gardent le silence. Lors de leur passage épisodique, un billet de vingt dollars, habilement glissé dans leur main, les rend extrêmement compréhensifs.

Comme par hasard, quelques jours plus tard, l'inspecteur se présente. Sa visite se déroule comme prévu. Il traverse dans l'arrière du magasin et, en habitué, il jette un œil sévère à la porte.

— Où mène cette porte ? rumine l'homme au manteau noir, comme s'il la découvrait subitement.

Mon père réagit.

— C'est la porte de notre logement.

Il fouille dans sa poche et en sort un vingt dollars chiffonné.

— On la barre le dimanche, poursuit-il, en tendant le billet à l'inspecteur.

L'homme feint d'ignorer son geste et ouvre la porte. Des aboiements retentissent.

Depuis quelques semaines, comme si l'espace n'était pas assez exigu, Pierrot a adopté une petite chienne. Elle n'est pas maligne pour deux sous, mais elle défend bruyamment son territoire.

— Vous avez un chien, constate froidement l'homme en refermant la porte, au risque d'écrabouiller le museau de la bête.

Le visage de Louis s'allonge.

— Oui… il est à mon fils, balbutie-t-il en récupérant un autre billet de vingt au fond de sa poche. Je sais que c'est

défendu. Elle ne vient pas dans l'épicerie.

L'inspecteur tient un os. Il soupire profondément. Il hésite. Regarde à gauche et à droite en évitant les deux billets que lui tend nerveusement mon épicier de père. L'homme se racle la gorge, retouche son chapeau, époussette une épaule de son manteau qui n'en a aucun besoin et, finalement, il empoche les 40 $, une véritable petite fortune pour l'époque.

— Ouais… vous aimez votre fils, mâchonne-t-il.

Papa ne répond pas. À quoi bon en rajouter ?

Quelques jours plus tard, un samedi où je n'ai pas accumulé beaucoup de pourboires, je profite d'un moment où je suis seul pour attraper une boîte de Cherry Blossom, malgré le pacte précédemment établi de payer ce que nous prenons. Je compte avaler mon chocolat préféré dans la *warehouse* en plaçant des bouteilles.

Mon père revient. Avant que je m'éclipse, il veut que je place quelques boîtes de jus de tomate sur une tablette.

Quand je m'accroupis, il constate aussitôt cette proéminence anormalement carrée dans mon pantalon. Penaud, je sors la boîte de Cherry Blossom. Il me regarde, déçu, sans colère.

— Pourquoi tu as fait ça ?

Je hausse les épaules, impuissant.

— Si tu ne peux pas payer quelque chose, demande-le. Saint-Cap ! Tout ce qui est ici, c'est pour vous autres.

Je n'ai plus tenté de voler mon père.

Tous les jours, les épiceries licenciées ferment leurs portes à dix-huit heures. Au début des années 1960, elles ne peuvent rester ouvertes douze heures d'affilée que le vendredi.

Le vendredi, mon père a trois heures de plus pour boire. En réalité, il triche. De nombreux soirs, après la fermeture du commerce, il s'attarde pendant des heures, seul ou avec un buveur complice.

L'alcool modifie son comportement. La majeure partie du temps, il rentre à la maison ramolli, mange à peine, se couche rapidement et ronfle à en décrocher les tiroirs. D'autres soirs, les moins drôles, il devient agressif.

Le vendredi soir est assez occupé, les clients défilent. Louis boit. Les clients achètent de la viande. Il les sert et boit. S'il s'imagine qu'une cliente lui demande volontairement un produit manquant, il se fâche.

— Pourquoi vous m'asticotez avec ça, madame Poitras ? Vous le savez bien, je n'ai jamais tenu ça de ma Saint-Cap de vie !

La cliente fait demi-tour.

— C'est ça, allez ailleurs, lui conseille mon père, sarcastique.

Madame Poitras sort en claquant la porte. S'il tombe sur une femme qui n'a pas la langue dans sa poche, mon père a droit à une réplique cinglante :

— Certainement que je vais aller ailleurs. Ils en ont chez Mayrand. Et vous pouvez être sûr que je n'achèterai pas rien que ça.

Les bonnes dames, les madame Poitras ou autres, n'ont pas toujours le choix. Si elles partent un soir, si elles boudent pendant trois ou quatre jours, elles finissent par revenir à l'épicerie Chez Paul. Tous les épiciers ne font pas crédit. Elles reviennent, font marquer. Mon père n'ignore pas l'importance des comptes. Il sait pertinemment qu'il conserve une bonne partie de sa clientèle parce qu'il fait crédit.

Un jour ou l'autre, tous ces honnêtes clients profiteront de l'ouverture d'un compte dans une autre épicerie pour ne plus se montrer le nez. Ou ils achèveront de payer ce qu'ils lui doivent par miettes. D'autres déménageront, une nuit, sans souffler mot à personne, pas plus à leur épicier du coin qu'à leur propriétaire.

Les vendredis soir sont donc potentiellement dangereux. Derrière son comptoir de viande, Louis tourne en rond comme

un ours dans sa cage. Il n'est pas heureux. S'il a mêlé un peu d'alcool blanc à la bière, son humeur devient fragile. Il a les oreilles en porcelaine. Il est prêt à faire le ménage dans son commerce et à mettre à la porte tous ceux qui ne sont pas contents.

C'est un de ces vendredis que mon père s'est tranché le bout de l'index.

Gilles Martin, un client à la veste de cuir et au ventre proéminent, une sorte de Hell's Angel avant l'heure, ne vient pas souvent. Sauf pour acheter une dizaine de tranches de baloney.

En le servant, mon père, trop ivre, ne se concentre pas sur ce qu'il fait. D'une main, il pousse le bout du gros saucisson vers la lame circulaire. Il discute ou regarde n'importe où.

Soudain, fifff! son doigt glisse sous la lame. Le sang gicle. Par un curieux réflexe, Louis attrape le bout de son doigt qui vient de tomber dans le bran de scie du plancher et le garde au chaud au creux de son autre main. Rapidement, il enveloppe son index blessé dans un tablier propre.

Ma mère crie. Les principes religieux sont très loin de ses préoccupations habituelles, néanmoins, elle aboie que ce n'est pas un soir pour manger du baloney.

— Le vendredi est un jour maigre.

Le gros Martin hausse les épaules, l'air désolé. Les crises ne le démontent pas. Il ne doit plus fréquenter l'église depuis longtemps, même si sa femme laisse flotter une minuscule croix dorée entre ses gigantesques seins qui tiennent par miracle dans ses petits chandails serrés.

Madame Turmel, notre caissière, monte immédiatement dans son logement pour ordonner à son mari, le roi du *brandy nose,* de penser très fort à monsieur Lafontaine. Cet ivrogne a un don : il peut arrêter le sang.

Entre-temps, le gros Martin, plus pragmatique, offre d'accompagner mon père à l'hôpital. Il possède une moto et une Buick ninety-eight très chromée. En moins de deux minutes, je vois mon père monter à bord de la Buick qui, grâce à ses *mufflers* Hollywood, a la fâcheuse manie de réveiller toute la rue Saint-Hubert.

L'urgence de la situation ne l'impressionnant pas, Martin a emporté ses tranches de baloney qu'il avale une à une, comme une collation. La vue du sang ne lui fait pas perdre l'appétit.

Horrifiée, ma mère ne cesse de répéter que ce n'est pas correct de manger de la viande le vendredi.

— Le bon Dieu, on a beau s'en moquer, il a le bras long.

Cette fois, c'est au doigt de mon père qu'il s'en est pris.

Après avoir mangé mon *fish'n chips* refroidi, je remplace mon père derrière le comptoir. Un livreur devenu boucher. Et je me débrouille sans me blesser.

À son retour de l'hôpital, mon père serre encore le bout de son doigt dans sa main. Le médecin a admis qu'il ne pouvait rien faire avec cela. Un peu peiné, il décide de le jeter dans la poubelle avec les autres morceaux de viande inutiles.

À l'heure de la fermeture, en venant chercher trois grosses bières pour la fin de sa soirée, monsieur Turmel s'informe :

— Est-ce que le sang est arrêté ?

Mon père répond que oui. Ce qui est normal. En trois heures, à moins qu'il y ait hémorragie, le sang d'une blessure coagule. Mais monsieur Turmel, lui, n'a pas fini de croire en son don. Pour l'occasion, mon père ne lui fait pas payer ses bouteilles de bière.

En palpant son nez en boule de Noël, un tic nerveux, le bonhomme fait des courbettes.

— Ce n'est pas nécessaire, *boss,* répète-t-il.

Comme il doit rire dans sa barbe, monsieur Turmel ! Sa bière, ses cigarettes, il n'en paie pas le tiers. Tous les jours, sa femme glisse deux paquets d'Export' A dans son sac lorsqu'il s'attarde à l'épicerie. Et ses grosses Dow ? Notre caissière n'en facture pas la moitié.

C'est ce que ma mère découvre, deux mois plus tard. Au bout d'une enquête serrée et lors d'une scène aussi mémorable qu'éclatante, elle prend le vieux couple la main dans le sac.

Ma mère fait ainsi d'une pierre deux coups. Elle débarrasse Louis de sa caissière et réduit la masse salariale du quart.

J'ai retrouvé les papiers de l'épicerie, à tout le moins le livre des comptes. Le document servait de brouillon au comptable qui, pour 50 $, faisait la déclaration de revenus et le bilan annuel... avec trois ans de retard. Le casse-tête de ma mère. Elle conservait les papiers dans des boîtes de carton si pleines que les côtés craquaient. Deux ou trois soirs d'affilée — je suppose que c'était après l'appel d'un fonctionnaire gouvernemental ou une ixième lettre —, elle les classait, jusqu'aux petites heures du matin, et inscrivait dans un cahier à colonnes les entrées, les sorties. Des sommes ridicules, même pour l'époque, preuves de leur difficulté à se maintenir à flot.

Dès les premières semaines, Pauline a constaté que les ventes n'atteignaient pas tout à fait le chiffre d'affaires que le vendeur et l'ex-propriétaire lui avaient généreusement attribué. L'inventaire était également composé d'une énorme quantité de produits invendables, de conserves à l'étiquette jaunie, d'un mobilier et d'appareils électriques surévalués.

Selon ma mère, la situation était claire : Paul Verrette, à qui appartenait également la bâtisse au rez-de-chaussée de laquelle logeait l'épicerie, espérait vendre à un prix raisonnable. Comment mes parents auraient-ils pu l'acheter autrement ? Ce montant était largement supérieur à la valeur réelle du commerce. Après des vacances d'une année en Floride, il reviendrait, bien bronzé et reposé. Mes parents ayant fait faillite, il reprendrait son épicerie.

— C'est pour ça qu'il a conseillé de ne pas changer de nom. Il va frapper un nœud. On va se battre.

Pauline déteste Paul Verrette. Elle jure que nous ne nous résignerons pas à la faillite. L'épicerie se transforme alors en un champ de bataille financier. Quotidiennement, il faut arracher quelques dollars à ce travail pour vivre, payer les factures du roulement et rembourser une partie de la dette. Louis élabore toutes sortes de stratagèmes. Par exemple, si le laitier a un peu d'argent liquide, mon père lui fait un chèque de cent dollars en échange des billets. Louis dépose cet argent à la banque pour couvrir un paiement. Il souhaite vendre pour au moins cent dollars de marchandise pour que le chèque ne soit pas retourné. Les lundi, mardi et mercredi étant catastrophiques, mon père se cherche quotidiennement un nouvel allié pour le dépanner. Et la lutte reprend de plus belle, plus stressante, sans répit.

J'ai treize ans. En septembre 1960, j'amorce ce cours classique qui coûte les yeux de la tête. Surtout pour les gens qui n'ont pas beaucoup d'argent, mes parents, par exemple. Aucun de mes cousins n'étant allé plus loin que les Éléments latins, je suis le suivant sur la liste des bourses de l'oncle Clément. Je serai pensionnaire.

Le soir de la rentrée, les autos des parents des élèves peuvent stationner dans la cour du collège. Maman est venue placer mon linge dans ma petite commode, au dortoir. Toute la famille nous a suivis : Mireille, Pierrot, Olivier et toi. Tu fermais la marche.

Nous nous attardons dans ces lieux que je n'ai vus que le jour où je suis venu passer les examens d'admission. Nous ne savons plus comment nous quitter. Nous sentons confusément que nous traversons une étape importante.

Je vous reconduis à la voiture, ta Plymouth qui prend de l'âge. La corrosion ronge le bas des portes. Les autres automobiles de la cour sont plus récentes, je ne les examine pas. J'ai le cœur ailleurs.

Vous montez dans l'ancien taxi. Avec trop de rapidité à mon goût. Mireille emprunte ma place habituelle, sur le siège arrière, derrière toi, le chauffeur. Je fais le dur, le fort. Maman se rend compte que personne ne m'a embrassé. Je monte à mon tour pour m'exécuter. Je donne la main à Oli et à Pierrot,

nord, le pont Viau pour rejoindre la rive opposée de la rivière des Prairies, chez la tante Gilberte ; puis deux arrêts à Ahuntsic, chez Andréane et Claudette ; la rue Papineau vers le sud, chez Fabienne ; enfin la rue Bordeaux, la tante Denise. Mon père est à côté de moi, épuisé, vidé, une bouteille de bière entre les jambes. Trois ou quatre autres suintent dans un sac de papier entre les deux banquettes. Ce sont celles que nous boirons avec l'oncle François en terminant la tournée. Il me fait confiance. Ou il n'a pas la force d'agir autrement.

Aujourd'hui, je déclare qu'il était fou. Qu'il était soûl. Il était les deux : fou et soûl, avec de la tendresse dans la voix. Il se faisait conduire. Docile.

Parfois, il me répète la technique du stationnement en parallèle, oubliant que je la maîtrise.

Les autres soirs, Louis et Pauline vont aux courses de chevaux, à Blue Bonnets. Ces visites se multiplient au fil des années. Ma mère souhaite réussir un coup fumant. Elle planifie la soirée. Ils gagnent. Peu, dix, quinze, trente dollars.

Cet été-là, le bateau tangue dangereusement. Un Steinberg a ouvert ses portes, à l'angle des rues Jarry et Christophe-Colomb. Le grand espace, le choix entre de nombreux produits grugent la clientèle.

Pendant une période, au retour de l'hippodrome, en faisant la caisse de l'épicerie, Pauline constate qu'il manque régulièrement de l'argent. Dix ou vingt dollars. Cela dure des semaines. Ma mère tente de résoudre ce mystère. Comment l'argent peut-il disparaître de la caisse ? Comme lorsqu'il s'agit de dénicher une bouteille d'alcool, elle a eu la puce à l'oreille. Dans les estrades, à Blue Bonnets, mon père la quitte souvent. Il court s'acheter une bière ou se rend aux toilettes, ce qui va de pair. S'il est monté trop tard de l'épicerie et n'a pas eu le temps de manger, il grignote un ou deux hot-dogs à un comptoir. En fait, tous les moyens lui semblent bons pour se promener seul. Un soir, entre deux courses, ma mère le suit. Et elle découvre le pot aux roses. Louis se rend à un guichet où il mise dix dollars sur un cheval négligé des parieurs. Il brûle ainsi les dix dollars.

J'ai quinze ans... seize ans... dix-sept ans...

D'autres soirs, il tarde à monter de l'épicerie. Une fois parmi nous, il tourne en rond, traverse le logement d'une pièce à l'autre. Il s'attaque à Pierrot, dont les vêtements traînent dans la chambre, à Mireille, qui fait jouer un disque de chansonnier trop fort à son goût. Ces nouvelles chansons, qui ne sont évidemment pas diffusées sur les ondes de la radio qu'il écoute, le déconcertent. Peu à peu, il a délaissé la chanson française. Son poste préféré ayant changé sa programmation, il s'est moulé à ce nouvel ordre. Les après-midi, il écoute les confidences de Mme X, une espèce de courrier du cœur. Que trouve-t-il de si intéressant à entendre les gens évoquer leurs problèmes ?

En cherchant noise à tous ceux qui sont là, il élève le ton. Il crie. Ma mère veut fermer les fenêtres. Il gueule plus fort. L'objet de sa colère change : il faut garder les fenêtres ouvertes quand il fait chaud, l'été. Le moindre argument nourrit sa rage.

Parfois, l'imagination gonflée et sa paranoïa aidant, il décrète que Pauline flirte avec un client. Il se sent seul contre tous. À la longue, à cause de ces scènes, cela devient vrai. On ne sait jamais à quoi s'en tenir.

À un rythme régulier, ses colères reviennent. Nous en identifions les signes avant-coureurs. Il s'attarde à l'épicerie fermée, en tête-à-tête avec sa bière ou en compagnie d'un complice, le plus souvent Liguori Pagé. Plus le temps s'écoule, plus il se sent coupable. Quand il monte, titubant, ma mère l'apostrophe. Immédiatement, il réplique.

— Je travaille assez. Je peux relaxer de temps en temps. Ce n'est pas défendu, baptême.

Son pire complice, selon ma mère, est Paul Verrette.

— C'est un bel hypocrite, celui-là. Ça se voit dans ses yeux de crachat gelé !

D'après elle, Paul Verrette profite de son absence, à l'heure de la fermeture, pour venir boire avec mon père. Seulement, Verrette n'a pas bu toute la journée, lui. Il apporte un petit gin, histoire de hausser la mise.

Dans la cuisine, ma mère bougonne.

— Tout ce qu'il veut, c'est faire parler votre père.

— Honnêtement, maman, qu'est-ce qu'il peut vouloir lui faire dire de si important ?

— Notre chiffre d'affaires. Il pense encore reprendre son commerce.

— Où as-tu pris ça ?

— Quelqu'un ! tranche ma mère.

Ce « quelqu'un » secret n'est évidemment personne d'autre qu'elle. Paul Verrette la met en rogne. Au retour de mon père, l'atmosphère deviendra irrespirable.

Un jour, au lendemain d'une dispute particulièrement virulente, Pauline décide qu'elle en a assez. Elle fait sa petite valise et, avec Olivier, elle s'enfuit chez sa mère. Elle désire ainsi que mon père réfléchisse sur les méfaits de l'alcool. Il n'a aucune raison de boire autant et de nous mener la vie dure.

Évidemment, en remontrances comme en affaires, Pauline sait calculer. C'est l'été. Elle a prévu qu'à l'épicerie, Mireille s'occupe de la caisse et que je livre les commandes. Ainsi encadré, Louis ne fera pas trop de gaffes. Elle ne laisserait jamais l'épicerie à la dérive et mon père sans aide.

Vers midi, quand mon père a besoin d'un renseignement, il appelle à la maison et personne ne lui répond. Il monte. Le logement est vide. Il comprend. Pendant les heures suivantes, il est décontenancé. Il a la tête basse, le visage long. C'est une catastrophe. Il propose à Mireille de téléphoner à ma grand-mère. Ma mère ne veut pas parler à mon père. Ma sœur leur sert d'interprète. Situation loufoque dans une *sitcom,* tordue dans la vie.

La stratégie de ma mère déstabilise Louis. Pour ça, oui. Il a l'allure d'une âme en peine. Pour la moindre chose, il réclame notre aide. Nous devenons les parents adoptifs de notre père abandonné. Mais là où ces « vacances » s'avèrent un échec, c'est du côté de la réflexion sur l'alcool. Au lieu de s'abstenir de toute boisson, mon père picole doublement. Une âme en peine et complètement imbibée.

Un soir, il nous emmène dans un café qu'il a fréquenté quand il conduisait son taxi. Il espère renouer avec d'anciens copains. Il veut se faire un velours, leur présenter ses enfants, recomposer un monde dans lequel il a été apprécié.

Les vieux amis mènent vraisemblablement d'autres vies. Ou ils ont sombré quelque part sans avertir personne. Ou s'ils sont bien, ils profitent de l'été sur un balcon de Montréal ou une véranda de Saint-Calixte. Le café est désert. Mon père tient à ce que nous buvions un verre avec lui.

À l'extérieur, il sort du stationnement en coupant une voiture qui doit freiner de toutes ses forces. Le chauffeur l'engueule vertement. Au lieu de poursuivre sa route, Louis s'arrête. L'autre, un costaud, sort de sa voiture. Mon père n'avance pas. Sa fenêtre ouverte, il continue de houspiller le mastodonte qui n'a rien à envier à Johnny Rougeau, le lutteur qui accompagne René Lévesque quand le futur député se promène dans le quartier.

— Avance, papa.

Je le supplie. Mireille est en larmes.

— Fais pas le fou, papa.

À bout d'arguments, il démarre sur les chapeaux de roues en manquant d'emboutir les voitures garées le long de la rue. Nous respirons mieux, le cœur battant.

Au feu rouge, essoufflé, Louis nous remercie.

— Vous avez bien fait de me convaincre d'y aller. Il en valait pas la peine. Je sais pas ce qui aurait pu arriver si j'étais sorti. Saint-Cap ! Quand je me fâche, moi…

J'ai quinze ans… seize ans… dix-sept ans…

Nous vieillissons à un rythme effarant. Pas effarant pour nous. Nous roulons avec le temps, en suivons le fleuve tourmenté. Pour lui, si.

Louis me regarde. Je suis plus grand que lui, moins costaud. Il devine que, seul dans ma chambre, en grattant mes cahiers ou en faisant crépiter ma machine à écrire, j'apprends.

Il m'aura donc fallu apprendre à tresser une histoire. Je n'en ai pas terminé. Mais à force de me concentrer sur son histoire, je découvre que je l'aimais et qu'il m'a aimé. Nous étions distraits, nous vivions dans l'anecdote, les détails nous masquaient l'essentiel.

Ceux de sa génération espéraient avoir pris les malheurs sur leur dos pour ne nous laisser que les chagrins. Avec les petits chagrins, il y a moyen de se débrouiller. Ils le savaient.

En évoquant ici ses colères alcoolisées et à la lumière de ce que je sais maintenant des raisons de son départ à vingt ans, je me demande s'il n'avait pas l'impression que sa famille lui échappait pour la deuxième fois.

Le stress de l'épicerie le minait. Il se détériorait aussi à vivre avec des adolescents qui ressemblaient à des campeurs dans sa vie. Des suceurs de vie. Nos changements le démolissaient, l'usaient.

Non, il n'aurait pas souhaité que nous soyons comme lui. Il avait vécu la misère et nous voulait différents. Il espérait que nous obtenions plus de chance dans la vie.

Non, tout ce monde lui échappait.

Au cours de ses colères, je m'enfermais dans ma chambre et lisais *Le Bateau ivre,* contrepoint ou grimace à sa réalité orageuse.

Comme je descendais des Fleuves impassibles,
Je ne me sentis plus guidé par les haleurs :
Des Peaux-Rouges criards les avaient pris pour cibles,
Les ayant cloués nus aux poteaux de couleur.

J'étais insoucieux de tous les équipages,
Porteur de blés flamands ou de cotons anglais.
Quand avec mes haleurs ont fini ces tapages,
Les Fleuves m'ont laissé descendre où je voulais.

J'ai quinze ans… presque seize ans…

Madame Trahan est amoureuse de mon père. Maman dit qu'elle est folle. Moi, je la trouve molle. Elle vient tous les après-midi, à l'heure où elle sait que Louis est seul. Elle se plante devant le comptoir à viandes, un sourire flou sur les lèvres, et fixe mon père avec du beurre fondant dans les yeux. Elle s'enracine.

Un ange flotte, s'égare. Elle ne bouge pas. Une bombe du FLQ ferait éclater la boîte aux lettres, au coin de la rue, qu'elle ne broncherait pas plus. Je suis là, elle ne s'occupe pas de moi. Personne n'existe que mon père. Les filles qui perdent conscience devant les Beatles ne sont pas davantage obnubilées que madame Trahan. Avec un soupçon d'impatience, Louis lui demande ce qu'elle veut. Elle parvient tout juste à prononcer « steak haché », comme s'il s'agissait d'un bonbon, une espèce de cadeau du père Noël, mon père en l'occurrence.

Il n'a pas mauvaise tête. Cheveux noirs, frisés, teint basané, hiver comme été. Il assure que ce sont les fluorescents qui le font bronzer. Il pourrait plaire aux femmes. Jamais je ne l'ai vu tenter de le faire. Il était avec ma mère et c'était tout… ou assez. Civilement, ils formaient un couple. Dans la réalité, ils étaient une entité agitée, une équipe fermement soudée. Si Louis a ressenti d'autres élans, ce n'était pas dans le but de tromper ma mère, mais par curiosité.

Mon père dans l'obscurité du hangar. Il a découvert que les Pigeon ne fermaient pas leurs rideaux. C'est un couple nouvellement formé, deux séparés qui habitent un appartement au-dessus de l'épicerie. Le hangar de notre logement de la rue Saint-André a vue directe sur leur fenêtre. Louis vient suivre leurs ébats amoureux. Il fume, écrasant les bouts de ses cigarettes sur le vieux prélart du hangar.

Un jour, par hasard, ma mère les découvre. Au départ, elle accuse Pierrot de fumer en cachette, avant de reconnaître les cigarettes de mon père. Elle lui fait une colère, une scène assez bien tournée, dont le principal argument est qu'il aurait pu… mettre le feu.

Ma mère n'a véritablement pas la tête à l'amour. Quelle n'a pas été sa surprise — et la nôtre ! — quand mon père l'a accusée de le tromper… avec Clément !

Au bout de trois années malheureuses, tourmentées, Clément Lafontaine quitte la Côte-Nord, dont il restera amoureux jusqu'à sa mort. Désormais, contrairement à Lambert qui demeure un homme de Saint-Barthélémy et à Louis qui semble de nulle part, lui se sentira de la Côte-Nord. Loin de la Côte, c'est l'exil, une vie avec laquelle il n'entretient pas le rapport du cœur.

Clément revient. Il ressemble à un grand brûlé. Il n'a plus l'énergie de se défendre ou de défendre sa foi. Son évêque ennemi s'est trop amusé à le trimballer d'une paroisse à l'autre.

— Monseigneur Couturier, je me réveille, la nuit, pour le haïr.

Cette boutade, c'est dans sa bouche que je l'ai entendue pour la première fois. La nuit, de toute manière, Clément ne dort pas. Il se lève, boit de longues goulées de vin de messe, qui déchirait l'estomac du bref servant de messe que j'ai été au collège.

Aigri, écœuré, l'ex-prédicateur ne sombre pas dans les violentes colères de Louis. Il rumine. La parole n'est-elle pas sa vie ? Par elle, il installait son univers, voulait convaincre ou consoler. Dorénavant, elle s'articule en une plainte lancinante, redondante, aux formes multiples : désespérée quand il ressasse ses malheurs, larmoyante quand il évoque des époques heureuses, doucereuse quand il tente de séduire son interlocuteur, de se faire aimer. Bien que sa mère soit disparue, il ne songe pas à défroquer. Chez nous, la mort de ma grand-mère paternelle n'a pas eu de grandes répercussions. Les dernières fois que mon père était allé la visiter, elle l'avait confondu avec Clément ou Lambert. Elle avait oublié son prénom. Elle avait tout oublié.

Dès son retour à Montréal, Clément s'emmitoufle dans son rôle de prêtre. Il arbore un costume nouveau, indéniablement gris et clérical, sans soutane ni col romain. Il s'abrie de discours ou de poèmes, entre saint Jean, l'apôtre de l'Apocalypse, le pauvre Rutebeuf et Gilles Vigneault. Parce que je gratte une guitare d'occasion, il déclare que je ne serai jamais Vigneault.

— Lui, il transporte la Côte-Nord avec lui. C'est ça, chanter, aller porter des morceaux de son pays à des endroits inconnus.

Et il entonne *J'ai pour toi un lac*. Je le noierais dedans. Pourquoi vient-il me piétiner ainsi ? Pour me provoquer ? Pour m'inviter à communier à ses défaites personnelles ?

Les églises se dépeuplent, les vocations se raréfient. Mon oncle Clément se déniche un petit poste, il aide le curé solitaire d'une paroisse de Montréal. Il se ratatine dans son rôle de dépanneur sacerdotal, bureaucrate, transcripteur des extraits de baptême. Pour occuper ses temps libres, il se transforme en visiteur écarté, encombrant. Ses sœurs, à tour de rôle, l'invitent à manger. Elles ne boivent pas. Pour cette raison, il préfère naviguer chez ses frères. Ses belles-sœurs, Lucette et Pauline, sont plus conciliantes et, comme lui, Lambert et Louis maintiennent un degré d'alcool nécessaire à leur dérive.

S'arrêter quelques jours chez Lambert, le suivre à l'étable où il fait son train, partager la bouteille d'alcool blanc, cela relève de la bonne routine, presque de l'enfance repartagée. Mais Lambert vaque à d'autres besognes. Ses engagements de conseiller municipal l'amènent à rencontrer des gens. Il vise la mairie et la présence de son frère égaré gâche ses démarches. Clément développe rapidement la fâcheuse manie de prendre part aux conversations, d'émettre son opinion, d'étaler son expérience.

— Sur la Côte, nous autres…

Il prend la parole, il l'arrache aux autres, combat le moindre silence, l'accapare, le comble, le beurre. Les circonstances ne s'y prêtent pas toujours. Bientôt, pour marquer une distance, Lambert se sauve de son invité. Froissé, Clément finit par se convaincre que Saint-Barthélémy est un peu loin de Montréal.

Nous devenons sa bouée de sauvetage. Régulièrement, il débarque à la maison au cœur de l'avant-midi. Il traverse l'épicerie, le temps de saluer brièvement mon père et d'attraper six petites Molson froides. Il aboutit dans notre logement de la rue Saint-André. Là, il tient à ma mère, seule à la maison, des discours répétitifs, boit et succombe à une autre manie de curé : se faire servir.

Il n'oserait pas deviner qu'à l'épicerie, entre onze heures et midi, le téléphone ne dérougit pas, pour des bagatelles évidemment : des clientes pressées viennent quérir ce qui leur manque pour le repas des enfants, les représentants de différentes compagnies s'impatientent. Louis, seul avec son livreur, s'énerve. Il a besoin de ma mère. Clément à la maison, elle s'attarde. Louis ronge son frein. C'est à cet instant que, dans la cuisine, un Clément langoureux déclare, en entamant sa troisième bière :

— Tu sais ce qui me ferait plaisir, Pauline ?

Ma mère sourcille. Débordée, elle termine un petit lavage ou un repassage en catastrophe. Elle doit rédiger le bordereau pour que Louis soit en mesure d'aller à la banque au début de l'après-midi, se coiffer vivement. Ma mère n'a plus le temps de rien, elle sait que Louis s'impatiente. Mais elle reste polie. Un être sociable, ma mère. Elle n'oublie pas qu'ils doivent de l'argent à cet homme, d'autant plus qu'il faudra lui demander de patienter une semaine de plus pour les intérêts de ce mois difficile.

— Non. Qu'est-ce qui te ferait plaisir, Clément ? questionne-t-elle, un sourire forcé, en tirant le moins nerveusement possible une bouffée de sa cigarette.

Il sourit, en laissant couler quelques secondes pour souligner le bien-être qu'il aimerait exhaler. Il dépose son verre de bière suintant sur l'arborite de la table. On jurerait qu'il lui confiera quelque chose de personnel, d'intime, de secret.

— Eh bien, ma belle Pauline, je mangerais. Oui. Et si tu me préparais une sauce blanche au saumon ? Ça fait des années que je n'ai pas mangé une bonne sauce blanche au saumon. Tu sais, de la béchamel, des choux-fleurs, des patates. Je sais que la tienne, elle est bonne en pas pour rire.

Il lèche chacun de ses mots, les savoure. Il se fait dramatique et, tel un comédien de la plus mauvaise époque du théâtre, il module de la voix, crée des effets, susurrant chaque phrase comme si elle devenait un cadeau qu'il faut attraper au vol.

Étouffant, collant, mon oncle. Insoutenable. Curé jusque dans le plus petit pore de sa peau. Le cycle de ses visites nous assomme tous. En se bagarrant avec sa douleur, en venant nous éclabousser de sa solitude, il gruge notre patience, anéantit notre résistance.

Louis renoue avec son vieux complexe. La parole qu'il ne sait pas maîtriser, les mots qui lui échappent. Il les fait sauter, les mots. Plusieurs soirs de suite, il monte en colère et s'attaque à ma mère.

— Tu me laisses tout seul, à l'épicerie, pendant l'heure du midi. Ici, tu te fais minoucher par mon frère.

Ma mère se précipite pour fermer les fenêtres. Louis hurle :

— Touche pas aux fenêtres. Ça ne me dérange pas, moi, que les voisins sachent comment tu es, maudite hostie dans le cul du beu.

Lors de ses plus formidables excès, il invente des sacres bizarres. Nous en rirons. Là, il dépasse les bornes.

— Louis, tu vas arrêter tes niaiseries.

— C'est pas des niaiseries ! Saint-Sacrement-du-Cap-Breton ! Tu restes ici à bécoter Clément.

Ma mère hausse le ton. Comme si elle devait se défendre aux oreilles de tout le voisinage.

— Tu dis n'importe quoi. Ton frère, il me tombe sur les rognons avec ses discours de fou. Puis toi aussi !

— Je vous ai vus, saint sacrifice de basse messe !

— Tu n'as rien vu. Tu ne peux pas avoir vu quoi que ce soit. Il n'est rien arrivé. J'ai rien à me reprocher. Ça n'a aucun sens.

— Je suis monté. J'ai regardé par la fenêtre de la cuisine. Vous vous embrassiez, Saint-Cap.

Une gifle retentit. Nous sortons de notre chambre, Pierrot, Olivier et moi. Mireille est dans la porte de la sienne, tremblante. Ma mère est dans tous ses états, pâle, les lèvres bleues, sa longue main prête à frapper de nouveau.

— Retenez-moi, je vais le battre.

Mon père l'affronte, présente son visage, la défie :

— Bats-moi, je ne bougerai pas. La vérité choque, hein ! Tu n'es pas capable de l'accepter.

Pierrot se jette entre eux. Enragé à son tour, il glapit :

— Vas-tu fermer ta maudite gueule ! Tu nous écœures !

Mon père se redresse, nous pointe un à un.

— Vous autres, mêlez-vous de vos crisses d'affaires !

Ça ne se terminera jamais. Il faudrait se calmer, bien sûr, tout reprendre à zéro. Mais le thermomètre éclate. Dans ma tête, le vide total. J'attrape un couteau à steak et fonce sur mon père.

— C'est assez.

Je grogne. Je vois rouge. Pierrot réagit. Il veut me saisir par-derrière, rate son geste et ne réussit qu'à me donner un coup de poing sur le nez. Le sang gicle, coule devant moi. Ma chemise s'imbibe. Je suis là, au milieu de la cuisine, un couteau dans la main, le visage ensanglanté, retenu par mon frère.

Comment en sommes-nous arrivés là ?

Ma mère va chercher une serviette, j'abandonne le couteau, Pierrot me relâche. Mon père se lève et, impuissant, ne sachant plus quel rôle s'offrir dans ce merdier qu'il a créé, il retourne à l'épicerie.

La vapeur s'échappe. Il fallait du sang, mon nez saigne à rien. Un couteau dans la main, c'est tuant. Ça prend des proportions plus dramatiques.

L'oncle Clément ne saura rien des tragédies qu'il provoque et sur lesquelles nous devrons dormir parce qu'elles ne seront jamais véritablement réglées.

J'ai seize ans… dix-sept ans…

Une autre nuit. Est-ce avant ou après le soir du couteau ? Je ne sais plus. Les temps se mêlent dans ma mémoire. En ce qui concerne les histoires de famille, ils ont l'allure d'un bloc compact dans lequel les jours se ressemblent. Tout ce que je vis à l'extérieur de la maison, à l'école ou avec mes amis, je peux le dater avec infiniment de précision. La vie dans notre logement est grise, le gris uniforme et lourd du béton.

Une autre nuit, je souffre d'insomnie. En ces années-là, j'avais des insomnies chroniques. Les conversations de mes parents ne m'intéressent plus, j'en devine trop la teneur. Celles que je me tiens me troublent davantage.

Une heure du matin. Ma mère se couche. Louis ronfle depuis deux bonnes heures. Il s'est couché dans un état d'ivresse avancée. Ce soir-là, pas de crise, rien. Il a mangé et s'est couché. Ma mère et mon père chuchotent. Leurs voix s'enveniment légèrement.

— Pour une fois… Saint-Cap !

— Non, c'est dangereux.

— Je vais faire attention.

— Tu es trop soûl.

— Je suis capable de faire attention.

Leurs voix plus distinctes. Le motif aussi. D'une clarté suffocante. Les phrases de mon père : cette supplication, ce harcèlement insoutenable.

Ma mère cède. Pendant des minutes, les ressorts grincent, automatiques, sans passion. Soudain, la voix de ma mère, un cri. Cette fois, elle se moque des voisins, veut que nous le sachions.

— Louis, maudit ! Je le savais que ça arriverait.

Elle se lève. Des pas rapides. À ma grande surprise, elle entre dans la chambre double que je partage avec Pierrot et Olivier. Elle allume la lumière, se dirige vers la garde-robe. Oli dort. Pierrot me regarde, désemparé.

Ma mère fouille en grognant. Une interminable minute plus tard, elle brandit une poire à douche vaginale.

— Je le savais que je pouvais pas te faire confiance, crie-t-elle en se dirigeant vers la salle de bains.

Je chuchote à l'intention de Pierrot :

— Tu as entendu ?

— Oui.

— Tout ?

— Oui, souffle-t-il.

Je t'apprendrai ici un événement dont on t'a tenu dans l'ignorance. On me l'a raconté tardivement, après ta mort, après la mort de maman. À l'époque, si on m'avait mis au courant de l'affaire, je ne sais pas si je te l'aurais révélée.

Je viens d'avoir seize ans.

Je n'accompagne plus les autres lors des sorties. La famille, plus particulièrement les Lafontaine, m'intéresse de moins en moins. J'ai un autre monde. Je ne tiens plus à me rendre aux fêtes organisées, comme le 25e anniversaire de mariage de Lambert et de Lucette, fin juin 1963.

Pour l'été, je travaille dans une station-service « Shell qu'on aime ». Pierrot m'a remplacé à l'épicerie. Et puis j'aime une fille. Les soirs, je veux être avec elle. Nous avons une terrible envie de nous embrasser, nous passons de longues heures à le faire. Qu'est-ce que nous irions faire à une fête ?

Tous les Lafontaine se réunissent à Saint-Barthélémy. Lambert est un homme important. Il sera probablement élu maire, à l'automne.

Sur sa ferme, il y a plein de cachettes. Il invite Mireille :

— Viens, on va voir s'il y a des œufs pour ta mère. Tu aimais ça, quand tu étais haute comme ça.

Mireille le suit. Comment refuser un tour dans le poulailler à l'oncle rieur ? Surtout, comment se douter ?

À sept ans, ma sœur aimait secouer les poules qui défendaient leur couvée. À quatorze ans, elle a peur de se faire picocher les mains. Lambert lui propose de lui réapprendre le tour. Il s'approche.

— Une poule, il faut la mettre à sa main.

Il repousse une grosse pondeuse grise, cueille l'œuf tiède et le remet à Mireille qui porte le panier.

— Attention de ne pas le casser.

Ma sœur s'intéresse timidement à une autre poule, de la largeur d'une baleine.

— Je vais te montrer.

Lambert se glisse derrière Mireille. Lentement, il prend sa main. Alertée, ma sœur hésite un peu. Lambert laisse ses doigts étrangement vivants remonter le long du bras de Mireille et, vivement, il lui attrape le sein droit. Ma sœur sursaute. Mon oncle plaque ses lèvres contre son épaule.

— Bouge pas. Faut pas casser l'œuf.

Mimi veut se débattre, tente de se retourner. Mon oncle réussit à faufiler sa main sous sa robe soleil, entre ses jambes. Ses doigts électriques, cinq vers vigoureux, grouillants.

Brusquement, elle repousse Lambert qui rit de plus belle.

— Fais pas la folle, là !

Mireille échappe le panier. L'œuf se brise. Elle court vers la porte, l'ouvre. À l'extérieur, le soleil l'aveugle. Elle trébuche, s'étale sur le gravier, s'érafle un genou. Les poules ne s'occupent pas d'elle. Ma tante Claudette l'a aperçue. Elle se précipite vers elle.

— Ça va, Mimi ?

L'oncle Lambert sort du poulailler, une douzaine d'œufs dans le panier. Il rit comme s'il avait voulu lui faire une bonne blague.

— Pour ramasser des œufs, tu n'es pas bien bonne, ma nièce. Elle a eu peur des poules, ajoute-t-il pour ma tante.

Curieuse, Pauline rejoint ma sœur. Mireille essaie de se confier. Ma tante la console, la cajole, la réduit au silence.

— C'est à cause de la boisson. Fais-toi z'en pas avec ça. Ton oncle ne savait pas ce qu'il faisait.

Ma mère saisit à demi-mot. Elle plisse le front, s'inquiète :

— Il ne faut pas le dire à ton père. Il pourrait le tuer.

Pauline savait-elle ce qui s'était passé il y avait longtemps ? Elle répète à Claudette que Louis aime tellement sa fille qu'il pourrait tuer Lambert. Comment expliquer l'assassinat d'un homme respectable ?

Même Pauline est complice de ce silence. Le savais-tu, toi ?

J'ai seize ans... dix-sept ans...

Les dimanches d'été, nous allons nous baigner au chalet de grand-maman Anna.

Avant de partir, mon père et moi nous arrêtons à l'épicerie. Là, je dévalise l'énorme frigo et remplis une grande glacière de Coke, de boissons gazeuses et de bière. Ensuite, j'éparpille les cubes de glace de façon que toutes les bouteilles conservent leur fraîcheur.

Au cours de cette opération, Louis pense aux frères de Pauline qui habitent avec ma grand-mère. Chacun d'eux buvant une sorte de bière différente, il faut que je mette de la Dow pour l'oncle Guy et de la Labatt 50 pour l'oncle Julien, en plus des Molson de mon père.

Pendant l'après-midi, mes oncles se servent dans notre glacière. Normal, nous sommes chez eux. Ils se sentent parfaitement justifiés d'agir ainsi.

Vers seize heures, l'oncle Julien allume les briquettes du barbecue. Mon père fournit les poulets. Un jour, il a même apporté un petit cochon de lait qu'il avait gardé vivant dans l'épicerie. Toute la semaine, c'était devenu une attraction.

Il est impossible d'imaginer un dimanche d'été sans entendre une bière se décapsuler et sans respirer l'odeur du charbon. Après le repas, une fois la table desservie et la vaisselle lavée, l'oncle Guy invite le propriétaire et sa femme, qui habitent le chalet d'à côté. C'est la partie de cartes.

Un de ces dimanches, un peu avant que nous partions à la fin de la soirée, mon père constate que la glacière est vide. Il a envie d'une dernière bière. Il demande à l'oncle Julien s'il peut lui « voler » une 50.

— Non.

— Non ? reprend mon père, croyant à une blague.

— Tu ne penses pas que tu as assez bu, Louis ?

Un silence. Du type de ceux qui précèdent un éclat de rire général ou une déclaration fracassante. La farce est saugrenue. Julien patauge dans un état d'ébriété assez avancé. Les frères de ma mère ressentent l'effet de l'alcool beaucoup plus rapidement que Louis. Après trois verres, ils deviennent baveux, désagréables et cherchent à dire les quatre vérités à tous ceux dont la vie ou le comportement ne fait pas leur affaire.

L'oncle Julien bafouille ses mots. Il a beau être prêtre et enseignant, il n'a pas la verve de Clément.

— Tu bois trop, Louis. Ton comportement n'est pas digne d'un père de famille.

Chez les Deneault, il existe une règle : le moindre secret devient, à plus ou moins brève échéance, l'affaire de toute la communauté. Visiblement, Pauline s'est plainte des colères de Louis à sa mère. Maintenant, le sujet revient sur le tapis. Et Julien, qui tient à peine sur ses jambes, récupère son devoir moralisateur.

La scène sombre dans le ridicule. C'est un sketch. Le curé ivre qui sermonne son beau-frère moins ivre que lui au sujet des méfaits de l'alcool.

— Tu le vois pas, mon Louis. Tu es en train de détruire ta vie… euh… ta santé aussi… et même toute la famille…

Figé devant son verre vide, mon père encaisse sans broncher, le temps d'évaluer le sérieux de la situation. Finalement, il se lève :

— Moi, Julien, j'avais juste demandé une petite bière. Une conférence, je ne suis pas capable d'avaler ça, à soir. Si tu es mesquin, laisse faire.

Là-dessus, il va pisser et nous partons.

Avec l'intolérance de mes seize ans, j'en voulais à mon père de boire autant. Plus exactement, je n'approuvais pas ses réactions quand il avait bu. Vingt ans plus tard, dans ma maison, j'aurai un bar contenant tant de bouteilles différentes que je pourrai préparer à peu près n'importe quel cocktail et soûler les plus grands buveurs de mes amis. Moi, je jouerai au barman, au goûteur, au tavernier qui se contrôle. C'est devenu un défi, chez moi, presque un vice. À l'époque, aiguillonné que j'étais par ma mère, la bouteille devenait la source de tous nos maux. Les colères insensées de mon père et la faillite latente de l'épicerie.

Elle faisait des calculs, Pauline. Elle aimait jouer avec les chiffres, leur faire prouver ce qu'elle désirait démontrer. Ainsi, elle réussissait à établir une moyenne de bouteilles de bière bues par mon père en une seule journée, multipliait ce nombre par les semaines, les mois, les années, calculait le prix des bouteilles, les traites payées, ajoutait les bêtises, les clients perdus… et aboutissait à des pertes astronomiques.

— C'est une belle auto… une maison…

Personne n'exagérait autant que Pauline quand elle le voulait.

Ce dimanche-là, je m'en suis voulu de ne pas avoir réagi, d'avoir été lent, de ne pas avoir voulu peiner ma grand-mère.

Je m'en suis voulu de ne pas t'avoir défendu. La situation était tellement inusitée. Comment pouvait-on refuser une bière à quelqu'un qui vous a distribué les siennes toute la journée ? Comment un ivrogne pouvait-il mordre la main qui l'abreuvait ? Quelle petitesse ! Quelle mesquinerie !

J'étais écartelé. Je me suis senti lâche.

J'ai dix-huit ans.

Les dragons se multiplient. Louis en invente au fur et à mesure qu'il tourne la tête ou qu'il réfléchit. Pour combattre le plus étonnant, un soir vers vingt-trois heures trente, je l'ai vu sur le balcon avant de notre logement de la rue Saint-André, complètement nu.

Depuis quelques semaines, Mireille s'attardait dans un restaurant de la rue Jarry. Ma sœur, si tranquille, n'avait pas abusé des sorties. Solitaire, studieuse, elle s'enfermait dans sa chambre. Pierrot et moi, nous avions nos groupes d'amis. Pierrot faisait partie d'une troupe de danse folklorique, et moi, je flânais dans les petits cafés, courais les boîtes à chansons. Nous avions nos blondes. Ma sœur n'avait pas d'amis.

À l'école, Mimi s'est liée avec trois ou quatre filles. Elles veulent s'émanciper. Elles assistent à des spectacles ensemble. En revenant, elles échangent leurs impressions devant un Coke-frite, au Coq Doré.

Un jour, Mireille va à une soirée. À son retour, elle raconte à ma mère que ses copines et elle ont rencontré des gars qui les invitent, le samedi suivant, dans les Laurentides.

Immédiatement, les radars de Pauline se mettent à l'œuvre.

— Comment vous allez vous rendre là ?

— Jacob a une auto.

— Une auto ?

Plus inquiétant. Un garçon qui possède une voiture est nécessairement plus âgé qu'une fille qui fréquente l'école secondaire.

— Jacob ? Drôle de nom ! Qu'est-ce qu'il fait dans la vie ?

— Il travaille.

Plus dangereux. Pauline réagit.

— Il a quel âge ?

— Vingt-deux, je crois.

Pierrot et moi, nous nous mêlons à la conversation. Nous le faisons lors de scènes semblables. Je me moque de Mimi.

— Tu es amoureuse !

— C'est écrit en néon sur ta figure, ajoute Pierrot.

Mireille nous jette son regard le plus noir. Elle se défend du mieux qu'elle peut. Elle manque de détermination. Elle doit être amoureuse.

— Dans quoi travaille-t-il ?

Ma mère ne lâche pas sa prise. Accablée, Mimi bredouille :

— Je ne sais pas, moi… une compagnie de tissus.

— Des tissus !

Instantanément, ma mère établit le lien.

— Il est Juif !

Du coup, ma sœur semble avoir fait le plus mauvais choix. Que du jour au lendemain Mireille s'entiche d'un garçon, c'est surprenant. Que ce garçon soit plus vieux qu'elle, c'est normal, elle est assez vieille de caractère. Qu'il possède une voiture, ça devient inquiétant. Qu'il soit Juif, c'est tout simplement inacceptable.

À partir de cet aveu, Pauline mène son combat en douce. Obsédée par le sujet, elle harcèle ma sœur. Mireille, habituellement soumise, ne démord pas. Elle veut aller dans les Laurentides. Pierrot et moi, nous rigolons. Nous asticotons Mimi à qui mieux mieux pour souligner l'événement.

Le samedi, Mireille va dans les Laurentides avec le garçon. L'atmosphère est à trancher au couteau. Pauline fait du sang de punaise. À l'épicerie, elle a la tête ailleurs. Avec sa fille. Là où elle imagine le pire. Le pire étant évidemment que sa fille tranquille, trop fragile, qui ne sait rien de la vie, embrasse un homme… pire, fasse l'amour avec un Juif.

Pendant toute la semaine, mon père a gardé le silence. Devant l'énervement de ma mère, il conservait un calme absolu, buvait sa bière, faisait sa petite affaire, sans un mot de soutien, sans la moindre marque de solidarité.

Quand Mireille revient, elle me confie combien son ami est entreprenant. Je sais qu'elle a su lui résister. Surtout qu'elle n'est pas certaine de l'aimer.

Le lundi, elle sort de nouveau avec son Jacob. Ma mère a des yeux de feu.

Ce soir-là, selon son habitude, mon père monte en caracolant vers vingt et une heures. Pauline boude. Elle ne veut pas lui faire à manger. Il se fait cuire une petite tranche de steak à sa façon, seulement tournée dans la poêle, qu'il avale avec une tranche de pain.

Si ma mère boude, pour une fois, ce n'est pas la faute de Louis. C'est à cause de ma sœur. Elle rumine devant la télévision. Mon père se couche tout rond.

À vingt-trois heures trente, il se réveille en sursaut. Ma mère est derrière le rideau, cachée, à observer une voiture dont le moteur tourne et d'où, à son avis, ma sœur sortira, inévitablement souillée.

— Qu'est-ce que tu fais là ? grommelle mon père.

— Chut ! souffle ma mère. La fenêtre est ouverte.

Quand mon père a bu, vous n'ignorez plus que ce n'est pas une fenêtre ouverte qui l'ébranle. Au contraire, le simple fait de lui en parler attise sa colère.

— J'en ai assez de ces maudites folies-là ! hurle-t-il.

Nu comme un ver, il traverse le salon, se précipite vers le couloir en direction de la porte.

— Qu'est-ce que tu fais là ? Couche-toi donc !

En de telles circonstances, le ton autoritaire de maman vole en éclats, telle de la fragile porcelaine.

— Je m'en occupe, moi. Il va savoir comment je m'appelle, ce crisse de Juif-là !

— Louis ! Louis ! Fais pas ça !

Pierrot et moi restons estomaqués dans la porte de notre chambre. Comment retenir un homme nu, et plus exactement son père rond comme une bille, qui fonce vers la nuit d'été?

Louis bouscule ma mère qui s'interpose, sort sur le balcon, toujours flambant nu.

— Mireille ! Rentre ici ! Mireille, Saint-Cap ! Je te le répéterai pas !

Il s'apprête à descendre l'escalier. La voiture démarre en trombe.

— Mireille ! hurle-t-il une dernière fois.

— Elle est ici.

Aveuglé par la colère et les réactions de ma mère, Louis n'a pas vu Mimi entrer. Quand il est sorti comme un boulet, elle s'est glissée derrière lui et s'est réfugiée dans sa chambre.

— Où est-ce qu'elle est?

— Dans sa chambre, aboie Pauline. Toi, retourne te coucher. Si ç'a de l'allure sortir tout nu.

— Tu voulais que ça finisse. Ça fait une semaine que tu parles de ça.

— Tu exagères.

— Je ne voulais pas que ma fille se fasse faire un enfant par un Juif, câlice !

La discussion se poursuit pendant de longues minutes, mon père reprochant à ma mère de le critiquer quand il veut prendre ses responsabilités ; elle rétorquant qu'il ne sait pas comment agir.

Pierrot, Oli et moi, nous venons de comprendre que notre père n'aime pas les Juifs. Mireille n'a jamais revu Jacob. Il était trop collant. Et il l'énervait, agissant comme s'il savait tout. Ce qui n'avait rien à voir avec sa religion.

J'ai dix-huit ans…

Je m'exile aussi fréquemment que j'imagine la vie meilleure ailleurs. Cet été-là, je travaille à l'extérieur de Montréal.

L'automne, l'hiver, le printemps, je vais aux spectacles, dans les boîtes. Je bourlingue au rythme des amis, des blondes nouvelles, des parties interminables dans des sous-sols éclairés par des bougies. Nous revenons aux vieilles choses, au Québec légèrement folklorique, nous nous appuyons les coudes sur des tables de bois décapées. Mon père préfère celles dont le dessus en arborite est solidement soutenu par des pattes chromées.

En 1965, en 1966, la vie offre de nouvelles avenues. À ceux de mon âge, évidemment. Le problème : je ne sais jamais où situer mon père. Au-delà de l'alcool, il brandit un implacable manque d'intérêt envers tout ce que je découvre. Bientôt, il me semble ne plus être en mesure de comprendre ce qui, de jour en jour, donne goût à ma vie.

La veille de Noël, je déclare que je reprends la tradition des spectacles, au souper chez les Deneault.

Mon père me regarde de travers. À l'époque, c'est lui qui nous faisait répéter. Qu'est-ce que j'ai derrière la tête ? Je poursuis.

— Je vais réciter *Dites, si c'était vrai* de Jacques Brel.

— Jacques Brel ?

Il patiente. Avec emphase, je commence à débiter le texte :

— « Dites, si c'était vrai
S'il était vraiment né à Bethléem, dans une étable
Dites, si c'était vrai
Si les Rois mages étaient vraiment venus de loin, de fort loin
Pour lui porter l'or, la myrrhe et l'encens
Dites, si c'était vrai
(…) le coup des noces de Cana
Et le coup de Lazare… »

Louis m'arrête. Il est insulté.

— Si c'est pour beugler des niaiseries que tu viens, reste ici.

Je suis démonté. Quelques jours avant, je me suis arrêté à

180

l'épicerie. Entre deux gorgées de bière, probablement en mal de confidence, il m'a déclaré :

— C'est du spectacle tout ce qu'ils font au sujet de Noël. Le Christ, il s'en crisse de nous autres. Penses-tu que s'il existait, il nous laisserait souffrir ? Saint-Cap ! Ça, c'est toute de la *bullshit*. Quand on meurt, on s'en va en terre, ça finit là. Fret, net, sec ! *That's all!*

Je ne comprends plus que, certains soirs, il houspille mes cheveux longs. Pourquoi emprunter les obsessions de ma mère ? Un autre soir, il se scandalise que je sorte en jeans, alors qu'il se fout éperdument de notre tenue vestimentaire.

Son cauchemar alcoolisé n'est pas facile à suivre. Il brouille les pistes.

Comment a-t-il évolué ? À l'époque, j'imaginais que l'évolution était évidemment l'acceptation de tout ce qui était nouveau.

J'ai dix-huit ans... surtout dix-neuf ans...

Nous vieillissons terriblement. Gauchement. Pierrot abandonne l'école. En se vieillissant d'un an, il est engagé à l'imprimerie de la *Gazette*. Il est amoureux. Voulant partir à tout prix, il loue une chambre, ramasse ses affaires et s'en va. La fille qu'il aime le laisse moisir dans son maigre sous-sol. Pierrot décide de s'ouvrir les veines, n'a pas le temps de mourir. Mon père va le récupérer à l'hôpital.

Nous désertons, nous nous exilons à tour de rôle. Le monde est beaucoup plus grand qu'une épicerie de quartier. En 1967, l'Exposition universelle de Montréal nous l'assure.

Pierrot part pour Kelowna, en Colombie-Britannique. Il veut y cueillir des fruits et il a rendez-vous avec le LSD. Il aura peur de ne pas redescendre d'une espèce de ciel en furie. Je rencontre Andrée, nous parcourons le Québec en Citroën 2CV. Le long du fleuve, je dresse notre petite tente des fins de semaine.

Mireille se marie. De toute urgence. Charles, son deuxième ami, lui paraît le bon.

Olivier nous remplace à l'épicerie.

Mon père subit ces changements qui le mitraillent en un ou deux ans. Il semble devenu imperméable à nos vies. Nous lui parlons peu, persuadés qu'il ne peut plus encaisser la suite de l'histoire.

Les papiers de l'épicerie dégagent une odeur de moisi. Ça excite mon chien. J'y retrouve la chute constante du commerce. D'année en année, les chiffres diminuent. Surtout à la fin, alors que Pauline et Louis se débattent pour éviter la faillite. Résister. Une espèce d'orgueil. Se rendre au bout des dix années, pour tenir leur promesse, pour sauver l'argent de Clément, pour pouvoir garder la tête haute.

J'ai vingt ans.

Je disparais. À mon tour d'empoigner la vie, malgré la famille d'Andrée, sa mère qui n'accepte pas qu'elle s'associe à un fils d'épicier.

Le jour de mon mariage, j'observe mon père. Il a pris place devant ma belle-mère. L'éternel locataire face à la propriétaire de plusieurs maisons. Le petit homme de peine et la grande dame de Longueuil, celle qui s'occupe des œuvres de charité. J'ai peur qu'il boive trop. Pour rien. C'est Pierrot qui roule sous la table, malade comme un chien.

Je reviens occasionnellement à l'épicerie. Je n'ai plus les mêmes yeux. Le lieu me paraît sale, encrassé. Il est fréquenté par quelques fidèles qui s'y arrêtent, par habitude, histoire de tuer quelques minutes.

Plus tard, plus loin, c'est Olivier, rencontré dans l'autobus, qui me fournit des nouvelles.

Louis est victime de chèques sans provision, les clients désertent un à un, multipliant les comptes impayés. Un jour, pour se venger, il achète quelques faux billets de vingt dollars.

Il en passe un à un fournisseur naïf. La semaine suivante, il récidive avec le même fournisseur et se fait prendre. Devant les policiers, il pleurniche que c'est lui, la victime, qu'on lui a refilé ces faux billets et qu'il a voulu s'en débarrasser. Il ne dénonce pas son receleur. Louis ou Pauline ne m'ont glissé mot de l'affaire. À leur manière, ils avaient traversé le pont des orages.

CHAPITRE 7

L'avenue de la mort

L'homme, celui qui astique consciencieusement le cor-billard, c'est mon père. Né un volant dans les mains, il a choisi la route, celle en lacets, celle qui s'égare dans ses nœuds. Récemment, l'itinéraire a ralenti. Il entretient les sombres véhicules du salon mortuaire où ma mère et lui sont employés. Il a la lenteur nécessaire.

Lors des enterrements, le directeur des funérailles lui confie la limousine, une Lincoln Continental grise. Il sait suivre le cortège.

— Sans se presser, on aboutit tous à la même place, au creux d'un trou, se plaît-il à répéter.

Il tombe une petite pluie d'hiver, froide, que le mouvement cadencé des essuie-glaces efface difficilement. Louis regarde devant. Il pourrait s'endormir au volant et n'en rien faire paraître tant la route lui est familière. Dans quelques années, c'est ce corbillard qui l'amènera au cimetière. En attendant, par le rétroviseur, il surveille les trois Italiennes qui ont pris place sur le siège arrière : la veuve éplorée, sa sœur tout aussi excessive et la fille du défunt qui paraît plus calme, plus fataliste.

Les Italiennes lui causent des soucis. Elles manifestent toute la gamme des émotions : les pleurs, les larmes, les la-mentations prolongées, les cris brusques, les gestes désor-donnés. Lui, il a perdu l'énergie que réclament les excès. Dans les pompes funèbres, ce qu'il préfère, c'est la lenteur, les gestes faits avec précision, en évitant les soubresauts. Il a l'impression de redevenir apiculteur, de renouer avec la douceur de l'apprivoisement permanent. Les Italiennes, les Méditerranéennes, sont imprévisibles. Tout à l'heure, quand la veuve est entrée dans le salon, il transportait des couronnes de fleurs pour les placer sur le landau. Devant le cercueil, brusquement, elle s'est mise à hurler. Louis a sursauté. Il en a échappé une couronne. Cela a fait du bruit et des dégâts.

Il se méfie. Les plus âgées ont entonné une véritable crise d'hystérie quand le cercueil est sorti de l'église. Il a vu la veuve vérifier l'épaisseur de la neige, à côté du grand escalier, avant de se jeter par terre pour se tordre de douleur. Poli, Louis a conseillé à la plus jeune d'épousseter le manteau noir de sa mère. Il n'apprécie pas que l'intérieur de sa Lincoln soit mouillé.

Montréal-Nord. En route vers le cimetière de la Côte-des-Neiges. Ses Italiennes se consolent. Elles ménagent leurs forces en vue de la dernière vague de chagrin, celle de la mise en terre.

Lui qui a conduit tant de personnes dans sa vie, il atteint l'ultime étape, sa dernière mutation. Il le devine. À la maison, il n'y a plus qu'Olivier, qui est à la veille de s'éloigner à son tour. Louis reconnaît les symptômes de la mort, il la rencontre quotidiennement. Il doit se raser de près, s'habiller pour la servir. Pantalon gris, veste noire, chemise blanche, cravate foncée. L'hiver, il porte un long paletot, un chapeau noir. Il accompagne les dépouilles.

À bord de la camionnette de la compagnie, semblable à celle qu'il conduisait dans les années 1950 chez Pierre Mercier, c'est également lui qui va chercher le corps. Le téléphone sonne, Pauline répond. En raccrochant, elle dit :

— On a un corps.

Cela signifie que mon père doit se rendre à un hôpital récupérer le « corps » et l'amener pour l'embaumement.

Le temps avait passé. Grâce aux fameux « corps », maman et toi gagniez votre vie sur le dos des morts. J'habitais à quelques kilomètres de vous, pourtant vous me sembliez au bout du monde. J'avais vingt-cinq ans… la trentaine. Je m'intéressais à une foule de choses dont tu ne soupçonnais pas l'existence. J'aimais des idées qui t'auraient paru insignifiantes. J'appréciais des gens que tu ne connaissais pas, je mangeais des mets que tu n'avais jamais goûtés. Je voyais des villes dont tu ne savais que le nom. Je prenais les avions que tu détestais. Je conduisais des voitures qui te paraissaient aussi étrangères qu'une langue lointaine. Dans ta vie, tu as certainement parcouru plus de milles que moi. Par contre, j'ai fait plus de kilomètres que toi. Question d'époque.

Catherine et Bruno t'appelaient grand-papa. Tu les aimais. Ils m'appellent par mon prénom. Je les aime. En cela, nous ne sommes pas étrangers.

Aujourd'hui, de passage dans ma pièce de travail pour me piquer un enregistrement de Miles Davis, mon fils m'a avoué qu'il ne se souvient pas de ta voix. Ton visage, oui. Par les photos. Il les découvre, ces jours-ci. Il a dû en déplacer quelques-unes pour atteindre Miles Davis. S'il est celui qui t'a le moins connu, moi, je sais qu'il a hérité de quelques-uns de tes gestes, de tes attitudes.

J'ai revu Jean-Pierre Garand. Ton beau-frère s'intéresse à mon projet. S'il n'habitait pas Trois-Rivières, il me visiterait toutes les semaines. De son balcon, il m'a envoyé la main quand je suis descendu de ma voiture. Pendant que je marchais, il m'observait, sans un mot, un sourire figé sur les lèvres. Il ruminait. Il a attendu que j'atteigne l'escalier pour me lancer :

— Tu ressembles de plus en plus à ton père.

— Tu viens de découvrir cela ?

— Non. Claudette me l'a fait remarquer quand tu as été interviewé, un jour, à la télévision. Tu as sa voix aussi. Au téléphone, c'est frappant. Tout à l'heure, au début de ton appel, j'ai hésité. J'avais l'impression de remonter le temps.

Ils ont raison, ma tante partie et mon oncle qui s'ennuie. Au cours de mon adolescence, ce n'était pas évident. Entre douze et quatorze ans, j'ai profité à une vitesse folle. Je suis devenu un grand efflanqué, le contraire absolu du bloc, solide et compact que tu étais. Les vingt dernières années m'ont alourdi. J'étais plus grand; à présent, je suis plus gros que toi. Ça ne paraît pas trop. En vérité, nous avons sensiblement les mêmes proportions.

— Tes recherches avancent?

Quelques malicieuses étincelles ont traversé son œil.

— J'achève l'écriture. J'aurai terminé avant Noël. Ça t'inquiète?

— Pourquoi? Tu écris un roman, non?

— Tu pourrais t'y reconnaître. Sous un faux nom et avec des détails qui te feront douter de la ressemblance avec des personnes vivantes ou... Tu connais la formule.

Il a bourré sa pipe. Lentement.

— J'ai toujours été honnête avec Louis.

— Pas moi.

En levant un sourcil, il a frotté son allumette. Elle lui a résisté. À la seconde tentative, elle s'est enflammée, s'est éteinte aussitôt.

— J'étais seulement le beau-frère.

— Moi, le fils.

— Justement.

Caché dans ses mains arrondies, il s'est allumé par longues bouffées qui ont masqué son sourire, puis son visage en entier.

— Tu pourrais t'inquiéter pour d'autres raisons.

Il a haussé les épaules. Mon oncle Jean-Pierre maintient ce calme un peu exaspérant, un peu trop confiant. C'est ce que le premier ministre d'une époque appréciait chez lui. L'assurance tranquille, mais consciente des moindres détails.

— Je ne me tourmente pas avec ce que tu pourrais révéler. J'ai la foi.

Je n'ai pas osé lui demander s'il s'agissait de la foi en ce que j'écris — ce que je n'exige de personne — ou la Foi en Dieu, ce qui a toujours été clair dans sa démarche.

— La religion doit ramasser quelques claques, a-t-il repris

comme s'il avait deviné le fond de ma pensée.

— Ça te ferait de la peine ?

— Non. Elle le mérite. Moi aussi, je rue dans les brancards, à l'occasion. De l'intérieur.

Je l'ai invité à manger au petit restaurant où il a ses habitudes. Je tenais à le remercier pour les pistes qu'il m'avait offertes.

— Bah ! C'est rien. Toute ma vie, j'ai détecté des pistes. J'en ai proposé l'étude. J'étais malheureusement conseiller. J'aurais aimé être artiste ou défricheur. De ces côtés-là, les Lafontaine avaient plus de talent.

Nous venons tout juste d'entrer dans leur logement situé au-dessus du salon funéraire. C'est un de ces rares dimanches où nous allons les visiter, Andrée, Catherine et moi. Bruno n'est pas encore né. Nous n'avons pas le temps de prendre place autour de la table de la cuisine, mon père m'apostrophe :

— Viens voir, en bas. C'est un ouvrier de la construction. Une poutre lui a écrasé la tête.

— Non, non, ça va. Je ne veux pas voir ça.

— Carrière fait un maudit beau travail. Il lui replace les morceaux comme si c'était un puzzle. À partir d'une photo. Saint-Cap ! Dommage que tu manques ça.

Carrière, l'embaumeur. Mon père ne pourrait évidemment pas exercer ce métier. Il faut un diplôme. Pour le transport, un permis de chauffeur suffit. Moins payant, évidemment. Louis assiste aux embaumements, en prenant un verre avec Carrière. Ici aussi, ils ont besoin d'alcool. Il sait apprécier l'exploit d'un visage recomposé, si ressemblant que la famille, en examinant son mort dans le cercueil, s'émerveille :

— C'est lui.

— Ils l'ont bien réussi.

— Il a rajeuni.

Les clichés habituels, nécessaires. Ma mère, présente au

rituel, transmet plus tard les félicitations à l'embaumeur.

Pendant que le rôti poursuit sa cuisson, elle tient à nous montrer la salle des cercueils. Nous descendons dans le sous-sol, évitant la pièce où mon père veut m'attirer. Pauline amorce la visite guidée, une petite phrase soulignant les particularités des différents modèles, un discours mieux senti envers les plus coûteux. Catherine se promène entre les bières, se cache derrière la plus flamboyante. Des frissons me parcourent l'échine. Peut-on rêver de s'étendre pour l'éternité avec la Dernière Cène en couleurs phosphorescentes devant la figure ?

En boudant un peu, mon père retourne voir où en est le travailleur de la construction. Ma mère s'arrête devant une énorme pièce au bois foncé, soigneusement verni. Un meuble de choix. Les yeux brillants, une pointe de snobisme dans l'attitude, elle adopte un ton neutre, tragique à mon oreille :

— Le plus beau, celui que les riches choisissent. Ton père et moi, c'est celui-là qu'on veut.

Comment une femme qui n'a pas cinquante ans peut-elle s'enorgueillir de sa tombe ? Bouleversé, je fuis avec une blague un peu noire :

— Réserve-le, maman.

— Pas pour tout de suite. Il y aura ton père, d'abord.

Elle ne sourit même pas. Déformation professionnelle peut-être. Il n'y a pas si longtemps, elle avait peur des morts. Maintenant, c'est elle qui négocie avec la famille en deuil, qui remplit les lignes pointillées des contrats, propose le type de cérémonie. S'apercevant qu'il y a une poignée de dollars à en tirer, c'est elle qui coiffe les cadavres.

Elle est gérante. Pour un salaire de misère, elle défend son patron, clouée à la maison, disponible. « Le logement est fourni », souligne-t-elle. De son côté, mon père se promène, roule. Quand ils viennent chez nous, leurs quelques heures libres des rares après-midi de congé qui leur sont alloués, ils doivent se rapporter au salon, révéler où ils se trouvent, fournir mon numéro de téléphone. Ils sont prisonniers du commerce des morts. La mort a besoin de vie, la mort en use.

Au fil du temps, mon père devient absent. Si j'appelle à la maison, ne serait-ce que pour donner signe de vie ou avoir des nouvelles de Mireille, Pierrot ou Olivier, il faut que je m'adresse à ma mère. Comme dans toutes les familles. Si, par hasard, Louis décroche, au bout d'une minute de vague conversation, il propose, pratiquement à bout de souffle :

— Tu veux parler à ta mère ?

D'ailleurs, si la sonnerie du téléphone retentit, il ne décroche pas, à moins d'être seul. Ma mère lui apprend les choses nous concernant. Il n'a de nos nouvelles qu'à partir de la version de ma mère. Il se fait une idée. Nos vies éloignées sont du domaine de Pauline. En buvant lentement, il se tamise, laisse les autres s'exprimer. Discrètement, il nous regarde vivre et cela le satisfait.

À l'occasion, il manifeste sa fierté.

Ainsi, le jour de la naissance de Catherine, en octobre 1971. Je fixe la ville brune par la fenêtre de la chambre d'hôpital. Le soir s'est installé. Sans s'annoncer, mon père entre. Il est le premier à s'amener. Je suis désarçonné, je me mets à pleurer.

Mal à l'aise, il bredouille :

— Une fille, c'est une bonne nouvelle.

Nous nous dirigeons vers la pouponnière. Immédiatement, il remarque que ma fille a une fossette au menton, comme lui, comme moi. Nous nous passons le relais, nous prolongeons nos signes.

Cinq mois plus tard, à la parution de mon premier roman, il profite de ses expéditions professionnelles pour entrer dans les librairies. Il s'informe innocemment auprès du commis si mon livre est en stock. Quand ce n'est pas le cas, il le commande, sous un faux nom, à une fausse adresse.

Il n'a pas l'habitude de lire beaucoup. Dans les journaux, il effleure à peine les gros titres. Ses yeux vont de mal en pis.

Ma mère lui lit à haute voix cette histoire, truffée de scènes crues, et qui, selon la mode de l'époque, emprunte largement au joual. Il y reconnaît le quartier de mon adolescence. Évidemment, Pauline, scandalisée, ajoute ses propres commentaires et ses impressions au texte. Lui, il l'enjoint de continuer. Il s'impatiente. C'est lui, le sensible. Il aime les histoires, comme moi, comme mes enfants.

Les trois frères se ressemblaient. Des Lafontaine, des vrais. Même sang, même allure. À peine si un œil averti aurait su les distinguer. Et encore… Ça s'appelait avoir un air de famille. Solides, le cou large, des épaules ramassées, les pieds enracinés, les cheveux durs, du crin frisé. Ils n'étaient pas grands ni gros, taillés tout d'une pièce. On aurait pu les confondre.

Plus maintenant. Ils atteignent le bout de la route, coude à coude au fil d'arrivée, comme s'ils s'étaient donné le mot.

Clément, qui arborait une telle assurance, cherche désespérément un lieu où s'arrêter. La Côte-Nord est loin. Il en parle constamment, mais elle ressemble à un souvenir accroché, à une idée qui fait mal en rappelant l'enthousiasme de ses jeunes années, une injustice, une déception. Il a voulu faire du bénévolat, s'est présenté au pénitencier de Bordeaux. On lui a refusé cette grâce.

— Vous n'avez pas l'expérience humaine adéquate, a décrété un jeune psyquelquechose.

Clément est cassé. Sous sa prestance, sa voix forte, aux tissus de laquelle l'âme manque cruellement, ne prêche plus. Il traîne. Il accepte le rôle de simple porteur lors de funérailles, lui qui pourrait les chanter mieux que l'officiant. Il retourne régulièrement à Saint-Barthélémy.

Lambert! Lui aussi n'est plus que l'ombre de lui-même. Il n'a pas été battu à la mairie; son parti, par une magouille quelconque, l'a mis sur la touche. Relégué aux oubliettes, Lambert le ratoureux. Il évoque une trahison.

— Il y a toujours quelqu'un qui t'en veut, confie-t-il à mon père avec indignation. Je ne sais pas pourquoi ils ont fait courir des rumeurs sur mon compte, comme si je m'étais servi dans la caisse. Bon Dieu, je suis honnête.

Cette fois, Louis ne peut rien faire pour lui redorer son honnêteté. Est-ce qu'il y pense ?

Lambert vieillit, ses garçons vivent à la ville, la terre paternelle ne les intéressant absolument pas. Il s'est débarrassé de ses vaches, de son cheval. Il veut vendre la ferme, hésite, laisse courir le bruit, espère un bon prix.

Pierrot, son filleul, a sérieusement songé à prendre la relève. Il s'est rendu à Saint-Barthélémy, dans sa voiture en décomposition. Sa femme, enceinte, l'accompagnait. L'oncle Lambert qu'il admirait tant, cette terre qui l'avait tant fait rêver, tout cela lui a échappé. Il en est revenu terriblement déçu. Le prix n'était pas dans ses moyens. De toute façon, il était pauvre comme Job. Pire, sa femme rageait.

— Quand tu es allé chercher des cigarettes, ton oncle en a profité, le maudit cochon.

— Comment ça ?

— Sous prétexte de me toucher le ventre, il s'est mis à me tâter partout… les seins, tout. Il me répétait dans l'oreille que tu avais une saudite belle femme. Je ne veux plus revenir ici.

Le naïf Pierrot s'est mis à marteler son volant. Deux déceptions, le même jour, c'était beaucoup.

Louis et Pauline fréquentent de moins en moins la famille de mon père. Ils vont rarement à Saint-Barthélémy. Alors que, leurs enfants partis, ils devraient profiter de la liberté, leur travail les confine à la maison. Louis n'a plus de voiture à lui. Quand ils sortent, ils utilisent la camionnette du salon mortuaire, une des raisons pour lesquelles ils doivent rester en contact avec leur patron. Ils troquent leur liberté contre un véhicule. Exceptionnellement, ils empruntent la Lincoln Continental, pour la plus grande fierté de ma mère. À part les visites à la maison de ma grand-mère, ils ne sortent pas. Pendant leurs vacances estivales, ils louent une automobile et s'arrêtent en coup de vent chez Lambert.

Ils traversent une période au cours de laquelle ce sont les mortalités qui réunissent les gens.

D'abord, Lambert. Jusqu'aux derniers jours de sa vie, il a eu l'air en parfaite santé. Quelle force ! Quel rôle ! Il avait le ventre plein de bosses et n'en parlait à personne. Il s'est présenté à l'hôpital pour y mourir.

Louis et Pauline se rendent au salon funéraire de Berthierville, dans la Lincoln du patron. Le jour de l'enterrement, un cousin l'aperçoit. Il vient vers la voiture, les yeux pleins d'admiration.

— Ouais, mon Louis, t'es ben chaussé !

Mon père n'a pas le temps de répondre. Pauline lui chuchote :

— Dis-le pas qu'elle n'est pas à toi.

Louis sourit. Le cousin examine la voiture parfaitement propre, rutilante. Il s'extasie :

— Dans quoi tu travailles ?

— Les salons mortuaires.

La vérité. Il ne développe pas davantage.

— Bon commerce, ça, ajoute le cousin en caressant l'aile d'un gris métallique. Tu as fait du chemin depuis le temps où tu conduisais le camion de ton oncle.

Aux funérailles, Clément prend la parole. Sa dernière grande homélie à la gloire de son frère. Larmoyant, mais en verve, il renoue avec les longues phrases susurrées. Sa voix résonne dans cette église où les trois frères ont été baptisés, où ils ont reçu les sacrements. Clément récite presque le générique de son propre film.

Oli est placier dans un cinéma porno. Deux ou trois fois, mon père lui a rendu visite. Il voulait voir le film de l'après-midi et, pressé, quittait avant la fin. Il venait arracher quelques scènes croustillantes.

Il n'a jamais su se servir d'un magnétoscope.

Ma mère et lui prenaient une semaine de leurs vacances chez nous, à l'époque où nous habitions à Piedmont. Un soir, il a proposé que nous louions une vidéo érotique. J'allais justement à la librairie-tabagie de Saint-Sauveur. Devant le présentoir, ma mère, qui avait tenu à m'accompagner, s'est opposée à ce que j'en prenne une.

— Qu'est-ce que les gens vont penser si tu loues ça ?

Je suis ressorti avec elle, sans m'attarder davantage du côté des films. Elle était livide.

C'était le dernier été de mon père. Nous l'ignorions. J'ai regretté mon geste, plutôt mon absence de geste, ce qui est pire. Pourquoi ne pas avoir loué ce maudit film ? Par lâcheté ? Pourquoi avoir cédé à ma mère ? J'avais prouvé, longtemps avant, que j'étais désobéissant.

Ainsi, lors de leurs deux semaines de vacances d'été, ils louent une voiture. Il passent d'abord quelques jours dans la Beauce où Pierrot a acheté une terre à bois.

La femme de mon frère s'occupe des abeilles. Comme plusieurs partisans du retour à la terre, elle n'accepte aucun conseil. Le seul apprentissage valable est celui que l'on fait à partir de ses erreurs. Rien ne vaut la découverte personnelle qui permet de grandir et de libérer son esprit des contraintes sociales, et d'accéder à l'autonomie la plus parfaite. Louis est assez éloigné des philosophies à la mode. Ce qu'il voit, c'est une jeune femme qui déplace perpétuellement ses ruches sous prétexte que les abeilles seront mieux au soleil, à l'ombre, près de la maison ou ailleurs. Ses reines s'enfuient et elle ne comprend pas pourquoi. Elle ne veut surtout pas que mon père lui fournisse la moindre explication. Mort de rire, il se tait.

En apprenant que mes parents viendront à Piedmont, elle leur remet un pot de miel pour nous. Résultat d'un apprentissage aussi âpre qu'exigeant, le pauvre pot contient un peu de tout : des morceaux de cire, des ailes d'abeilles, des pattes égarées et beaucoup de bonne volonté.

Chez nous, Louis s'installe pendant des journées entières à l'ombre d'un toit, près de la piscine. Il écoute la radio et boit. Selon les étés, et pour des raisons que j'ignore, il change de boisson. Un été, il descend un vingt-six onces de rhum brun par jour, sous forme de rhum and Coke. Il aura également son été vodka et jus d'orange, un autre rye et ginger ale. Sous le petit toit en imitation de chaume, il a l'air d'un seigneur colonial qui en a marre de l'agitation contemporaine.

Il apprécie le calme de cette semaine de parasite. Nous nous baignons devant lui. Jugeant l'eau trop froide, il se glisse rarement dans la piscine. Boire lentement dans la chaleur de l'été, être là où nous sommes le satisfait. Bruno le prend à témoin d'un de ses exploits en natation. Catherine exécute quelques pas de danse. Le monde est parfait. Il est parmi les autres, les siens, simplement dans une rumeur de la vie.

Clément achève, lui aussi. Ne sachant plus où aller, il s'est incrusté dans la maison paternelle. Exaspérée, ma tante Lucette, ébranlée par la mort de son mari, ne trouve pas les mots pour lui conseiller de partir.

Clément écoule ses grandes journées, assis au bout de la table, devant une bière.

— Il me regarde, il parle tout le temps. C'est comme si ses yeux voulaient me dire autre chose que je ne saisis pas. Ils sont creux, noirs. Je ne sais pas lire ce qu'il y a dedans.

L'oncle s'accroche à sa vie. Par moments, il lui tient les discours les plus hétéroclites, mêlant un psaume, sa haine pour Maurice Duplessis et des bribes de la confession rigolote d'une vieille religieuse. Par contre, quand il éclate en sanglots et prie pour la mémoire de son père ou implore sa mère de lui garder une place au paradis, parmi les roses, Lucette ne sait plus à quel saint se vouer. L'instant d'après, Clément se lève et reprend une phrase devenue son leitmotiv :

— Excuse-moi, Lucette, j'ai à faire dans la valise de mon char.

Sous le soleil, en plein déluge ou au cœur d'une tempête de neige, il sort de la maison, se rend à sa voiture, en ouvre le coffre arrière. Là, sans se cacher davantage, il prend une bouteille de vin de messe, dans la caisse de carton qu'il transporte où qu'il aille, et en avale de longues rasades. Satisfait, il revient à sa place, au bout de la table, fixant les gestes de sa belle-sœur.

Une nuit, un voisin le rencontre. En pyjama, il marche au milieu du rang. Il avertit une population imaginaire que l'incendie risque de tout anéantir. Il est à Shelter Bay, en 1955.

— Il faut fuir, mes frères, mes sœurs. La paroisse est encerclée. Il faut s'en aller. Dieu nous guidera. Il faut partir.

Et il disparaît à son tour, terrassé par une cirrhose du foie.

En voiture, les panneaux indiquant la possibilité de chutes de pierres m'ont toujours intrigué. Toutes les pierres juchées tomberont. Avec les siècles, les montagnes s'aplaniront, les falaises reculeront. Mais qu'une pierre choisisse l'instant précis de mon passage pour dégringoler et rouler sous ma voiture m'étonne. Je roule, j'entends le bruit, exactement comme si je heurtais un obstacle qui n'était pas là à la seconde précédente. J'arrête ma voiture. Une pierre gît au milieu de cette route de montagne. Avec un synchronisme remarquable, elle s'est faufilée entre mes roues avant et mes roues arrière, sans les toucher. L'usure est venue à bout d'une autre pierre et je suis là, témoin, sur ce chemin de montagne. Une fraction de seconde plus tôt, elle aurait pu abîmer mon auto ou causer ma déroute. Une fraction de seconde plus tard, je n'en aurais rien su. Les pierres finissent par tomber, les hommes aussi.

Chez mon père, cela s'est vérifié en trois étapes. Trois pâtés d'encre sur une feuille blanche, trois taches d'huile sur la neige d'un matin.

Un jour, en voulant reculer la Lincoln de son patron dans le garage, manœuvre qu'il avait exécutée des centaines de fois, il a mal jugé ses distances et a éraflé une aile sur le montant de la large porte.

— Il neigeait, a-t-il dit à ma mère.

La neige. Personne ne savait mieux que lui qu'il faut se méfier de la petite neige masquant la glace, brouillant la vue ou s'attachant aux manteaux des passants.

Un autre jour, au cimetière, en déposant un cercueil sur le descendeur au-dessus de la fosse, il a perdu pied et, sans le secours d'un autre porteur, aurait pu glisser dans le trou. Devant une famille recueillie, la scène a pris l'allure d'une plaisanterie de mauvais goût. Surtout qu'en dégringolant, il a laissé échapper un grand cri de surprise. Cri qui s'est figé dans l'air glacial pendant de longues minutes.

Le jeune entrepreneur de pompes funèbres, qui depuis quelques années avait remplacé son père, a fait part à Pauline de la situation, mettant évidemment ce faux pas sur le compte de l'alcool.

— Il n'avait pas bu, ce matin-là, a plaidé ma mère.

Le jeune homme, trop sérieux, a haussé les épaules.

— Il ne semble pas toujours en parfait équilibre sur ses deux jambes. Vous devriez engager un autre porteur.

Louis a repris sa réponse :

— Il avait neigé. Les fossoyeurs avaient fait le trou trop large. C'était mou, j'ai perdu pied.

Il neige de plus en plus souvent. Le temps te met de la neige plein les yeux, t'emmène dans une tempête infiniment calme, mais tenace.

Et il y a eu l'autre accident.

Depuis toutes ces années, quatorze en tout, que Louis côtoie les morts, il ne saisit pas toujours l'importance religieuse que l'on accorde aux dernières volontés. Quelle idée peut bien hanter l'esprit d'une personne ? Principalement à l'approche de la mort ? Si les gens savaient, comme il l'a appris et le voit quotidiennement, que le corps sans vie ne veut plus dire grand-chose. C'est une masse froide, dure, immobile.

Après les premiers mois de sa « carrière de chauffeur de cadavre », après avoir assisté à assez d'embaumements pour ne plus penser que son propre corps, qui avance, gesticule, mange, boit et se déplace, sera un jour pareil à celui qu'il voit, il a imaginé que l'on pourrait facilement remplacer la dépouille par une contrefaçon en cire. Comme d'habitude, lui, il irait chercher le « corps » à l'hôpital, dans le réfrigérateur. Le gardien de sécurité l'aiderait à le placer sur la civière. Il tendrait à l'homme un billet de cinq dollars pour le service. Au salon mortuaire, plutôt que de l'embaumer, le thanatologue n'aurait qu'à prendre l'empreinte du visage. Dans le cercueil, il installerait un corps de mannequin et une tête de cire parfaitement ressemblante à celle du défunt. Le véritable corps ? On s'en débarrasserait en le brûlant. Ce scénario ferait pâlir son patron. La thanatopraxie, c'est payant. Un art, gonfler les joues au silicone, refaire la bouche, redonner un semblant de vie, faire croire au sommeil. Louis a toujours eu l'art d'avoir de mauvaises idées pour le commerce.

Et il sait bien que la mort n'a rien à voir avec le sommeil. La mort, c'est une désertion, le vide, ça laisse une enveloppe pétrifiée. Ce que Louis ne comprend pas, c'est qu'un individu veuille justement que cette enveloppe renoue avec sa terre d'origine. Une idée de fou. Une idée qui coûte cher.

— T'es fou, Jos, t'es fou.

Il semonce celui qui repose dans le cercueil, derrière lui.

Une longue route à deux. Louis fredonne ou discute avec l'autre. La radio de la camionnette joue. Ils viennent de traverser Mont-Laurier. Le but : Kapuskasing, Ontario. Il a choisi de monter par le Québec, de prendre l'autoroute des Laurentides jusqu'au bout. À Sainte-Agathe-des-Monts, de poursuivre sur la 117, vers le nord, vers le froid, Saint-Faustin, Saint-Jovite, Labelle, L'Annonciation, Mont-Laurier. Il approche de Grand-Remous. Il veut continuer de monter, coucher à Val-d'Or. Demain, en passant par Rouyn-Noranda, il atteindra le Nord de l'Ontario. Le pays connu. Il rejoindra la route 11, rejoindra Cochrane. Et, avant d'atteindre Kapuskasing, il y aura Smooth Rock Falls. Smooth Rock Falls, trente-huit ans après.

Louis a vu agir son patron, le jeune. Avec son père, avant, il s'arrangeait mieux. Les deux hommes avaient la complicité de l'âge. Le vieux a décidé qu'à soixante-cinq ans, il cédait la place à son fils. Louis, lui, ne peut pas laisser la place à un de ses fils. Lequel d'entre eux accepterait d'astiquer un corbillard, de placer des fleurs sur un landau, d'aller chercher des cadavres dans les hôpitaux, de conduire un fou à sa dernière demeure ?

— Tu fais perdre de l'argent à tes enfants, Jos.

Parce qu'il est né à Kapuskasing, Jos-le-fou estime que son corps doit être enterré à Kapuskasing. La meilleure solution aurait été d'expédier le cercueil par avion. En le faisant trimballer dans la camionnette, le jeune patron n'était pas sans savoir qu'il profitait d'un plus grand bénéfice, tout en faisant miroiter aux héritiers qu'ils épargnaient quelques dollars.

— Une idée de fou.

Une idée de fou que Louis a rapidement apprivoisée, puisqu'il y avait le voyage. Cette route vers le Nord de l'Ontario.

Au bout de la table, la veille de son départ, il a confié à Pauline :

— Je ne sais pas si le curé Monette est vivant.

— Tu sais bien qu'il est mort et enterré.

— Il doit être enterré à Smooth Rock Falls.

— Tu veux passer par Smooth Rock Falls ?

— Comment veux-tu que je fasse autrement ? C'est sur la 11, juste avant Kapuskasing.

— Dans ce cas-là, arrange-toi pour rencontrer Rita Picard et réclame-lui ton argent.

Le curé Monette… Rita Picard, sa fiancée… En voulant retrouver sa terre natale, ce Jos était cinglé, mais Louis, en le conduisant vers le nord, s'enfonce dans la nostalgie de sa jeunesse. Il ressent le mal du pays. Pas du maudit pays de son père, du pays où il a appris la vie, la plus grande partie de ce qu'il savait. Il est là-bas, loin de tous, parmi les grandes épinettes. Smooth Rock Falls n'a certainement plus ses trottoirs de bois. La rue Principale doit être pavée.

En vérité, Louis aurait dû partir le matin, à sept ou huit heures. Il a fallu qu'il aille quérir un acte de décès, celui d'un autre corps qui ne sera exposé que le lendemain. Il n'a pu prendre la route qu'à quinze heures trente et s'est coincé dans un bouchon sur l'autoroute Métropolitaine. La brunante a commencé vers seize heures. Il rejoignait Val-David quand le soir est venu pour vrai. Avec le soir, la neige.

Une neige un peu folle. Sur Montréal, elle n'était prévue que pour le lendemain. À la radio, l'annonceur s'était plaint.

— On est tannés de la neige… en avril, on devrait nous offrir un répit.

À Sainte-Agathe-des-Monts, il s'est arrêté dans un dépanneur. Il a acheté trois bouteilles de bière.

— Si tu en buvais, Jos, j'en aurais pris six.

À partir de Mont-Laurier, la neige s'épaissit. Les essuie-glaces éprouvent des ennuis, butent sur la neige accumulée qui se transforme en glace sur le pare-brise. Le jet du lave-glace n'est pas assez puissant pour nettoyer convenablement la vitre. Bientôt, il a beau tirer la petite manette, le liquide ne jaillit plus.

Il s'arrête.

— Je pense qu'on va se coucher avant Val-d'Or, Jos.

Il sort dans la bourrasque. Le vent fait coller la neige dans ses cheveux. Quand il remonte dans la chaleur de la camionnette, la neige se met à fondre et l'eau lui dégouline dans les yeux.

« Grand-Remous 5 », annonce la pancarte, la première qu'il rencontre depuis longtemps.

Derrière ses lunettes, ses yeux brûlent. Deux charbons. Et

les essuie-glaces brouillent tout. Il cherche le côté de la route. S'arrêter, essuyer ses lunettes, souffler un peu.

L'accotement… où est l'accotement ?

Il le trouve… si peu longtemps. La roue avant droite se met à tourner dans le vide. Il tente de redresser le véhicule. Il glisse. Il a à peine le temps de se demander dans quel enfer il tombe. Un fossé ? Un cratère ? Un précipice ? Louis ferme les yeux. Il n'a plus rien à dire à Jos.

La camionnette est recroquevillée sur le bord de la route, presque couchée en chien de fusil. Il en sort indemne, par miracle, seulement étourdi, se tenant l'épaule droite qui a reçu un coup. Pendant quelques minutes, il ne sait pas s'il a été éjecté ou s'il est sorti par ses propres moyens. En s'assoyant dans la neige, en devenant témoin, il découvre qu'il a quitté la camionnette en se glissant par la fenêtre ouverte. Il a abandonné son instrument de travail. Pour la première fois de sa vie.

Ce soir-là, tu n'as pu te rendre à destination. Qui t'a trahi ? La neige ? La camionnette ? Tu le sais, la voiture est un des rares outils dans lequel on s'installe. Elle nous déplace, nous englobe. On en devient le cœur. Elle peut nous porter ou nous tuer. Tu viens d'y laisser la meilleure partie de toi, elle s'est recroquevillée en même temps que cette camionnette. Désormais, au salon funéraire, on chuchote que tu n'as plus la forme, qu'à soixante-six ans, tu devrais prendre ta retraite, que l'alcool…

Tout cela, je ne l'ai pas su à l'époque. Maman gardait le secret. Mais toi, tu te rendais compte que, dans le seul domaine où tu avais mérité de la confiance, on se méfiait de toi.

Le dernier été, début d'août 1983, à Piedmont, Louis affirme, en jouant aux cartes, qu'il ne passera pas l'hiver, une grimace lui tordant la bouche. Est-ce qu'il bluffe encore ?

Ses vacances terminées, il est admis à l'Institut de cardiologie. Il a eu une faiblesse à la maison. Les médecins le soumettent à une batterie de tests. Ils constatent que son cœur bat si vite que c'est un miracle qu'il ne lui sorte pas de la poitrine. On lui administre des médicaments qui le font uriner. Il est attaché dans son lit, ne peut pas se retenir. Des infirmières doivent le changer. Il rage. Se referme encore.

— Grand-papa a appelé. Grand-maman est à l'hôpital.

Bruno doit se tromper. Il n'a pas voulu m'accompagner au village. Une petite course de dix minutes, c'était trop pour lui. Dix minutes de dessins animés, c'est sacré. Il a bien répondu au téléphone mais, obnubilé par la télévision, il a dû inverser les rôles. Je téléphone. Mon père décroche. Bruno ne se trompait pas, ma mère est hospitalisée.

Le lendemain, elle est opérée. À partir de ce jour, mon père ne se montre plus à l'hôpital. Comme s'il boudait la maladie de sa femme. En son absence, je dois m'informer auprès du médecin.

— C'est un cancer de l'intestin. Très grave. J'ai enlevé tout ce que j'ai pu. Elle devra suivre des traitements de chimiothérapie.

— C'est vraiment grave ?

— Honnêtement, elle n'en a plus que pour trois mois… peut-être six.

Cet homme ne connaît pas Pauline Deneault. C'est une dure, une coriace. Elle s'accrochera à la vie pendant plus de deux ans.

Dans sa nouvelle fuite, Louis n'a pas besoin de rencontrer le médecin, le diagnostic est clair. Il se cache à la maison. Comment deviner qu'il s'occupe de sa mort, seul, une dernière fois ? Avant la plus grande solitude.

Je lui téléphone, lui explique pour maman, tente d'atténuer le verdict. Il ne répond rien, se contente de respirer dans le récepteur. Je sais qu'il a peur de la perdre.

— Comment vas-tu, toi ?

— Pas tellement bien. Je reste étendu une bonne partie de la journée.

C'est lui qui part sans se plaindre davantage. Couché en

203

chien de fusil, il ne s'accroche pas à la vie. Il sombre.

— Je suis correct, là. Occupez-vous de votre mère.

Quelques semaines plus tard, après une convalescence chez sa mère, Pauline revient à la maison. Le lendemain matin, elle m'appelle.

— Ton père est vraiment mal. Peux-tu le conduire à l'urgence ?

Dans ma Renault Encore, en route vers l'hôpital, nous sommes côte à côte. Il ne m'apprend plus comment identifier les différentes marques d'automobiles, il ne me rappelle plus que je dois mettre les clignotants pour tourner, ne m'enseigne pas la technique du stationnement en parallèle. Il semble calme. Trop. Il déclare, fataliste, sans pleurnicher, sans utiliser d'effets grandiloquents :

— Je fume mes dernières cigarettes.

Qu'est-ce que je dois répondre ?

Plus loin :

— Une chance qu'on n'a pas acheté une petite auto comme la tienne. Si ta mère n'était pas tombée malade, on l'aurait fait. Saint-Cap qu'on a bien fait. Maintenant, elle serait prise toute seule avec…

Moi, impuissant, le regard fixé sur la rue, je tente bêtement d'amoindrir l'état des choses, de faire dévier la conversation. Il n'y tient pas. À bout de fatigue, il pèse ses mots. Il souhaite visiblement une sieste, longue, définitive.

Le matin est froid. La salle d'urgence pleine. Embourbée d'enrhumés, de toussoteux, de visages pâles, de regards fiévreux. Tous ces petits maux sont futiles. Si Louis m'a convoqué, s'il désirait que je le conduise à l'hôpital, ce n'est pas par hasard, ni par caprice. Il sent une urgence. Dans son cas, la salle d'urgence a un véritable sens.

— S'il y avait une civière…

Il ne tient plus debout, éprouve des difficultés à demeurer assis. Aucune civière n'est disponible. En fouillant rapidement d'un corridor à l'autre, je réussis à dénicher un fauteuil roulant. Je reviens en courant. J'ai peur de le laisser seul. S'il tombait, si on l'emportait pendant que je suis ailleurs.

L'examen, enfin. Le jeune médecin accepte que je l'accompagne dans la minuscule salle anonyme. Quand il le touche au côté, mon père se cabre et gémit. Un hurlement étouffé.

S'enchaînent les démarches problématiques pour lui désigner une chambre. L'avant-midi s'écoule goutte à goutte. Ce n'est pas mon temps que je compte, c'est celui qui écrase tout entre ses dents. Celui qui signifie à sa manière maudite que le terme approche, que l'on a perdu.

Pour moi, en cet instant précis, il y a le reste du monde et mon père, là, étendu sur une civière. Finalement, on réussit à lui trouver un lieu. Un infirmier le conduit. Malgré son mal, mon père le reconnaît. C'est Edmond Lapierre, qui travaillait avec lui chez Pierre Mercier. Ils échangent quelques banalités. Les copains n'ont plus d'importance. Louis lui dit :

— Je viens mourir.

Enfin sa chambre. Il tient à se déshabiller seul. Il le fait lentement. Refuse mon aide. Son orgueil.

Le lendemain, je dois me rendre à Rimouski. Salon du livre. Une des pires années. Quand je reviens, le vendredi 28 octobre, mon père est plongé dans un vague coma. Il halète. Chaque expiration ressemble à un énorme soupir, lui arrache une plainte, le fatigue.

Penchée sur lui, ma mère crie :

— Il s'en va. Il s'en va. C'est comme ça quand ils s'en vont. Ils sont de cette couleur-là quand on nous les amène.

Elle nous décrit chaque instant. Elle mêle tout, s'énerve. Je suis pétrifié. Au moment de rendre l'âme, il se raidit, ouvre les yeux et regarde ma sœur, sa Mireille. Rien d'autre. Comme s'il avait appris à s'éclipser ou à partir vite, au plus sacrant, sans se préoccuper des traces. Surtout pour ne pas nuire. Pas la force. Point.

Nous sommes là, impuissants, ma mère, ma sœur, Andrée et moi. Ma femme me serre le bras. C'est la première fois que

205

je suis témoin du passage de la vie à la mort. Je ne croyais pas que ça se déroulait ainsi. Un raidissement, un changement de couleur, la peau devient grise. Le souffle s'arrête. Debout, vivant, on n'est pas certain de ce qui est arrivé. Rien à voir avec les agonies de cinéma.

Dans le corridor, un prêtre aux joues couperosées nous annonce qu'il lui a donné la communion, le matin, l'extrême-onction aussi. On s'en fout.

Au cimetière, nous sommes gauches. Un employé, une chemise à carreaux, la carrure d'un bûcheron, nous accompagne jusqu'au lot. Nous suivons son camion. Il en sort, la petite boîte de bois contenant les cendres de Louis sous le bras.

Ma mère veut que nous récitions une prière.

— Notre Père, commence-t-elle en se moquant éperdument que les fidèles d'aujourd'hui tutoient Dieu.

Mireille, Pierrot, Olivier, Andrée et moi, nous enchaînons. Nous avons de la mémoire, les prières y sont tatouées.

À notre retour chez ma mère, le téléphone sonne. C'est le médecin que Louis est allé consulter plus d'un mois plus tôt. Il apprend à ma mère que son dossier s'était égaré.

— Je l'ai en main, maintenant. Madame, il faut absolument que votre mari soit hospitalisé. Il est très malade, vous savez.

— Merci, docteur. Il a attendu votre appel. On revient du cimetière.

Je n'ai pas une tête très connue. Je me dissimule aisément. Dans une foule, je passe facilement inaperçu, je disparais parmi les autres. En d'autres mots, je ne suis personne.

Parfois un autre inconnu, un disparu, une dissimulée me repère, me fait signe ou s'approche de moi.

Je suis dans une salle de cinéma avec Andrée. Dans la semi-obscurité. Heureux d'avoir pu nous trouver une place potable, au centre, ni trop près pour ne pas être mangés par l'écran, ni trop loin.

Une jeune femme, cheveux roux, s'approche. Visiblement, c'est moi qu'elle veut rejoindre, sourire ouvert, air engageant.

— Nous sommes cousin-cousine.

Je cherche. L'ordinateur se met en branle. À l'occasion, j'ai la mémoire aiguë. Je peux repérer une personne que j'ai croisée il y a trente ans, malgré son vieillissement, le mien. D'autres fois, je n'arrive pas à identifier mon voisin immédiat. Question de contexte.

Elle me tend la main.

— Marjolaine Simard, de Rivière-du-Loup. Vous me replacez ? La bibliothèque… mon grand-père…

— Ah oui ! Ça me revient !

Imbécile. Je revois la scène comme s'il s'agissait d'un morceau de soufre qui troue mon chandail préféré. Pas physionomiste pour deux sous, je n'oublie pas les événements par contre. Je fais quand même celui qui tâtonne, désire en savoir plus.

— Mon grand-père s'est rappelé. Il a connu votre père.

La rousse se tortille.

— Vous devez vous souvenir de la situation. J'étais gênée, je ne savais pas où me mettre. Vous-même, vous sembliez… bouleversé.

D'un geste de la main, j'atténue le mot. Par pudeur. Sur le papier, j'en ai moins. Au cinéma, les gens autour sont à l'écoute. Les solitaires ne manquent rien. Je le sais, quand je suis seul, je les imite, au cinéma, au restaurant.

— Vous avez filé trop vite, ce soir-là, je n'ai pas pu vous exprimer… Deux jours plus tard, mon grand-père s'est illuminé, à la fin d'un repas : « Oui, oui… Louis Lafontaine. Ça me revient. Il travaillait à la carrière, il conduisait un gros camion. Et il est parti. Il était jeune. Je ne sais plus pourquoi il est parti. » Vous, le savez-vous pourquoi ?

— Il est parti dans les camps de bûcherons du Nord de l'Ontario. Pour sauter dans la vie, je suppose, ajoutai-je innocemment.

Elle fait non de la tête.

— Vous n'allez pas assez loin.

Va-t-elle me dévoiler ce que j'ai découvert de peine et de misère ? Je souris.

— Ah bon !

— La chance lui a sauté dessus. Ne soyez pas timide, monsieur Lafontaine. Il est allé faire fortune, votre père.

J'écarquille les yeux. Andrée me gratifie d'un coup de coude complice.

— Et il a réussi, poursuit-elle, intarissable. Oui, la semaine suivante, mon grand-père a parlé à un de ses frères qui vit à Saint-Cuthbert. Votre père est venu à la mort de son frère, celui qui avait la ferme.

— Je sais, oui.

— Il était propriétaire de plusieurs salons funéraires à Montréal-Nord.

Un sourire. Je hoche la tête. J'approuve presque.

— Il conduisait une grosse voiture. Une Lincoln Continental. J'ai pensé vous téléphoner, j'ai eu peur de vous déranger avec ça. Je me suis dit que la mémoire de mon grand-père, ce n'était pas important pour vous, que vous aviez certainement oublié. Je me demandais même si vous vous souviendriez de moi. Comme ça, votre père tenait des salons mortuaires ? Vous n'étiez pas intéressé à prendre la relève ?

Je secoue la tête.

Les lumières se tamisent. La séance va débuter. Elle regarde vers son siège.

Le noir est complet. Ses derniers mots :

— Vous avez bien fait. La mémoire, c'est drôle, hein ?

C'est une affirmation. Dans l'obscurité, elle se sauve vers son siège. Je m'enfuis dans le film qui commence. Andrée me serre le bras.

208

Devant la page lumineuse, j'écris dans la nuit. Je t'écris une dernière fois ici.

Le siècle tire à sa fin, emportant plus de la moitié de ma vie. Ses changements bouillonnants ont encadré la tienne. J'admire ton pouvoir d'adaptation, ton incroyable détermination à résister. Il y a ceux qui provoquent les changements, ceux qui les subissent, s'y adaptent, prennent le tournant d'une nouvelle manière de vivre. Tu étais de ceux-là, toi, ton volant entre les mains, en équilibre fragile entre le folklore et la vie moderne.

Forcé de changer de lieu, de peau, de mode de vie, tu as été un échangeur. Parti d'un monde ancien, tu n'as pas été un artisan farouche de ces transformations. Jamais on ne t'a vu sur les tribunes où la parole prend son pouvoir. Tu as subi les changements du monde, convaincu qu'il s'agissait d'une évolution. Pour le meilleur et pour le pire, tu as pris pied dans un univers différent. On le disait prometteur. Toi, tu n'en savais rien. Tu profitais de ce qui te paraissait utile. Tu grognais contre ce qui t'écrasait. Tu suivais ta route. Parfois, elle te semblait solitaire. D'autres fois, encombrée. C'était une fuite. Sans chercher de l'or, tu as longtemps conservé le vague espoir que la lumière ne pouvait se trouver que devant. Modeste témoin, tu as mis l'épaule à la roue et, comme des milliers d'autres, accepté le changement. Ce changement ne pouvait pas être pire que la misère que tu avais supportée, ni plus injuste que l'ordre ancien dont tu avais été une victime silencieuse.

Ce qui reste, j'en conviens, c'est un itinéraire confus, une descente aux enfers de la modernité, des laissés-pour-compte, de ceux qui constituent la masse dont les livres d'histoire ne parlent le plus souvent qu'en bloc. Un bloc nommé le peuple.

En suivant ton ombre, j'ai eu l'impression de traverser des milles de nuit.

Mille milles de nuit.

Un conte qui se déroule telle une route insensée, une histoire qui n'atteindra jamais sa destination. Même si tu ne voulais probablement pas que l'on te reconnaisse et que l'on décrive ton expérience.

Dans la nuit de décembre, pour me reposer de surveiller et soupeser mes phrases, je lis un livre de Sam Shepard, un acteur, un auteur, un homme qui, comme s'il devait souvent s'arrêter pour faire le plein de carburant, écrit par étapes. Des bribes anecdotiques, datées, essentielles. Ces phrases de *Balades au paradis* me ramènent à toi :

« Heureusement, il se trouve que j'aime conduire. Plus la route est longue, mieux je me sens. J'adore couvrir des distances effarantes d'une seule traite : Memphis–New York, Gallup–L.A., Saint-Paul–Richmond, Lexington–Baton Rouge, Bismarck–Cody… Ce genre d'étapes. Avec moi seul pour compagnie. Au volant, obstinément. Conduisant jusqu'à ce que le corps disparaisse, jambes coupées, paupières meurtries, mains engourdies, esprit en veilleuse. Et alors, brusquement, quelque chose de neuf émerge. »

Tu dois rouler quelque part, pilote d'un *nowhere,* chauffeur à peine distrait par une chanson à la radio, un volant dans l'âme. Rouler sur les routes secondaires, les rangs de campagne, tel un caillou, comme des milliards de cailloux anonymes et perdus, dans quelque espace où nous nous rejoindrons peut-être en ces constellations de la mort dont je crains le pire.

Remerciements

Ce livre est un roman. Comme beaucoup d'œuvres de fiction, il emprunte à la vie. Celui-ci s'inspire de l'existence de mon père, Jean-Louis Plante. Tout au long de ce récit, j'ai largement puisé dans les anecdotes qu'il racontait et à même notre route commune. Je lui dois cette histoire inventée et je l'en remercie.

Je veux également remercier mes frères, Jacquôt et Daniel, et ma sœur Michèle qui, partie trop tôt, ne pourra jamais lire ces pages dans leur version finale. J'ai grandement apprécié leur mémoire complice.

Merci encore aux multiples personnes qui m'ont fourni des renseignements parfois minuscules, mais non moins indispensables à l'écriture de ce récit :

Alphonse Chicoine, apiculteur ;

André Gervais, qui m'a spontanément prêté des livres sur Saint-Barthélémy ;

maître Éloi Gervais, qui m'a entretenu de la vie des années 1920 et 1930 ;

Jacques Pharand, qui a fait renaître les tramways ;

Denis Latour, qui m'a généreusement fait parvenir de la documentation concernant les autobus des années 1940 ;

Jean-Roch Gagnon, témoin attentif de l'histoire de la Côte-Nord ;

Suzanne Le Beau et Emmanuelle, ma fille, lectrices de la première version de ce manuscrit.

Un merci particulier à Hélène-Andrée Bizier, historienne, qui m'a fourni de nombreux détails historiques et a fait au moins deux lectures attentives de ce récit.

Merci à Andrée Laprise pour la justesse de ses commentaires lors de la révision du texte.

Un merci chaleureux à Hélène Derome et à Bertrand Gauthier dont la patience, l'attention et la stimulante énergie m'ont aidé à chacune des étapes de la rédaction de ce texte. Leurs encouragements dépassent de beaucoup le simple travail éditorial.

Enfin, je remercie Renée Gravel, témoin quotidien des hauts et des bas de l'écriture, pour ses recherches méticuleuses, ses lectures enthousiastes et ses commentaires pertinents.

Toutes et tous ont allumé, à leur manière, des petits feux dans l'élaboration de ce texte. Qu'ils acceptent ici le témoignage de ma reconnaissance.

Raymond PLANTE

Parus à la courte échelle :

Romans :

Valérie Banville
Canons

Patrick Bouvier
Des nouvelles de la ville

Chrystine Brouillet
Le Collectionneur
C'est pour mieux t'aimer, mon enfant
Les fiancées de l'enfer
Soins intensifs
Indésirables
Sans pardon

Marie-Danielle Croteau
Le grand détour

Hélène Desjardins
Suspects
Le dernier roman

Sylvie Desrosiers
Voyage à Lointainville
Retour à Lointainville

Annie Dufour
Les enfants de Doodletown

Andrée Laberge
Les oiseaux de verre
L'aguayo

Anne Legault
Détail de la mort

Jean Lemieux
La lune rouge
La marche du Fou
On finit toujours par payer

Nouvelles :

André Marois
Du cyan plein les mains

Récits :

Sylvie Desrosiers
Le jeu de l'oie. Petite histoire vraie d'un cancer

Guide pratique :

Yves Bernard et Nathalie Fredette
Guide des musiques du monde. Une sélection de 100 CD

Format de poche :

Chrystine Brouillet
Le Collectionneur
C'est pour mieux t'aimer, mon enfant
Les fiancées de l'enfer
Soins intensifs

André Marois
Accidents de parcours

Raymond Plante
Projections privées
Le nomade
Novembre, la nuit